当代中国最具实力中青年作家书系

叶舟 著

所有的上帝长羽毛

中国言实出版社

图书在版编目（CIP）数据

所有的上帝长羽毛 / 叶舟著 . -- 北京：中国言实
出版社 , 2018.8
（当代中国最具实力中青年作家书系 / 付秀莹主编）
ISBN 978-7-5171-2882-3

Ⅰ.①所… Ⅱ.①叶… Ⅲ.①中篇小说—小说集—中
国—当代②短篇小说—小说集—中国—当代 Ⅳ.① I247.7

中国版本图书馆 CIP 数据核字（2018）第 173053 号

出版统筹：李满意
责任编辑：李　岩
责任校对：宫媛媛
责任印制：佟贵兆
封面设计：仙　境

出版发行　中国言实出版社
　　　　　　地　址：北京市朝阳区北苑路 180 号加利大厦 5 号楼 105 室
　　　　　　邮　编：100101
　　　　　　编辑部：北京市海淀区北太平庄路甲 1 号
　　　　　　邮　编：100088
　　　　　　电　话：64924853（总编室）　64924716（发行部）
　　　　　　网　址：www.zgyscbs.cn
　　　　　　E-mail: zgyscbs@263.net
经　　销　新华书店
印　　刷　三河市祥达印刷包装有限公司
版　　次　2018 年 11 月第 1 版　2018 年 11 月第 1 次印刷
规　　格　710 毫米 ×1000 毫米　1/16　16.25 印张
字　　数　176 千字
定　　价　42.00 元　　ISBN 978-7-5171-2882-3

猛虎嗅蔷薇，或者密林里那些身影

作为同行，当我面对这一套"当代中国最具实力中青年作家书系"的时候，心里既有感佩，亦有骄傲。这些当代作家中的佼佼者们，他们活跃在中国当代文学现场，以他们的文字，以他们对时代生活的深刻洞察、对复杂人性的执着追问，以他们对小说这门艺术的理想追求，抵达了这一代人所能够抵达的高度。作为女性作家，当我面对这些男性作家作品的时候，心里既有惊诧，更有震动。相较于女性，他们看待这个世界的眼光是如此的不同。在某种意义上，他们的视野更加宽阔，更加辽远。他们的姿态更加从容，更加镇定。有时候，他们也犹疑，彷徨，踌躇不定，他们在那些人性的罅隙里流连，张望，试图从习焉不察的细部，窥见外部世界的整体图景。然而更多的时候，他们是自信的，确定的。他们仿佛雄鹰，目光锐利，势如闪电，他们在高空翱翔，风从耳边呼啸而过。山河浩荡，岁月绵延，世界就在他们脚下。

在读者眼中，李浩或许属于那种有着强烈个性气质的作家，具有鲜明的个人标识。多年来，李浩近乎执拗地致力于小说艺术的探索，建构起独属于自己的艺术王国。他是谦逊的，又是孤高的，貌似温和家常，其实内心里饲养着野生的猛兽，凶猛而傲慢。

他是野心勃勃的小说家，不甘于通达却庸常的大路，深山密林的冒险于他有着更大的诱惑。

同为"河北四侠"，刘建东则属于藏在民间的高手，大隐于市，是另一种不轻易露相的"真人"。低调，内敛，甚至沉默。他深谙小说之道，是得以窥见小说堂奥的有幸的少数。以出道时间计，刘建东成名甚早。对于创作，他是严苛的，审慎的。他只肯留下那些精心打磨的宝贝，他绝不允许自己有半点闪失。从这个意义上，他是悲观的吧。时间如此无情，而又如此有情。大浪淘沙，总有一些东西终将远去。

骨子里面，或许叶舟更是一个诗人。他在文字里吟唱，醉酒，偃仰啸歌，浪迹天涯。莫名其妙地，我总是在他的小说深处，隐约看见一个诗人的背影，月下舞剑，散发弄舟，立在群峰之巅，对着苍茫天地，高声唱出心中深藏的爱与哀愁，悲伤与痛楚。叶舟的小说有一种浓郁的诗性的气质，跳跃的，不羁的，沉迷的，有时候柔肠百转，有时候豪气干云。

从精神气质上，或许胡性能与刘建东有相通之处。他不张扬，不喧哗，在这个热闹的时代，他懂得沉默的珍贵。他的作品也并不算多，却几乎篇篇锦绣，字字留痕。大约，他是爱惜自己的羽毛的吧。他从不肯挥霍一个小说家的声名。生活中的胡性能是平和的，他只在小说里暴露他与世界的紧张关系。他是复杂的，正如他的小说，又温和又锋利，又驳杂又单纯。

刘玉栋则显然具有典型的山东人的精神特质，沉稳，有力，方正而素朴。他以悲悯之心，注视着大地上的万物。他的文字里饱含着深切的忧思，对故乡土地的深情，对前尘往事的追念，对人间情意的珍重，对世道人心的体察，他用文字构建了一个自足的精神世界，他在这世界里自由飞翔。小说家刘玉栋飞翔的姿势耐人寻味，不炫技，不夸耀，却自有动人心魄的力量。

广西作家群中，田耳和朱山坡是文学新势力的优秀代表，同为七〇后一代，田耳有一种与生俱来的小说家的敏感气质，外部世界的细微涟漪，都有可能在他内心深处掀起惊涛骇浪。他看着那浪潮起起落落，风吹过来，鸟群躁动不安，俗世尘土飞扬，一篇小说的种子或许由此慢慢发芽，生长。他期待着与灵感邂逅时的怦然心动，享受着一个小说家隐秘的不为人知的幸福时光。朱山坡则一直坚持在"南方"写作。他丝毫不掩饰自己的执拗，也不打算解释自己的"偏狭"。南方经验，南方记忆，南方气息，南方叙事，构成了丰富而独特的文学的"南方"。他执着地构建着自己的"南方"，也构建着自己的小说中国。这是一个小说家的自信，也是一个小说家的强悍。

江南多才俊。同为浙江作家，东君、海飞、哲贵却有着强烈的差异性。多年来，哲贵把温州作为自己的精神起源地，信河街温州系列成为他鲜明的文学地标。他写时代洪流中人心的俯仰不定，精神的颠沛流离。他在文字里仰天长啸，低眉叹息。生活中的哲贵，即便是酒后，也淡定而沉着。作为小说家的哲贵，他只在文字里喧哗与骚动。而海飞，文学成就之外，近年来更在影视领域高歌猛进，声名日炽。敏锐的艺术触角，细腻的感受能力，赋予了他独特的个人气息，黏稠的、忧郁的、汹涌的、丰富的暗示性，出人意料的想象力，看似波澜不惊，实则激情暗涌，成为独有的"这一个"。与海飞、哲贵不同，东君的写作，却是另一种风貌。他的文字浸染着典型的江南气质，流淌着浓郁的书卷味道，古典的，传统的，温雅的，醇正的，哀而不伤，含蓄蕴藉。东君深受中国传统文化浸润濡染，深得传统精髓之妙。从某种意义上，他既是传统的，又是现代的。在人们蜂拥"向外"的时候，他选择了"向内"。他是当代作家中优秀的异数。

在同代作家中，黄孝阳有着强烈的探索勇气和激情，他以自己充满野心的文本，努力拓展着小说的思想疆域和艺术边界。他是不甘平庸的写作者，永远对写作的难度心怀敬畏。他飞扬跋扈的想象力，一意孤行的先锋姿态，以及由此敞开的内部精神空间，新鲜的，陌生的，万物生长，充满勃勃生机，挑战着我们的审美惰性，也培育着我们的阅读趣味。

中国当代文学现场，藏龙卧虎，总有一些身影隐匿，有一些身影闪现。无论是显是隐，他们都是这个世界的在场者、亲历者和创造者。他们以斑斓的淋漓的笔墨，勾勒着我们这个时代复杂蜿蜒的精神地形图。或者高歌，或者低唱。或者微笑，或者流泪。他们在文字的密林里徜徉，奔跑。心有猛虎，细嗅蔷薇。

是为序。

戊戌年盛夏，时京城大热

（作者系当代作家，《长篇小说选刊》主编）

目录

From:马里兰　To:兰州

下午，星期三,二〇一一年四月六日

格雷特郡，马里兰，美国

下过一场雨，或许还有雪，谁知道呢。

离开公路，乔·贝尔站在鹅卵石的小径旁，嘟哝一句。威廉·萨默塞特落下七八米，单腿支在栅栏上，在绑鞋带。鞋带早断了，没换新的，只好再接起来，凑合着用。威廉·萨默塞特先绑了交叉形，嫌短，又抽出来，绑成了十字状。威廉·萨默塞特原地跳了几跳，好像在试鞋子，回身冲着乔·贝尔笑了笑。妈的！他以为他是谁，他又不是卡尔·刘易斯，能破世界纪录。不过，乔·贝尔转念一想，既然要去干一笔大单，鞋子真的很重要。

忽然，橡树林里冲出来一个滑板少年，滑行在公路上，全副武装，还戴了护目镜，看不清他的眼睛。滑轮有点涩，也有些打摆子，可能是新手吧。否则，谁会在这个礼拜三的上午浪费春光呢。乔·贝尔赶忙躲在一堆去年的藤蔓后，遮住身体，来不及提醒威廉·萨默塞特，让他也注意躲避一下。幸好，那家伙够机灵的，佯装压腿，扩胸，做伸展运动。仿佛他也是一个晨练爱好者，刚刚路经此地。

向下的公路是一道斜坡。眨眼的工夫，滑板少年带着一大堆噪音，隐入了不远处的山胡桃林里。这算插曲，但类似的插曲令人心惊肉跳。乔·贝尔认为。

"伙计，时间还早。"

乔·贝尔面呈愠怒，想一想，忙敷出一种笑，看了看腕表。"当然，时间还早，我们的客人还没做好准备。她们大肚皮，累赘，有点不方便嘛。"边讲，乔·贝尔边腆起肚子，左右甩了甩，做出孕妇的姿态。又说，"够刺激吧？"

"喂，踩好点了？真像你说的那样，她们没有警卫，没有探头？"威廉·萨默塞特追撵上来，一再问道。

"上帝，我不想谈这件事，尤其现在。"乔·贝尔叱道。

"你说过的，她们不喜欢万事达和支票，她们爱现钞，枕头下，鞋子里，提包中，连婴儿的尿布里都塞满了绿票子。"对方一点不顾及乔·贝尔的心情，絮絮叨叨，像一只撕开了封条的垃圾筒，臭气熏天。"但是，我喜欢你昨晚上的描述，你是这样讲的，你不能不承认吧？"

"闭嘴！"乔·贝尔火了。

"好吧，好吧好吧！我不打算惹你，我知道你输了，打不起这个赌，心里始终窝火。"威廉·萨默塞特终于撵上来，拽住了乔·贝尔。

两个人停在一幢单体公寓前，悻悻地对视了一番，各自从对方的眼睛里看见了熬夜的痕迹，像红蚯蚓在蠕动，像蜘蛛在吐丝挂网。打赌就这么回事，不光钱包告急，也伤了彼此的情义，看不出有哪点是值得的。但人就这么贱，偏偏好那么一口，还上瘾。威廉·萨默塞特掏出香烟盒，乔·贝尔蹙了蹙鼻头，前者只好自己点了一颗，衔在嘴巴上。时间还早，时间是个大富翁，钱总花不完。乔·贝尔百无聊赖，一条胳臂支在公寓门前的邮箱上，四处打望。

当然是下过雨的，地上的烂树叶泡涨了，很是湿滑。再说，挂在栅栏上的藤蔓和枝条，刚才还敷着零星的冰晶，被太阳一晒，蒸发殆尽。公路对过的丘陵上，成片的橡树林洁净如洗，树枝开始泛出一丝绿色。但格雷特郡的居民们不喜欢"绿色"这个词，嫌它单调，不足以表达。他们对着外来人，一般会挤眉弄眼，形容这个季节的树枝是"青铜枝条"，口气牛×，呵呵，还目中无人——别生气，千万。要是你初来乍到，了解了这一片西马里兰州是著名的肉鸡产区，你就会原谅这一群鸣禽的造次和得意。

在刚才过来的路口处，隐现出一座教堂的尖顶。砖石结构。顶上有一块报时钟，钟面发黄。可能是雨，当然也可能是鸟，将两枚指针打歪了，黑领带似的，垂吊着。

逆了光，乔·贝尔忽然发现，教堂的霓虹灯仍亮着，不曾停闸。一烁一闪，像离了岸的鱼在喘气。霓虹灯是夜晚的圣迹，会勾勒出三角形的尖顶，直冲云霄。但大白天的，反倒很鬼祟，令人沮丧。乔·贝尔知道，教堂的执事是一个叫约瑟的家伙，红头发，白眼仁多，黑眼仁像火柴头一般大。不久前，乔·贝尔在酒吧还听说，约瑟的妻子带着女儿跑了，搭上了一辆亚拉巴马州车牌的厢式货车，远走高飞。哼哼，要知道在相对封闭的格雷特郡，这号丑闻犹如一桩没有尸体的谋杀案，总会被人挂在嘴上，津津乐道上大半年。但约瑟压根儿没报警，还掩饰说，他那个下颌骨凸出的老婆回了娘家。鬼才相信。

在乔·贝尔的身后，单体公寓的门紧闭着，凸窗上也拉紧了帘子，门廊前堆满了枯枝败叶，连门框上的门铃按钮也被雨水打湿，生出锈迹。乔·贝尔拽了拽邮箱的手闸，哗啦一下，淌出来不少的邮件，花花绿绿的。该死！乔·贝尔不想留下太多的痕迹，忙俯下身去，将地上的邮件拾起来，尽量塞回了那只油漆剥落的箱子里。这时，威廉·萨默塞特的烟抽到了烟屁股上，但乔·贝尔的眼神告诉他，时间还早。妈的，时间真的太奢侈了。

"呃，我困得像一瓶苹果酱。"威廉·萨默塞特说。

"你赢了钱。"

"对，我赢了你的钱，整整两百块钱，可我还没拿到手呀。"威廉·萨默塞特甩了甩胯，屁股上很骄傲。又挑衅说，"伙计，千万别怪我。要怪就怪 NCAA（全美大学体育联盟）吧，康涅狄格挺争气，我的手气也不错。"

"我起先押的康涅狄格。"

"喂，可你后来改成了巴特勒，十二分，败得稀里哗啦的。"威廉·萨默塞特说。又说，"伙计，虽说我赢了钱，但我并不开心。知道么，我窝火，就想彻底发泄一下，把格雷特郡的玻璃统统打破，听个响儿。"为了佐证此话，威廉·萨默塞特掰起指头，做技术统计，"状态都不好，一堆狗屎。巴特勒大学六十四投十二中，命中率才百分之十八点八，康涅狄格大学的命中率也只有百分之三十四点五。呵呵，我同意 CBS 解说员戴维斯的话，这是一场最烂的比赛，在场上比谁的投篮更烂。"

乔·贝尔也说，"史上最差的决赛，雅虎体育说的。"

"嗯！他们是怎么混进甜蜜十六强的？"

"怎么混进精英八强的？"

"上帝，又是怎么连滚带爬，进入最后四强和决赛的？"威廉·萨默塞特赢了钱，尚未拿到手，所以口气颇为客气，"其实，谁也没赢，只有NCAA赢了。狗娘养的，七亿人看电视，他们赚了整整一百零八亿，简直是一架疯狂的印钞机。"

乔·贝尔纠正说，"仅次于超级碗，NFL（美国职业橄榄球大联盟）。"

"喂，你好像挺平静？"

"对！"

"我可困了，困得像一瓶黏糊糊的苹果酱。"威廉·萨默塞特伸了伸懒腰。

"我输了，没法不平静。对吧？"

威廉·萨默塞特说，"伙计，中午之前得把钱给我，我还得赶州际班车，不是么？"为了强调时间的重要性，又说，"喂，你是清楚的，傍晚六点，整六点，假如我不能准时出现在那帮穿制服的家伙面前，喊报到，赔笑脸，我会吃不了兜着走的。我可不想把事情办砸，我已经够倒霉的了。"说着话，威廉·萨默塞特又蹲下来，解开鞋带，再一次绾扣。嘴里嘟哝说，"这条鞋带真太狗屎了，我绑成一个死结，像绞刑套，绞死我这一双脚吧。"

"上帝呀，你又开始谈臭烘烘的鞋带了。"乔·贝尔发疯道。

"我恨自己的脚。"

乔·贝尔一乐，想起昨晚上的比赛，揶揄说，"奥巴马也恨自己的脚。他贵为总统，却没法上场。否则，我怀疑他会剁了巴特勒大学那帮蠢货们的手。"乔·贝尔挑挑眉，幸灾乐祸地说，"他是NCAA的头号球迷，可他也押错了，前四强无一命中。他可算得上一个保守党徒，跟我一个样。"

"他也输了？"

"奥巴马以前赢过。那一年，他不仅猜中了北卡罗来纳大学夺冠，更是猜中了十六强中的十四支队伍。但这次输惨了，这里出现了磨损。"乔·贝尔指了指脑袋瓜。

威廉·萨默塞特说，"看来，总统也不是好干的。我不干，也不稀罕。"

"所以我平静。"

"对，奥巴马就难说了。这几天，他在利比亚忙着扔炸弹，泄愤吧。"

"选举时，我投了他，没投麦凯恩。"乔·贝尔说。

"上次那次，我干吗去了？呃，想起来了，我在闹肚子，闹了半个月，弃权。不过下次竞选，我一定投奥巴马的票，用一张彩票。我的手气不错，不是么？"

乔·贝尔问，"知道中头彩的概率么？"

"伙计，时间不早了。"

"喏，比如全美的乐透彩，眼下奖池里积攒了整整四个亿。妈的，四个亿可以买两架波音，可以买下佛罗里达的一个小岛，还能买八亿根鞋带，呵呵。"乔·贝尔有点兴奋，态度却鄙夷，"但你想中乐透彩的头奖，你得先试试看。比如，你得把全美国的黄页摞在一起，拿一根锥子猛扎下去。呵呵，这一锥子正巧扎在你家的那条号码上，不偏不倚，名字就叫威廉·萨默塞特，卷毛萨默塞特。"

威廉·萨默塞特红了红脸，催促说，"伙计，别取笑我。"

"开始吧！"

"现在？"

"当然。"

"拜托！我再整理一下鞋带吧，给我点时间。"

——不待同伴动作，乔·贝尔先自掏出一个头套，兜头戴好，露出双眼。威廉·萨默塞特系完鞋带，也戴好了头套。两个人相互点头，碰了碰拳头，似乎在说，上帝保佑！

隔墙有耳。刚才的一幕，被山姆·斯佩德悉数听见了。

从这幢单体公寓的凸窗望出去，杂草丛生，几棵枞树遮掩严密，与世隔绝似的。但既然来了访客，又偏偏站在窗外瞎聊，也就怪不得人家的耳朵。山姆·斯佩德从窗沿上假下来，瞧见里克·布莱恩躺在墙根里，仍抱着酒瓶，登时气不打一处来。但山姆·斯佩德愤怒的方式有点特别，不骂，不打，不嘲弄，而是去夺对方的酒瓶。显然，酒是醉鬼的宗教，也是命根子。刚一下手抢过来，里克·布莱恩就跌倒在了地板上，浑身瘫软，像一条瘦刮刮的蠕虫。

"拜托！我还清醒，还能喝一口。"

山姆·斯佩德说，"刚才你都听见了，这两个家伙挺鬼崇的，一定有事情要发生。快告诉我，否则，我宁可砸碎它。"说着话，瓶颈朝下，酒液洒了几滴。里克·布莱恩说，"掐死我吧！如果你洒了它，你不如掐死我。"——死猪不怕开水烫，类似的遭遇好几次了，每次均以山姆·斯佩德让步为止。这次也不例外。将瓶子扔过去，酒鬼抱在怀里，美美灌了几口，脸上泛出罂粟花般的表情。

"他们走远了，戴了头套，像魔鬼。"

"咖啡色的？"

山姆·斯佩德说，"哦，你什么都知道，你像条抽了脊梁的狗，烂醉如泥，没瞧一眼，但你什么都明白，老邮差。"里克·布莱恩扬了扬瓶子，嘟哝说，"最好的中国酒，Er-guo-tou，浓度高，像一支火炬，插在我的喉咙里，给我做施洗。以前，每次来给艾米丽·陈送邮件，她总要给我斟一杯，请我干了再走，哈哈。"山姆·斯佩德明白这老家伙醉了，讽刺说，"嗜！你的艾米丽·陈，半老徐娘，右边乳房被医生一刀割掉，臀部像两颗小酸枣，经常戴一顶亚麻色假发的女人。"边说，边做出猥亵的动作，故意将生殖器那块儿顶出来，冲着酒鬼下流一番。里克·布莱恩也呵呵大笑，好像他是局外人。

"说真的，我不喜欢中国佬。"山姆·斯佩德说。

"他们都是甜心。"

"哦，甜心。我真想用我的舌头，舔舔你所谓的甜心，舔到发软。"山姆·斯佩德十九岁刚过，少年无忌，对一头白雪的里克·布莱恩颐指气使惯了。不过，他俩算忘年交，一只鸭子的左右脚蹼，须臾不离。自打老邮差被除名后，山姆·斯佩德这小子便如鱼得水，吃香喝辣，没再过过饥一顿饱一顿的日子。现在故意拿艾米丽·陈开涮，当然是踏实睡了一夜，精力过剩吧。里克·布莱恩说："小子，艾米丽·陈不是你讲的那样，决不。"

"黄种。"

"可我喜欢奶酪的颜色，想吮一指头。"里克·布莱恩含混道。

"喂，知道么，他们不爱买保险，在大街上吐痰，不守交通规则，还大声打电话。"山姆·斯佩德越说越来了劲儿，像在翻账本。

"不讲信用的家伙，你现在是待在中国佬家里，在消费中国人。"里克·布莱恩说。

"她走了呀。"

"艾米丽·陈还会回来的，我肯定。"

"喂，你上过她？"

“她可以做我的闺女。”里克·布莱恩的脸上带了认真。

“其实，她挺不错。不过，要是你扔掉瓶子的话，她会更不错的，简直美人儿一个，格雷特郡的No.1，我从不撒谎，我讨厌撒谎，这你清楚的。”山姆·斯佩德太熟悉老邮差了，想抬举他，让他快快挥发完酒精，另有更要紧的事迫在眉睫，需要咨询。山姆·斯佩德比较警觉，这时微微直起了腰，隔着侧窗的一条缝隙，已然看见刚才的两位访客猫下腰，蹲在不远处一座红瓦屋顶的西班牙式小楼前的花栏下。虽说栅栏上的藤蔓遮蔽了他们，但云散日出，山姆·斯佩德还是发现了藏在他们衣服后摆下的匕首，寒光烁闪，一长一短。里克·布莱恩瘫在地板上，却从同伴的脸上看见了危险，挣了挣，好歹坐直了。

山姆·斯佩德说，“喂，打911吧？”

“怎么？”

“不太妙！我的嗅觉一直挺敏锐，比猎犬还管用，这回也错不了的。”

“呵呵，别忘了咱俩是怎么进来的，鸠占鹊巢，免费了一整夜，小子。”里克·布莱恩说，“想打，那你就打吧，叫警察来逮住咱俩。”山姆·斯佩德这才想起自己的伤手，忙用另一只手解开纱布，呸了一口。山姆·斯佩德抱怨说，“我砸后窗玻璃时，你应该提醒我，不是三厘米，而是五厘米的，我的骨头快断了，恐怕有玻璃碎碴戳进去了，昨晚疼死我了，你却睡得像一枚秋天的土豆。”伤疤很嫩，噘起小嘴的红肉也很新鲜，有一丝血水淌下来。里克瞧见了，不以为然道：“不打紧！消过毒了，用艾米丽·陈的Er-guo-tou，绝对会杀菌。”

“呃，你刚才讲，中国最好的酒？”

里克·布莱恩说，"包括艾米丽·陈，美人儿，可人的黑头发妞儿。"

"她干吗要储藏这么多的酒，她有酒瘾呀？"

"她客人多。"

"明白了，她经常玩派对？"

"不！"小子的眼神轻佻，里克·布莱恩清楚他的意思，否认道。怎么说呢，这事儿和性爱无关，更没开什么青楼妓院。艾米丽·陈挺正经的，也没见她谈过恋爱，领男人回家过夜。里克·布莱恩觉得这桩事情需要摊开说，吃人的嘴软，拿人的手短，既然在艾米丽·陈家里免费鬼混了一夜，不能抬屁股走人，还唾人的脸吧。老邮差饮了一口，咳嗽完，正色道："她是个捎客，拿了绿卡。"

山姆·斯佩德忙说，"喂，什么捎客？我没发烧吧？"

"准确讲，艾米丽·陈是一群婴儿的捎客，生意很大，户头上起码有上百万吧。"作为邮差，里克·布莱恩跑遍了西马里兰州，像一台稳定的情报接收器，无所不晓。近些年来，在这片丘陵山区，隐藏了不少的"月子中心"，无照经营，承接安胎、分娩、住宿、饮食和照料等的业务，顾客盈门，利润巨大。老邮差常给艾米丽·陈送信，一送一大捆。久而久之，老邮差在艾米丽·陈的帮助下，略略认得几个汉字。老邮差觉得，那可能是世界上最难懂的文字，方块，象形，不容易辨识和发音。但因了艾米丽·陈的美貌，老邮差感觉学一两个倒也无妨，谁叫他自己鳏居了十来年呢。里克·布莱恩继续说："前提是，孕妇来这里生崽，并不违法。"

"当然！"

他又解释说，"落地就是美国公民，那些婴儿们。"

"这不公平，凭什么要大人做主？"

"一大群人，嗡嗡嗡嗡，飞过太平洋，来这里分娩。"里克·布莱恩躺在地板上，做孕妇的动作，让山姆·斯佩德感觉开心极了。老邮差说，"呵呵，屁股下全是美国公民，长大以后比较便利，可以享受免费教育，可以进哈佛或耶鲁，清一色的常青藤联盟。"

山姆·斯佩德恍然，"哦，想起来了。"

"什么？"

"喏！窗外山后的这一幢西班牙小楼，没准儿就是你讲的，什么来着？"

"月子中心。"

"对！"

"嘿嘿，没错儿。它就是艾米丽·陈开的，三个多月啦，以前换过很多地点，这是新开张的。"里克·布莱恩口气权威，一副国务院发言人的得意样，沾沾自喜道，"临走前，艾米丽·陈对我说，里克，我知道你是个好人，拜托你照看一下我的公寓吧，别让野猫野狗进去，也别让暴风雪压塌了屋顶。我受人之托，现在也算不上私入民宅。"妈的，角色又开始转换了，仿佛他是主人。里克·布莱恩继续唠叨说，"她去了上海，可能也有北京，她在那里打广告，招兵买马，号称是'生育旅游'，每个孕妇头上得挣几万美金。呵呵，像一支产妇大军，嗡嗡嗡，嗡嗡嗡，被艾米丽·陈领进来，藏在格雷特郡，藏在咱们的眼皮底下。"老邮差边讲，边双手扇动，做出翅膀的样子，眉飞色舞。

"你一定上过她。"

"没有。"

"一定的。"

"混球！我只是偷看过她的邮件，很多邮件。我发誓。"里克·布莱恩说。

山姆·斯佩德受不了这一点，反击道："她可能不知道你失业？"

"喂，小子，什么意思来着？"

"不过，公寓也是租来的，你看不看没关系。"

里克·布莱恩警告说，"嫉妒是七宗罪之一，不讲信用的家伙。"

"我不打诳语。瞧瞧吧，公寓里都搬空了，剩下一堆破酒瓶，一台烂电冰箱，连个沙发和电视都没有，害得我错过了 NCAA 的决赛，我还惦记谁赢了呢。"山姆·斯佩德气愤得吼了一嗓子，却忽然捂住嘴巴，生怕窗外的持刀人察觉。又说，"你的相好，你的那位甜心，我是指艾米丽·陈，不会是潜逃了吧？你昨晚上说过的，她本来很快会回来，但三个月过去了，连个毛都不见。一定潜逃了，我瞧见过社区发展工作部在附近贴的告示，说那幢西班牙小楼未经许可，拆除了内墙，私自改装。这算轻的。关键是噪音，哆唻咪发嗦啦西，一群大黄蜂发出的噪音，周围的邻居们报过案，我知道的。"

里克·布莱恩说，"有点麻烦，的确这样。"

"警察会管么？"

"喏，快闭上你的臭嘴吧。"老邮差火了。仰头，终于喝完了，咂巴着嘴，"警察是花纳税人的钱，有别的要紧事。警察咋会无事生非，去管艾米丽·陈和孕妇们的尿布、奶瓶消毒器、电饭煲、电热水壶、筷子、佛陀像、几本中文杂志和裤裆呢？你三进宫，对警察有一种依赖，不是么？"

山姆·斯佩德说，"我嗅觉一向不错，会闻见的，走着瞧。"

"闻见什么？"

"呃，一股廉价菜籽油的味道。不信你闻，就现在。"山姆·斯佩德蹙起鼻子，先做示范。老邮差也嗅了嗅，见怪不怪地说，"孕妇们在做中餐。"

"对！我吃过那种稀奇古怪的中餐，油乎乎的，像这个味儿。"

"我经常吃。"

"是艾米丽·陈的手艺？"

"上帝知道。"

里克·布莱恩吸着鼻子，一脸贪婪，表情疑似回忆。馋欲是可以传染的。尤其在这幢灰尘密布、阴湿潮冷的公寓里，忽然传来一股菜肴的气息，馋欲登时爆发，恍如毒瘾犯了，一时失控。山姆·斯佩德抱住肚皮，低声咆哮说，"妈的！我饿得能吞下一头牛去，七成熟，撒点胡椒的那种。"老邮差喝瘫了，双臂撑住地板，偎前几步，笑眯眯地说，"小子，你帮我再打开一瓶酒的话，兴许我会帮你。"山姆·斯佩德暴躁地叱道，"上帝，你喝完的酒，够给大象洗三遍澡了。你一定酒精中毒了，除非……"老邮差心知肚明，翻了翻衣兜，惭愧地说，"抱歉！我兜里一个子儿都没有，可我还想请你去打开一瓶酒，小子。"

无奈，山姆·斯佩德去了一趟地下室，拎来三瓶，依次扔在老酒鬼的腿前。里克·布莱恩迅速释怀，趁势抚了抚年轻人的脑袋，努嘴说，"哦，冰箱里有一块山胡桃派。我上次偷偷来过夜，啃掉了一半。我当时想，呵呵，会有人来替我啃掉另一半的，想不到是你。"果然，像阿里巴巴发现了山洞宝藏，山姆·斯佩德真的端出来半块山胡桃派，喜不自禁地搁在地板上，一屁股坐下。

"艾米丽·陈自烤的，我能吃出来。"里克·布莱恩有点骄矜。

"上帝，别再提那个女人。"

"不讲信用的家伙！"

山姆·斯佩德吞下一大块。脸陡然变形，忽然吐了出来，双手捂紧腮帮子喊道，"哇噻！狗屎派，比冬天冻硬的一坨狗屎还硬，硌了老子的牙。"又吐了几口，终于缓了过来。山姆·斯佩德忽然抬脚，一个大力抽射，将山胡桃派踢飞开来，在房间里转了几圈，竟完好无损，像一枚桌球。里克·布莱恩哈哈大笑。他没这样大笑过，至少山姆·斯佩德不曾见过，所以后者停下脚，狐疑地盯视着他。老邮差露出嘴里的一颗金牙，老练地说，"不奇怪！毕竟，艾米丽·陈失踪了三个月，派才穿上了防弹衣嘛。"

"我的脚会肿的，我发誓。"山姆·斯佩德哎哟起来。

"呵呵，要是 Yue-bing 的话，你可就惨了。说不定，它会砸破你的脑壳，流出脑花来。"老邮差自负地解释说，"Yue-bing 是中国佬的一种派。哦，什么馅的都有，和派差不多。艾米丽·陈告诉我，它更硬，和铅球好有一比的。"

山姆·斯佩德说，"铅球派？"

"不！它用来纪念月亮。很荒谬，不是么？"

"月亮？"

"他们真捉摸不透，有点狡黠，又有点想入非非。他们认为月亮里有一只兔子，一棵树，还有一个古代的靓姐。够呛！艾米丽·陈是这么讲的，我发誓。"里克·布莱恩一认真，山姆·斯佩德就想喷笑，还伴以一个鬼脸，以示不屑。老邮差说，"不信的话，可以打赌，赌你兜里的那一块美金？"

"呃，月亮上没什么，只有一只臭脚印，阿姆斯特朗的。"

"我同意。"

"要么，是阿姆斯特朗上了月亮，砍了那棵树，烤了兔子肉，还把那个妞儿泡了。"山姆·斯佩德津津有味地说，"月亮上的事，真的很难说。"

里克·布莱恩顿了顿，勾起了一腔往事似的，唏嘘道，"阿波罗上天时，我还年轻，正在得克萨斯州上班。那天晚上，月亮很圆，皮球一样圆。我刚驯服了一匹枣红色的烈马，所以我喝醉了，看见了九个月亮。"

"吹牛！"

"阿姆斯特朗也看见我了，不信你去问他。"

"呃，说不定，那也是 NASA（美国国家航空航天局）的一个骗局，我从来没信过。"山姆·斯佩德忽然怕冷似的，抱住了双臂，瑟瑟发抖。又说，"妈的！真冷，连劈柴都没有，总不能烧地板吧。"

老邮差说，"我知道该怎么办。"

"狗屎，快讲啊。"他踹了一脚。

"你去外边，把艾米丽·陈邮箱里的信件统统抱来，在壁炉里点着。我也冷，越喝越冷，但脑子很清晰，不会有错的。"老邮差的话令山姆·斯佩德异常愤怒，举起拳头，示威了一番，"亏你还做过邮差。烧信？那我一准儿会第四次进去的，你当我是白痴呀？"老邮差对刚才的主意很执着，毫不在意地说，"不是严格意义上的信，百分之九十九是广告函、直销单、账单、邀请函、演出预告和垃圾信息，没错的，我干过这行。虽说我被除名了，但我知道它们不是被点着烧了，就是进纸厂化成了纸浆，没别的用途。"山姆·斯佩德冷笑，像小狐狸在嘲弄一只羔羊的诚实，讽刺道，"没门儿，我不会上你的当。老家伙，你就是因为私拆邮件，差点儿进了联邦监狱的，除名只是最轻的一种。你别教唆我，千万。"

老邮差开始了新的一瓶。每瓶都像是第一次在喝，脸上布满了馋蛆。

里克·布莱恩的眼睛眯缝成一条线，哑巴着嘴说，"我东窗事发，上回被逮住时，凑巧在一枚信封里发现了美金，三百块。你知道，有的人比较懒，爱在普通邮件里夹现钞，像中国佬一样。"山姆·斯佩德愕然，忙问，"真的？"老邮差腼腆地点了点下巴，像签字批复了文件。山姆·斯佩德说，"哦，那我也想试试手气。你等等，一会儿就让你热得冒汗。"

日光太亮，从橡树林里吹来的风，有一股蛋糕的味道。

现在倒很便捷，直接打开门销，山姆·斯佩德昂然出门。来回两趟，第二次进来时，这小子抱着信件，居然大摇大摆，还吹着口哨，一点都不低调。老邮差撑住地板，挪到了壁炉边，有大喝一场的架势。山姆·斯佩德态度仔细，慢慢拆开一堆信，印刷体，连个钞票的毛都没见着。也不气恼，用火柴点了，扔进炉子里。边撕信，边续着燃料，身上的寒气像一头被打败的狗熊，一溜烟地走了。

"他们走了。"山姆·斯佩德淡漠地说。

"谁？"

"你知道的，刚才在窗外的那两个家伙，戴着头套。你还知道他们戴的是咖啡色的，你是这样告诉我的。"山姆·斯佩德又说，"对了，他们拿着匕首。"

老邮差说，"不奇怪！"

"妈的！除了酒，还有什么是你不奇怪的？"

"你！"

"我？"山姆·斯佩德哈哈哈起来，不满地说，"当然！我是你的小弟，一个跑腿的，佣人，酒瓶起子，醉鬼朋友，废话接收器，流浪汉，烧火工，什么都干，随你调遣。"老邮差不失时机，又补充道，"十九岁，格雷特郡最有名的孤儿，打过劫，偷窥过女人洗澡，抽过大麻，行为屡屡违反马里兰州'行为果敢，语言温和'的诫语，挂了号的名人，家喻户晓嘛。"

"没错！这一切都记录在案，但我现在改了，在十九岁生日那天，我去教堂做完忏悔，一下子幡然醒悟了，我想从头再来。"山姆·斯佩德接着说，"给我一次机会，我会证明给你看的。"里克·布莱克顿首，举起瓶子，对空干了一杯，"呃，不废话了，我不会给百合添香，也不会为黄金涂色，那都徒劳无功。"

山姆·斯佩德说道，"讲讲那两个家伙吧？"

"一个叫乔·贝尔，赌徒。"

"负债累累，这我知道。另一个呢？"

"我刚才瘫了，没看长相，但从声音上判断，应该是隔壁另一个州的卷毛威廉·萨默塞特。干过抢劫，刚假释不久，性格粗野，做过几件臭名昭著的事情。"老邮差仿佛一本旧档案，对什么都耳熟能详。又说，"可我搞不清楚，威廉·萨默塞特怎么会和乔·贝尔勾搭在了一起，令人费解。"

山姆·斯佩德讶异道，"他们去了'月子中心'，就刚才。"

"我知道。"

"是去抢劫！"

"对！那里钞票多，中国佬爱带现金，成捆的现金，哗哗哗的现金。"

"干么不打911？"

老邮差不慌不忙，啜了一口，咂巴着嘴，含着一种神秘的表情。山姆·斯佩德耸耸肩，再追问一遍。老邮差说，"911？没说不打呀，请便。"山姆·斯佩德环视一遭偌大的厅房，空空如也，遂泄气地展了展手。很明显，艾米丽·陈在离开前，连电话机都拆掉了，还报什么报。正沮丧时，里克·布莱恩忽然将一根指头竖在唇上，嘘了一声。

"时间到了。"

"什么？"山姆·斯佩德纳闷。

"第一枪完后，警察会开第二枪，击毙他。"

山姆·斯佩德简直郁闷极了。老邮差的口气像说书先生，前一句上天，后一句入地，令山姆·斯佩德一头雾水。这时，说书先生又开讲："他的鞋带掉了，跑不远。"

"威廉·萨默塞特？"他终于恍悟过来。

"对！他在假释期间，如果被捉住的话，他会被判终身监禁。所以他会抗拒，持刀袭警。他将被射中一枪，警察会再补一枪的。"里克·布莱恩绘声绘色地说。

山姆·斯佩德问："乔·贝尔呢？"

"跑了。他熟悉那一大片橡树林，泥牛入海了。"老邮差答。

——此时，教堂的报时钟响起。青铜敲击的声音，载浮载沉，一阵阵播远，十二点整，午饭时分。本来坏掉的一面钟忽然复活，嘹亮发言，一定是要宣谕什么的。果然，一切都像里克·布莱恩掐算的那样，两声短促的枪响后，传来了警笛的声音。

沉寂后，山姆·斯佩德觑了一眼窗外，见装殓了威廉·萨默塞特的蓝黑色尸袋，正被抬入殡仪馆的丧车。山姆·斯佩德一下子激动坏了，见里克·布莱恩仍躺在地板上，忙上前骑在了他的肚皮上，低声说："老家伙，你全猜对了。"

"呵呵，大街上贴满了告示，今天警察局要清退社区内的月子中心，出动了格雷特郡警察局的所有人手。"老邮差眨眨眼，调皮地说，"你瞧，他们多不幸，偏偏撞到了枪口上。我很惋惜，但没办法。"

山姆·斯佩德说，"你故意跟我瞎唠叨，一直在等？"

"小子，你的嗅觉也不错嘛。"

"呃，我跟定你了。"

"快去！"老邮差搡了一下山姆·斯佩德，吹声口哨，"刚才乔·贝尔逃跑时，在门口的邮箱里搁了一包东西，我听见手闸的响声了。或许，他们抢劫中国佬得手了，说不定是一包大额的美金呢。"

少顷，山姆·斯佩德像一个鬼魅，悄悄溜出了房门，拎回来一只乔治·阿玛尼牌的女士坤包。里克·布莱恩并不兴奋，反而拉下了脸，因为山姆·斯佩德激怒了他——他看得很真切，这小子进门时，顺手抽下了挂在门楣上的名片框中艾米丽·陈的名片，还随便地掷在了老邮差的脚下。

"混球，挂回去。"

"她不会再来了，我发誓。"山姆·斯佩德辩解道。

"她会回来的，我在等她，她没道理不回来。挂回去！否则，我会烧了这包东西。"蓦地，老邮差使出吃奶的劲，一骨碌翻过去，将阿玛尼抱在了怀里。山姆·斯佩德无奈，只得矮下身子，乖乖出门，将艾米丽·陈的名片重新插在了框子里。转身时，山姆·斯佩德还献了一记吻，用指头贴在了那个黑发美妞的名字上。见此情状，老邮差解脱了不少。

一切却出人意料。

带着暗喜，山姆·斯佩德拉开拉链，却没发现一张绿颜色的钞票。山姆·斯佩德从鼓鼓囊囊的阿玛尼里，竟然掏出了一堆臭烘烘的破丝袜，几条女士内裤，一只玩具熊和一个橡皮奶嘴。末了，还摸出一封信来，背面贴满了邮票。

"穷鬼！"山姆·斯佩德咆哮道。

"呵呵，这个故事不错。"老邮差说。

"狗屎吧。"

"别激动，小子。当你变成一只榔头时，你就觉得全世界都是钉子。"老邮差高深莫测地说，"让我瞧瞧吧。这是一封女人写的信，笔迹是女人的。我认得这几个方块字，艾米丽·陈教我的。喏，From：马里兰州，To：兰州，中国。"

山姆·斯佩德很不屑，"喂，那又怎样？"

"这个女人很混乱，在迟疑中，所以没投出这封信。"

"拜托！"

"啊哈，我得帮这个女人解决一下迟疑，将这封信投出去。"老邮差慷慨地说，"别忘了我的职业，小子，我的手开始发痒了。"

中国，兰州，城关区
二〇一一年六月八日，星期三，晚上

海关大楼上的钟声响了六下，声音飘过黄河，很湿润。

小毕将修理厂的大门刚锁闭，便听见了喇叭叫。在兰州，黄河北岸的滨河大道穿经市区，隶属于三一二国道，向西可以抵达敦煌，终点是乌鲁木齐。对一家4S店的修理厂来讲，这是黄金地段，生意火得烫手。一般的小灾小病，师傅们都懒得搭理，费工不说，还赚不来钞票。喇叭很烦，声音像破锣。小毕还未吱声，

"教父"却像一道闪电，从车间里蹿出来，对着大门外狂吠。教父就这点好，冲锋在前，让小毕省心不少。

一条腿打了石膏，不利索。小毕杵在原地，冲外边喊，"下班了，去别的店修吧。"听见主人说话，教父不再吭声，拢在石膏大腿附近，嗅个没完。喇叭却很倔强，嘟嘟嘟，嘟嘟，三长两短。小毕恍然，呀，洪哥回来了。忙掏出钥匙，卸下一串链条锁，将门敞大。教父目中无人，追撵在车屁股后边，呲开牙，跃跃欲试的。小毕赶紧唤来它，揪起长耳，拎在半空中，教训说，"叫个屁！董事长来了，没眼色呀。"教父登时驯服了，仿佛它接到了一张洪哥的烫金名片。车停进院子里，洪哥下来，捧住火，慢慢在点烟。

小毕刚才走眼，多半是车的缘故。

细瞧，一辆老款的皇冠，灰尘锈死了，看不见本色。后窗玻璃上有一道裂痕炸开，车胎很瘪，保险杠也松松垮垮，发动机像打屁，一嗝一嗝的。以前，小毕还去洪哥家楼下的车库，给皇冠做过保养。这三四年，洪哥没提，小毕还以为皇冠早出手了。最近，小毕发现洪哥的车越开越烂，路霸没了，奥迪A6没了，大吉普没了，连前几天的广本都不见了。现在翻箱倒柜的，竟开出来这辆老爷车，跟他的身份太不符了。洪哥慢慢踱过来，往他的腿上瞅。洪哥问，"好点没有，石膏还没拆呀？"小毕回说，"这几天太忙，怕挂不上号，再说我也怕疼。"洪哥笑道，"改天闲下来，我陪你去，给你请一个漂亮的护士妹妹拆，你准保不喊疼。"小毕说，"笑话我，疼又不分男女嘛。"洪哥道，"难说！瞧你，脸红成了猴子屁股，心虚。"这时，教父不识好歹地咬住洪哥的裤脚，嗅见了危险似的，撕扯不停。小毕拉下脸，断喝一声。

"哪来的野狗呀？"

"捡来的。"小毕说，"来了一辆外地的凌志，修好走了，车主却忘了拉它。"

洪哥说，"干吗叫教父？"

"太老了，像电影里的演员马龙·白兰度。"小毕见洪哥不语，料想他肯定不知道这部片子。又说，"它能顶个人。一有风吹草动，比我还机灵。"洪哥扔下烟屁股，用脚踩灭了，开始拍肩上的灰尘。显然，灰尘是从皇冠里带出来的，在傍晚的光线中扑成团，罩在头顶，挺呛人的。光线仿佛一面镜子，照出洪哥的憔悴来，下巴都尖了，双颊凹下去，整个人像一个衣服架子。小毕跑回临街的展厅，烧了水，撮了点铁观音，准备泡茶。洪哥以前爱喝龙井，后来改口，对铁观音兴致颇浓。这一点，小毕最清楚不过了。掸完灰尘，洪哥才进了展厅，这是公司的纪律，不能违反。

展台上停着几大系列的新车，外国牌子。车身上流淌着一种静谧的光泽，比天鹅绒还柔软似的。洪哥问，"最近咋样？""天太热，淡季，卖出去几台，但修理厂的生意不错，一天能接待十几个单。"小毕回说。洪哥端起茶，啜了一口，嫌烫，又搁了回去。见小毕局促的样子，洪哥笑说，"呃，我最近太忙，拉不开栓。"小毕说，"赌博不好，我斗胆劝劝哥，别再赌了，你脸色有点难看。"这话太呛人，但洪哥没反驳下属的话，鄙夷一笑。

"喂，最近和乔丽还好么？"

小毕点点头，玩着手里的一串钥匙，"她们厂里一直在加班，从三月份开始，连轴转，我都很少见到她了。"小毕一讲，鼻子都发酸。

"难怪你要值班呀，家里缺乔丽么。"

"哦，她还不知道我的腿受伤，没告诉她。"小毕稳住神儿，

当代中国最具实力中青年作家书系

欣慰地说，"这样也好，等她加班结束后，我也就康复了，省得她操心。"谈起乔丽，小毕的心中总会有一个蜜团被戳破，流出隐秘的幸福来。这时，小毕忽然想起了什么，忙去了值班室一趟，捧回一大摞邮件，准备交给老板处理。洪哥拧了拧眉，样子倦怠，并不接。

洪哥说，"不用看，大多数是广告，你自己看着弄吧。"

"有一封是乔丽的。"小毕说。

"乔丽的？"

"对呀，从美国马里兰州发来的，前两天刚收到。"小毕俯下身，开始翻一堆信件。又说，"哥，你前半年不是告诉我，从美国寄来的写乔丽名字的信，要单独交给你么？"终于找见了，刚递过去，洪哥却用手臂格开了，还恨恨地说，"妈的，撕了。不，干脆烧掉吧，眼不见为净。"

小毕怔忡着。

洪哥没在意他的表情，点完烟，在展厅里视察了一圈。小毕泼掉凉茶，又续了水。洪哥说过，铁观音要趁热喝，烫嘴最佳，千万不可久泡。这工夫，洪哥进了一趟董事长办公室。出来时，竟换了一身衣服，T恤衫，料子裤。头发和脸都洗了，湿漉漉的，连下巴也干干净净，显然刮了胡子。洪哥问："有好车没？"

小毕回说，"有一辆日产CT-R跑车，下午刚修好，说好后天来取车的。"又追加一句，"熔岩红！"小毕了解老板。洪哥喜爱红色，像他身上的那件T恤，看上一眼就感觉燥热。洪哥吩咐说："哦，你开出来吧，我晚上用。"

"刚修好。"

"我没车了，车都输光了。妈的，最近手气背，一事不顺，事事跟我作对。"

小毕为难极了，"那个女人不好惹，万一碰见？"

"怕什么？修好了，开出去试一试，正常的。"洪哥口气笃定，下巴一挥，意思让小毕赶紧。忽然又改了口，抿嘴笑道，"算球了！你腿脚不利索，还是我去开吧，你忙你的。"

"我可以开的。"小毕主动请缨，像往常一样。

"你小子，屁股一撅，我就知道你要拉什么屎。"洪哥笑眯眯地骂，其实态度里含着一种欣赏和信任。"你怕我把车搞坏了，你不放心吧。也好，你去开，把我送到凯宾斯基酒店，你再回来值你的班。"边说，边望了望小毕的伤腿。小毕金鸡独立，潇洒地转了一圈，豪气干云，"没啥！我在青海当兵时，有一次出了车祸，比这回更严重，我躺了几天就可以开大卡车了。"洪哥点头同意了。小毕跑进展厅后面的修理厂，从车库里将跑车掉头开出来，按了喇叭。

教父奔过来，用爪子叩打车门。还好，兜里剩一根双汇火腿肠，小毕扬手，扔在了后院中。教父身子一矬，若离弦之箭，倏忽间消失了。

跑车驶上了滨河大道，往桥上开去。

凯宾斯基在南岸，锥形楼顶，顶上置放着一枚硕大的红五星，镂空，是一座显赫的地标。此刻，暮色渐沉，霓虹灯烁闪在夜空下，公路宽敞，油门紧踩，令小毕感觉到异常拉风。洪哥坐在副驾驶位子上，一直阴沉了脸，不吱声。小毕侧目瞧瞧，见洪哥的手伸出窗外，一直在抓——风从洪哥的五指间漏了，漏得无影无踪，洪哥始终也抓不住一把风，手虚虚的，很不踏实。小毕心说，呃，这和洪哥的赌博一个样，只见出的，不见进的，赚来的钞票大多过了过手，在赌桌上打了水漂。洪哥咳一声，似乎咽下了一口痰，淡漠地问："喂，认识你几年了？"

小毕斩钉截铁道，"三年零一天。"

"这么清楚呀？"洪哥回身，诧异地盯视一眼，"人小鬼大，你八成天天掐指头算呢？"

遇上红灯，车子停下来。

小毕微笑不语，洪哥却盯看着，等待答复。三年前的今天，小毕退伍不久，还在一家高档酒店做保安员。小毕后来才知道，洪哥不光开了这家4S店，另有两个楼盘和一家废旧金属回收公司，业务很广。那天晚上，洪哥宴请有关方面的领导，送完客，人已经烂醉。洪哥要吧台打电话，喊代驾公司派一名司机来。深更半夜的，电话响了几遍，却无人接听。恰好，保安部长认识洪哥，说你别找代驾了，现成的就有。于是就把小毕操过去，夸赞说，刚退伍的汽车兵，技术过硬，还在昆仑山和可可西里跑过车呢。

半途中，洪哥下车呕过几次。风一吹，人彻底醉了，也没事先告知目的地。洪哥躺在后排，鼾声如雷，一问三不知的样子。没了辙，小毕将奥迪A6停在滨河大道的林荫道上，坐等黎明。

孰料，七点刚过，巡街的警察开着摩托车，打着闪，像发现了敌情。警察不给面子，见车里酒气熏天，还掏出仪器来，专门让小毕吹了吹。小毕求饶说，这个死胖子醉了，我负责代驾，但不知他家在哪儿，等一下他醒了，我就离开。警察威严地说，不行，知道今天什么日子么？

我没挡道呀。再说了，这么早，也没违规吧？

今天高考，半幅路要禁驶，方便考生通行。警察准备撕罚单。

高考咋了呀？

咋了？你没上过学么？

——这话戳到了小毕的痛处。

当初在凉州老家时，小毕的确参加过两次高考，没什么意外，均名落孙山。他爹也不在乎，说你拿不了笔杆子，你就拿勺子吧，去学个厨子，将来也不会挨饿。小毕气馁地说，拿勺子还不如拿枪杆子，我去参军吧。这么着，小毕被分到了青海格尔木，当了汽车兵。警察后来没撕罚单，小毕乖乖将车开到了黄河北岸，停在山坳下，蹲在坡顶上晒太阳。

下午时，洪哥终于醒了，吓出了一身汗，忙问，我的包呢？小子，我的提包呢？小毕不吱声，从后备厢里拎出一个提包，四四方方的，塞满了百元大钞。小毕说，你醉了，跟钱过不去，撒了一车，我帮你拾掇起来了，你数数吧。

我撒酒疯了？洪哥有点汗颜，他知道自己的毛病。

没！你可能怄气了，跟那帮人不对付吧。小毕将车开下山，顺着洪哥的指引，停在了4S店里。小毕转身欲走，洪哥却拽住他，问说，你在那家酒店还有东西么？行李，还是押金？

押了身份证。小毕如实回答。

我帮你去取，你留在这里，大家一起发财吧。洪哥说一不二，立即将展厅和修理厂的员工们召集起来，拍板敲定，将小毕介绍给众人。洪哥说，你先从修理学起吧，慢慢熟悉一下，你是干这一行的好料子。

有时，晚上歇工后，小毕待在宿舍里，会不经意地想起这一幕。一想，小毕就想发笑，呵呵，高考落榜了，其实碰见洪哥的这天，才是自己真正的高考日。六月七日，小毕对这个日子充满感激，觉得它神圣无比，天赐一般。进了厂，洪哥对小毕也格外垂青，时时提携他，无论公事或私事，总爱打发小毕去办，真当成了小弟。出去应酬，洪哥偶尔让小毕开车。他在包厢里开席，但心思缜密，会在大堂里点一小桌菜，小毕独自享用。薪水蛮高，比穿上制服当保安强上几倍。遇上年头节尾，洪哥还悄悄塞个红包，很肥的红包。有几次，洪哥出差，嫂子打来电话，急吼吼地说，小毕，家里没醋了，没酱油了，赶紧买一包回来，菜都下锅了。小毕跑出一头汗，把东西送回家，揶揄说，嫂子，这不是醋和酱油啊，这比脑白金还贵，汽油又涨价了。嫂子一脸的无所谓，还嗔怪说，真没想到，连兰州这么小的破城市，堵车还这么严重，真该组织社区的居民，去市政府门口抗议，把市长给撤掉。话虽这么说，但彼此间的关系日渐亲密，没拿小毕当外人。

小毕心里一直狐疑着，但始终没觅见合适的机会。那一次，去甘南草原出远差，洪哥被藏族兄弟的青稞酒撂翻了，一路上傻笑，唧唧歪歪的。小毕问，你干吗对我这么好呀？洪哥说，你就是一块搞车的料子，天生的。除了这，还有呢？洪哥说，你还比较忠诚，有你在，我就放心。小毕紧踩油门，心情像窗外的草原，一下子天高地阔起来，辽远无限。又问，当初你那么果断，口气蛮硬，你究竟看上我哪一点了？洪哥拍了小毕的脑袋，申斥道，妈的！那一包现金六十万，对家不敢收，你照看了整整一夜，一张没丢，还叫老子考察个屁哟。小毕喜滋滋的，心说，我刚才在拉卜楞寺里点了酥油灯，还在贡唐佛爷的金塔前发了愿，专门为你洪哥祷告的，你还不知道吧——此刻，洪哥一直在等回话。显然，他被小毕的精确算法唬住了。小毕卖个关子，等绿灯放行后，才慢悠悠地说："这两天高考，所以才记得牢。"

洪哥忽然暴怒道，"妈的，别提高考了。"

"咋了你？"

"没咋！反正一听这个词，老子脑袋就肿了，恨不得撞车，点火爆炸算了。"洪哥捶打着玻璃，冲着窗外的一个司机发怒，"看什么看？信不信我撞死你，臭狗屎。"小毕拨转方向盘，驶上了桥，省得冲突。洪哥没在意这是客户的车，掏烟，贪婪地吸食，害得小毕打开了全部窗子。洪哥平静下来，沮丧地说："虎子没去考试，把准考证撕了。"

小毕急踩刹车，"什么？撕了？"——虎子是洪哥的独子，小毕见过几面。

"撕了！"

"呃，难怪你脸色这么差。"

洪哥抽到了头，没扔掉，却将烟蒂捏在指尖，慢慢捻灭了。小毕蹙了蹙鼻子，仿佛能嗅见皮肉烧煳的味道。心说，气坏了，绝对！洪哥静默了许久，咬牙道，"有其母，必有其子。小混蛋，把准考证撕了，几天前就跟他妈去了上海玩，还蒙骗老子。我下午才知道的，班主任训了我一顿，像骂孙子一样。"小毕回觑一眼老板，心里挺纠结，不知该怎么劝，含混说，"哎哟，这天大的事呀，嫂子咋也不明白呢。"

"乔丽对你好么？"洪哥忽然变线，怪怪地问了这么一句，挺唐突。

"还行！"

洪哥说，"小毕，你记住哥哥今天的话，掏心窝子的话。一个男人，甭管玩得多大，多牛×，身边没个好女人，没有举案齐眉的话，一切都扯淡。"唏嘘一阵儿，洪哥的手伸过来，搭在小毕肩头上，嘱咐说，"你赶快和乔丽办了吧，再别拖了。乔丽那么乖的女孩，真少见，别让这个臭染缸给脏了。"又说，"房子的事别担心，先租上一间结婚，租金我来掏，你和乔丽去选地段吧。"

"谢谢哥！"小毕哽咽一下，"那虎子呢？"

洪哥呵呵一乐，很勉强的样子，苦笑说，"天下雨，娘嫁人。连准考证都撕了，你说我还挂念什么。一个耳光！知道么，这是一个大耳光，我给彻底扇晕了。"洪哥不罢休，真给自己甩了几记耳光，像说明书。

拐过弯，进了凯宾斯基庭院，排在一溜车队后边，等待打卡进门。小毕看见了洪哥脸上的指印，心一疼，恨自己无能，真该替洪哥挨上那几巴掌。这时，手机响了。小毕狐疑地望了望洪哥，洪哥也在看小毕。小毕一激灵，才意识到是自己这里，忙从兜里摸出来手机，喂了一声。没听几句，小毕很生气地说，"现在开车，不方便，等一下打给你吧。"洪哥不动声色，看小毕表情尴尬，冷淡地问："给乔丽买的？ iPhone4？"

小毕说是。

"你小子，终于学会哄女孩子了，长进不小呀。"洪哥拍了拍小毕的头，目光赞赏，"嘻！这下乔丽准高兴了，多少钱买的？"

"六千。"

"喊，美国佬太宰人啦。不过，乔丽喜欢就好，值当！"说完，洪哥下了车，进入酒店。

应该是这个女孩吧，小毕心猜。

又观察了一番，小毕再次肯定，所以按下喇叭，嘟嘟嘟，嘟嘟，三长两短，下意识的。女孩听见喇叭声，撩了撩头发，慢慢踱过来。小毕将玻璃移下一截，窗外的燠热扑面而来。女孩明眸皓齿，探过头来问，"喂，是你么？"小毕说，"那你再拨拨，如果我身上响，你就上来吧。"女孩知道这是一种回答，没错的，忙拉开车门，一屁股坐在副驾驶位子上。女孩像台肉做的锅炉，带进来一股燥热，怨怪说，"停车场那么大，你偏偏龟缩在角落里，这么暗，找了你几圈了。真是你么？"

"你别拨了，就是我。"小毕直起腰，往裤兜里摸去。女孩并不在意，瞪大眼睛，审视了一遍车内，又仔细摸了摸仪表盘。小毕把黑色的iPhone4掏出来，递给她，女孩却不接。幸好，洪哥临走前落下了烟盒，小毕老练地点了一支，衔在嘴角，掩饰住内心的躁乱。软中华，小毕听说是中国最好的烟，抽起来却像草，没意思极了。顺着窗缝，扬手扔了出去。女孩脸上的欣喜逐渐退了潮，赞美说："喂，开起来一定很拉风吧？拉风少年，你绝对。"

"一般般。"

"当然，你有了，就可以这个口气嘛。"女孩似乎忘了见面的目的，也没有陌生人之间的那种矜持，一惊一乍的。又问，"哪国的？"

小毕刚好昨天查过资料，从网上搜罗了一堆信息，此时可以派上用场。于是说，"日产CT-R跑车，刚上市的。上半年的上海车展，一共才推出七辆，一刻钟不到就被瓜分光了。"女孩转身，撅起了屁股，开始摸后排座位，"难怪！连塑料都没撕掉，刚开不久吧？"小毕自负地说，"刚开始不能太躁，磨合期，昨天刚做了保养。你闻闻，车里还有一股皮革的膻味。"女孩真的闻了，蹙起鼻子，嗅了一圈。"多少钱？喂，你爸妈送的吧？"小毕摸了摸下巴，有一粒粉刺，忙确定了方位，指尖慢慢挤，轻轻掐。"一百五十多万，不过手续还没办齐，还得花销不少呢。"对第二个问题，不知者不怪，小毕自然不便作答。女孩怔忡一番，表情扭曲地惊叹道，

"哇噻！把我卖掉，也买不来这辆跑车哟。"小毕瞧着她浑圆的臀部，像下弦月的弧线，暗中吹了一口气，揶揄说，"那咱俩换，一对一？"女孩扑哧笑了，闪电般地掐了一下小毕胳膊上的肉，泄气道，"呸！想得美，那我不是人财两空么。这样赔本的买卖，除非脑子进了水。"小毕从不吃亏，尤其在嘴上，又讽刺说，"那你卸我一个轮胎，恰好是你的价码，我买你？"女孩忽然躺在椅子上，阖上双目，长叹一声。

"什么色的？"静默许久后，女孩忽然发问。

"熔岩红。"

"刚才天黑，我真没看明白。"

小毕了若指掌。况且这个话题是他的专业，毫无疑难。小毕说，"不是一般的红，大红、火红、枣红都太俗了，是火山喷发，岩浆从地下涌出来的颜色，太阳的颜色。日本人搞的，跟他们的膏药旗一个样。"

"我想哭，真的。看见这种颜色，我就想哭一鼻子。"

"干吗呀？"

像一个插曲似的，女孩真的哭了出来，抽抽搭搭，眼睛里敷了一片泪。女孩伤感不已，嗫嚅说，"呃，别人都那么热烈，那么红红火火，像岩浆一样烫。妈的，只有我是凉的，什么都凉，一点点起色也看不见。"女孩的脸上搁着真实，愤怒也如此由衷。小毕不知怎么安慰，甚至开始慌乱，匆忙抽了一张面巾纸，塞在女孩的手里。女孩忽然打掉了，怨怼地说："什么都凉透了，他妈的，包括心。"

"心凉了，人也要完蛋。"

"去去去，你压根儿没心。"女孩抢白道。

"你叫什么？"——本来是来交接手机的，见了面，寒暄几句，一拍两散，小毕忽然觉得没这么简单。女孩像一道微积分试题，横在眼前。小毕又问，"怎么称呼你？"

"今晚上，谁也别问谁的名字，好不好？"

"今晚上？"小毕诧异道。

女孩蓦地起身，拧住小毕的耳朵，大言不惭地说，"送佛送到西！连这个简单的道理都不懂，还出来混，混什么混呀？"身子一侧转，拽动了腿，小毕忽然龇牙咧嘴了半天，钻心地疼。女孩又说，"别看你开了一辆拉风的跑车，呵呵，我瞧出来了，瓢子里还是一路货色，色鬼，小淫人，想套瓷，想揩我的油吧？"小毕的脸登时发青，挥起拳头，停在了半空中。女孩见怪不怪，眨眨眼，一副奈何不得的样子。小毕换了手，将 iPhone4 递过去，低声说，"滚蛋！"

"No，我不要。"

"干吗不要？一下午你打了上百个电话，我快烦死了。"小毕叱道。

"咦，我有另外的手机。"女孩掏出一个诺基亚，晃了晃，又无辜地呻吟道，"干么凶巴巴的？相信不，我现在可以打 110，告你抢劫，劫财，劫色。"

"滚一边去。"

"偏不！"

小毕将 iPhone4 扔她怀里，不再搭理。头支在方向盘上，郁闷至极。

这一段时间，乔丽始终加班，得了空，便用短信催促小毕，说房间的电快用没了，让他去买电。小毕一直拖，问题在腿上。

因为受伤，打了厚厚的石膏，小毕连出租房都没回过，连班倒，晚上就睡在值班室里，将就了许多天。

　　早上休息时，小毕打车去了缴费点，给卡上充了值，再一瘸一拐地去了市区的医院。门诊治疗室前排了长队，乌央乌央的人挤满了走廊。其实，还不到拆石膏的日子，小毕就想问问大夫，伤口发痒，痒得钻心，像石膏下养了一大群蚂蚁，能不能开一点止痒的药水。一看病人们抢购似的，小毕便打了退堂鼓，准备离开。

　　手一撑，从塑料椅子上起身时，小毕看见了一只黑色的苹果iPhone4。

　　这样，小毕又坐下来，不为问诊，专心等人来找手机。手机开着，等了将近一个钟头，既无来电，也不见失主风风火火地跑过来，大呼小叫地询问。医院门口有保安员，小毕清楚，绝不能肉包子打狗，随便交给那一帮穿制服的家伙。他做过保安员，明白他们的品行。小毕揣着苹果机打车回去，刚停在黄河北岸的4S店门前时，手机忽然响了，当然是失主的。

　　我在北岸。我不能给你去送，你来取吧。小毕说。

　　去不了，我在南岸。

　　我有伤，腿脚不方便。小毕对女孩子，一般都客客气气的，态度温和。

　　那好，咱们再约吧，但你千万别关机！

　　——整个下午，铃声不断，小毕兜里的苹果机像一只破闹钟，时时尖叫。失主不放心，随时查岗，对小毕监控得紧。小毕后来关过一段，但换位思考，忙打开了。以前，乔丽也丢过一个国产的，害得她水米不进，哭过好几回，丢了魂似的。小毕从失主的口气里，也听出了乔丽当时的情绪，便不想逗她。傍晚前后消停了一阵，小毕刚到凯宾斯基时，苹果又"熟"了，乱叫一气。

我在南岸，在凯宾斯基的院子里。小毕说。

呀，我也在附近。

女孩的颟顸令小毕沮丧，一个谢字没得到，居然还扬言报警。去他妈的，小毕的牙缝里蹦出脏话，牙也痒痒的。女孩没心没肺，偷偷挠小毕的胳肢窝，服软的表现。小毕带着愠怒，拒之千里，斩钉截铁地说，"我宣布，你在车里是不受欢迎的人，爱干吗干吗去。"女孩根本不搭理，身子一摊，惬意地躺下了。"告诉我，你是干吗的？赛车手，像韩寒？还是富二代？"小毕回说，"我是司机。"女孩哎哟一叫，亢奋地说，"别瞎掰！买跑车都是求刺激的，谁还乐意雇个司机，坐在一旁傻乐呀。喏，那就好比把女朋友介绍给强盗，自己待在旁边看他们做爱，谁信呀。"小毕颓丧万分，俯身打开右侧的门，做了个邀请的手势。女孩忽然说，"等等！"关了车门，表情凝重地说："你用过我的手机？"

"接听你的指示。"

"不！你翻看了我的资料，彩信、照片和邮箱。"女孩仔细检查着，像问罪。

小毕百无聊赖地说，"看了。我得找见机主，才好完璧归赵么。"

"哇噻！你肯定窥视了我的隐私，我发誓。"

"你机子里有艳照？"

"差不多。"

女孩快哭了，头甩起来，仿佛她是纯真教母一样，"本来就预感不好，果然这样。我就说么，天下哪有好心人，捡了iPhone4还能还回来的。呸！"——在修理厂，类似的难缠顾客，小毕曾遇上过几位，知道什么时候强硬，什么时候赔笑脸。小毕想，她和教父该是一路货色，属狗的，说翻脸就翻脸，不识好人心。心说，要是再有一根双汇就好了，扔远一点，让她去叼，自己也趁机开溜。念想至此，像发了咒似的，小毕顿生厌倦。

女孩忽然打开包，扔给小毕一盒酸奶，她也拿出一盒，插上吸管，喉咙里一阵鸭子戏水的声音。小毕笑了，心说，掺了蒙汗药吧，不像劫色，多半是冲着日产 CT-R 来的。晨报上老有这样的报道，跟我玩，嫩了点。小毕将酸奶扔在一边，面呈急色，断喝道："我该走了。"

"也好，"女孩一喜，洒脱地说，"冷气足，真太舒服了。恰好我今晚没事，你带我去战备公路上兜兜风吧？"

"老子没空。"小毕用了洪哥的口吻。

"随你！"

请神容易送神难。小毕问，"喂，你刚才说到了艳照，究竟咋回事？"

"你好奇？"

这时，小毕抬头，忽地看见了洪哥。

洪哥站在凯宾斯基的门厅前，东张西望，嘴角的一粒烟头黑了，红了，又黑了。小毕忙矮下身子，藏在仪表盘下。女孩偎过来，身体热辣辣的，让小毕出了一身汗。小毕为掩饰窘态，绾起裤脚，整理起石膏两头的纱布，空气中布满了药和伤疤的陈旧气息。女孩见状，咿呀一声，"你受伤了，忒严重，腿一粗一细的。"小毕果决地说，"你帮我瞧瞧，纱布上有血没血，刚感觉伤口又挣破了。"女孩埋下头时，小毕遂拔长颈子，再去打望洪哥。

一辆的士驶停，洪哥满脸堆笑，搡开红衣门童，先自打开了车门。

小毕没见过这个女人，眼生。给洪哥服务了三年，宴会，K歌，钓鱼、郊游、赌局、喝茶、吹牛，不管任何场合，洪哥的身边从不缺女人，走马灯似的。平时有规矩，客人不太重要时，小毕也会坐在包厢内，帮着斟酒沏茶。小毕亲见的，洪哥发怒时，身上有雷霆之势。一语不合，动辄将酒水或茶泼在女人们脸上。女人们还紧着道歉赔笑，哄他消消气。有几次，洪哥像雄狮一样动怒，将一沓钱塞在女人的乳罩里，命令她滚蛋。小毕清楚，她们都挺正点，公务员，老师，电视台主持人，艺术院团的，可不是什么随随便便的女人。晚上回了家，小毕搂着乔丽，将冲突的情景说给她听。乔丽却见怪不怪的，说体谅一下洪哥吧，他压力大，一河滩的事，身边没人能替他分担，只当是发泄发泄吧。小毕问，那嫂子呢？干吗不说给嫂子听，枕头边的人最可靠了。小毕将乔丽埋在怀里，十分不解。乔丽却振振有词，说这就是洪哥的大爱，不想把外边的腌臢带回家中，拖累妻子，这才够男子汉。

　　眼前的这个女人雍容华贵，亭亭玉立，像被灯光抹上了一层蜂蜜水。

　　小毕眼生，却又觉得似曾相识。洪哥打开的士的后备厢，拎出一只拉杆箱，又接过女人的外套，挂在臂弯里。洪哥像个门童，屁颠屁颠地跟在女人后头，径直穿过灯火辉煌的大厅，摁了电梯的按钮。小毕忽然拍拍女孩的背，愣怔地问："喂！前一阵有个电视剧特火，叫什么来着？"

　　"《北风那个吹》。"

　　"不是。"

　　"《幸福来敲门》吧？"

　　"不！"小毕抠着太阳穴，上天入地的搜索一番，茫然道，"古装戏，玩穿越的，一会儿今天，一会儿唐朝。女主角更神，把一台笔记本电脑背到古代，送给了皇帝，皇帝赏她做了嫔妃总管，等于现在的妇联主席。胡编乱造的，就这部。"女孩一脸木然。小毕透过落地的玻璃窗，瞧见洪哥和客人进了电梯，登时如释重负，放倒了座椅，将双腿搭在了仪表盘上。女孩盯看着小毕，狐疑道，"干吗问这个？"小毕忽然张冠李戴，"刚想起来，你长得像那个女主角。"

话未落地，女孩忽然鹞子翻身，骑坐在了小毕身上。

女孩像厂里的熟练工，等车悬空后，才站在地槽里，按着型号和图纸，开始检查和大修。小毕枕着手臂，双目紧锁，徜徉在想象之中。

——这时，洪哥和客人一定出了电梯。门卡刺啦一声，进了客房，插卡取电。豪华套房，吧台上摆着一束鲜花，茶几上有一篮鲜嫩水果，冰桶中镇着一瓶拉菲或本地的紫轩。不用说，从落地窗望下去，夜晚的黄河像一条挤满了珍珠和钻石的长河，将大河两岸的风景尽收眼底。不开空调，洪哥推开了一小扇气窗。河风像一匹柔软的动物，忽然扑面而来，吹在身上麻酥酥的，令人微醺。接着，洪哥一定还打开了音乐。音乐声也麻酥酥的，飘进耳朵里，让人什么也不想，左耳进，右耳出，身体会轻飘飘起来。

小毕心猜，此刻客人呢？哦，她是个大美女，好像刚下飞机吧，一定出了不少的汗，脚都快肿了。此刻，她准保进了浴室，花洒里喷出的水，像一阵春天的酥雨，绝对把心都浇透了。她样子优雅，从墙上的软瓶里挤出一点浴液。很快，她的头发就被一团泡沫淹没了，说不上是她本人香，还是洗澡水散发的香气。一刻钟后，女人裹着浴袍，湿头发也盘起来，光脚站在地毯上，望向窗外。

当然，洪哥这时会端着两杯红酒，款款走过去，从后面拥住女人。女人假装挣扎了一下。忽然间，浴袍掉了下来，酒也洒了。

除了电影看得太多，小毕这么想是有根据的。

认识乔丽半年后，洪哥非要见见她。催了好几次，小毕拗不过，才将乔丽领到了洪哥专设的一个饭局上。不错！洪哥在走廊里拍板，还揶揄说，小子，眼睛里挺有水的，趁热打铁，办了她。饭局快结束时，洪哥好像蓦地想起了什么，为难地说，我要连夜赶飞机，刚订的凯宾斯基的豪华套房退不了，损失惨重啊。洪哥冲小毕眨眨眼，将门卡扔过来，像扔下了一支令箭。洪哥不怒自威，说，不如你俩去那里，吃的喝的都有，电视频道也多，看看外国大片吧。乔丽忸怩一番，后来爽快答应了。那回，乔丽进了套房的情景，一幕幕地在小毕的脑子里过电影。只不过现在，小毕换成了洪哥，乔丽也成了刚才的那个女人。

对了，那是小毕的第一次，也是乔丽的初次。他们登堂入室，迅速熟悉了凯宾斯基的豪华套房，也将对方的身体认真研究了一整夜，逐渐熟悉起来。这么想时，小毕露出了诡秘的笑。忽然发现，真的许久没见过乔丽了。

"喂，你咋一直不开机呀？"女孩滚到了另一侧。

"没充电。"

"妈的，你信号也不足。"

小毕回说，"哦，我又不是 iPhone4，伤不起。"

"喂，玩过车震么？"

"什么意思？"

小毕发蒙。

"车震呀。据说美国女孩儿的第一次，基本上是在车里完成的。喏！像你的这辆跑车开到美国，照样拉风，肯定会有不少金发碧眼的洋妞儿抛媚眼，献吻，央求搭你的车呢。"薄暗中，女孩诡谲地建议，"喂，你就把我当成你的同桌，今天周末，你开你老爸的跑车出来，带我去郊外，就在车上狂做？"

小毕抬手拦阻，效果不大。

"哦，你看过《反恐24小时》么，美国的？"女孩不依不饶，又说，"咱俩玩车震时，最好有一帮恐怖分子包围过来，把你和我绑架了，当成和政府谈判的人质。哇噻，整个美国乱了，白宫乱了，连FBI的特工也出动了。"

小毕问，"你脑子进水了么？"

"帅哥，该不会是雏儿吧？"女孩捏了捏小毕胳膊上的肌肉疙瘩，又抚了抚小毕的腹肌，忽然拿出一只保险套，抽离了包装，"可惜了你，像布拉德·皮特那么帅，但不解风情，纯粹的，大菜鸟一个。"保险套悬在小毕眼前，橡胶味浓重。小毕挣了挣，但伤腿上一阵痛感袭来。

"我有女朋友的。"

"拜托！我也有爸爸。"女孩道。

小毕石化了。心说，除非你是石头缝里蹦出来的，谁没父亲呀。

"土包子！爸爸是我男友，我喊我男友爸爸。"女孩挺丧气，捶了小毕一拳，怨怼地说，"妈的！我这是报答你，没想到你信号不好，还一直关机，不玩了。"女孩像一条鳝鱼，出溜一下钻出车外。关了门，又过来拍玻璃。

小毕移下一截玻璃。女孩举起手里的 iPhone4，喜滋滋地挑衅说，"好奇么？呵呵，刚才我和你的都拍了下来，艳照，狂喷鼻血。不过你放心，我不会上传到网上去的，我喜欢收集男孩子。喏，今晚上我收集了一个跑车少年。"

"别无耻，你回来。"小毕没法追，只好嘴上发狠。

"回见。"

"你个母狗！"

小毕真想变成教父，闪电般地追撵上去，咬她一口。

女孩站在灯光处，挥手叫了一辆的士，猫腰进去。小毕悻悻的，拔下车钥匙，敞开车窗，点了一支烟——烟头明灭中，小毕忽然想起了乔丽往日的万般好，一时鼻酸。

结果，乔丽早下了班，就在家里等小毕。

停了车，进入单元门洞，小毕只感觉从天上掉在了地下，连空气都是馊的，像陈年的剩饭。楼梯墙壁上贴满了小广告，花花绿绿的，清洗抽油烟机、开锁、擦玻璃、蹲改坐、收旧家具、求租房屋、招聘月嫂、送煤气罐、改装下水道，等等，比火车站还乱。小毕黑灯瞎火地摸上去，不时碰到一些杂物，丁零哐啷的，让伤腿发颤。心说，刚才什么待遇，日产CT-R，一百五十万呀，现在奔向月租六百块的破房间，还是打过折的。当初来租时，六楼最便宜，小毕和乔丽就挑中了向阳的一面。一室一厅，水电费另算。砖混楼，七十年代末的样子，和小毕的年龄差不太多。近一段，小毕没回过家，受伤是一方面，关键是乔丽加班，家里空荒着，没意思。

忍住笑，小毕礼貌地叩门。好长时间了，乔丽才问，"谁呀？"小毕闷声闷气地答，"收卫生费。"乔丽一定在发闷，慌忙说，"哦，等等。"乔丽是个正经姑娘，想必去换衣服了。小毕用钥匙打开门，随手闭了灯，趔趄着冲上去，一把就将乔丽抱在了怀里。乔丽简单地咿呀了一声，迅速放弃了抵抗。小毕沮丧地说："不喊救命呀？碰上坏人咋办么？"

"嘿嘿，"乔丽轻咬了小毕一嘴，嘟哝说，"你都快发霉了，早闻见你的味了。"

"什么味？"

"动物！不是狮子，就是老虎的那种。"

乔丽举起手，挣脱了小毕的进一步进犯。开了灯，小毕瞧见乔丽攥着一块肥皂，地上摆着洗衣盆和搓板，临窗的晾衣绳上也挂满了。乔丽蹲下继续洗。这个久别重逢的时刻，与小毕的想象大相径庭。"你没睡家里吧？花都枯死了，几包菜也烂了，桌上的灰尘能呛死人，我擦了整整一下午。"乔丽嘟囔着，其实是审问的口气。小毕忙解释说，"手机快没电了，所以关了攒电，等开了机才发现你的短信。呵呵，原先你偷偷来查岗呀。"小毕站着说话。乔丽麻利地拾掇完，将衣服挂起来，又去接了一盆清水。乔丽说，"快把身上的脱下来，我顺便洗了吧。"小毕扶着墙，怔忡不已，不太想让乔丽看见伤口，替自己揪心。

但今天的小毕是有备而来的，心里揣着一个大惊喜，像投送喜报的邮差。乔丽见小毕样子神秘，撩了撩头发，脸上挂着一小片湿光，定睛细看。小毕说，"我懒得收拾是有原因的。呸！这个狗窝，热得像蒸笼，总算住够了。"乔丽却说，"狗不嫌家穷。你咋开口闭口，这么糟践自己的家呢？"小毕喜悦地说，"我请你住高档社区吧，有保安，有物业管理，能看见黄河的那种。喂，明天就去，我带你去物色一套，赶紧搬进去。"乔丽陌生地望着他，怀疑小毕是不是喝多了酒，狂吹牛。小毕有这个毛病，跟厂里的同事们爱喝啤酒，一点就着。小毕说："洪哥掏租金，咱俩去挑房子，让咱们办了。"

"办了？"乔丽讶异道。

"老板是这么讲的。骗你，我就是一坨鼻屎。真的！"

乔丽慌乱地说，"你还没去过天水，没拜见过我爹妈呢。呃，他们还不知道我跟你住一起。"语气纠结起来，"这么仓促，我没一点点准备呀。"

"他们好骗，我有一肚子蜂蜜水呢。"小毕道。

"骗？"

"善意的么。"

"毕小刚，你用这样的话哄我，我真的很生气。"乔丽摔了一下搓板，又慢慢地掐手里的肥皂，掐得肥皂很疼。乔丽讲，"唉，每次都这样子，狗改不了那啥的。你连我爹妈都敢骗，谁知你说的房子的事，究竟骗没骗？"

小毕说，"两小时前，洪哥亲口命令我的。"

"他喝醉说的？"

"没喝！他呀，即便醉了，也比一只算盘清醒。"小毕拍了拍胸脯，豪气干云，"洪哥没亏待过我。他红嘴白牙的，一般会算数。"

"老板凭什么对你好？哦，喂了你一粒迷魂丸吧，你可真够愚的。"

小毕说，"他信任我，欣赏我。"

"听说过，没见过。"

乔丽继续坚持自己的错误，脖子梗了梗，一副不屈不挠的态度。小毕心说，女孩子一般都这样吧，外冷内热，牙齿上焊了盾牌，死不讲理。小毕知道，需要用证据说话，事实胜于雄辩么。于是，小毕开始掏裤兜，掏出一大堆东西来，摆在桌子上，打算让乔丽哑口无言。坏了，乔丽脸色突变。

"毕小刚，这是什么？"

"什么呀？"

"喏，你自己看吧。"

问也是白问，乔丽和小毕以前用过这种玩意儿，橡胶味，一只绾了结的避孕套。乔丽捂住鼻子，五官扭曲，像看见了最可怕的小老鼠。小毕也惊呆了，面红耳赤，不由得结巴起来。要是一只没启封的避孕套也就算了，但这个半透明的袋子里，还盛了一点点乳白色的汁液，黏糊糊的。乔丽真火了，退后几步，目光在搜寻锥子或剪刀，大有放手一搏的架势。乔丽尖叫道："你用完的套套？"

"我没用。"小毕争辩道。

"没用？没用咋会在你口袋里，你嘴硬，背着牛头不认赃呀。"乔丽疯了。

小毕偎上前去，却被乔丽几脚踢开了。家里没有锥子和剪子，但乔丽找见了一只蝇拍，劈头盖脸地打过来。小毕抬手护着自己，忽然想起了先前的一幕。小毕脑筋太够用了，忽然做了个手势，叫停了乔丽。小毕说："别神经！厂里的工友们瞎玩的，不小心装了回来，不是你想的那样子。"

"撒谎吧？还瞎玩的？"

小毕说，"喏！套套里装的是酸奶，不是那个啥。天太热，我们大家打赌，狗东西王鹏输了，扛回来一箱酸奶。绝对是王鹏，他给每个人都灌了一只，肯定跑到了换衣室，偷偷摸摸给大家都塞裤兜里了。这小子，明早上我非打肿他的鼻子不可。"乔丽半信半疑，像对付一只死苍蝇，用蝇拍翻动了一下套套。果真像小毕申辩的那样，颜色不对。乔丽还在愤怒当中，抽了小毕一拍子，叱问道，"哦，你们4S店真变态，玩什么不好，休息时还玩套套呀？"

"社区来宣传计划生育，发了一大堆嘛。"

"真是酸奶么？"

小毕想动手，拆开橡胶套子，证明一下自己，言之凿凿道，"酸奶养花最好了，我倒在花盆里，绝对让那一盆绣球起死回生。"乔丽又抽了一下，打退小毕，用蝇拍捡起避孕套，慌乱地扔出了窗外。呵呵，现在证据被消灭了，小毕底气陡升，忙拿出一封信来，言归正传。

"宝贝，洪哥真对我好，你瞧吧。"小毕说。

"我的信？"

"不是！借了一下你的名字，掩人耳目嘛。"小毕将封皮封底亮给乔丽看，乔丽很快就忘了刚才的不快，攒了眉，充满了好奇，嘟哝说，"哦，我和洪哥八竿子打不着，他干吗借用我的名字？我的名字那么值钱呀，还是美国寄来的，我家可没有一个外国亲戚呀。"——信很薄，像鸽子的羽毛那么轻盈，搁在小毕的手心里，跃跃欲试。小毕说，"4S 店里人多眼杂，人的嘴都不可靠。我猜想，洪哥恐怕不想让别的人知道，就借用了你的名字。他交代说，见到'乔丽'的信，让我单独给他，他这是信任我，我知道的。我已经帮他转交了好几封写你名字的信了，每次洪哥都说谢谢我，谢谢乔丽什么的。"

一枚很精致的信封，边角上印了彩色的条纹，右上角还有指甲皮大小的一方图案，异常清晰。乔丽贴在眼前，左右端详。应该是一个雪人吧，鼻子是一根胡萝卜，系了围巾，戴了草帽，嘴角咧得很大，像演员姚晨。背面有几枚邮票。邮票中是一个高鼻深目的外国人，波浪形的卷发，下巴很尖。可惜了，邮戳的黑泥滚过，有点淤，脏兮兮的。乔丽看了一阵子封皮，忽然说："喂，美国也有个兰州呀？"

小毕肯定地说，"当然！不过，人家的兰州前还有马里，叫马里兰州。"

"呵呵，美国的兰州有牛肉拉面么？"乔丽问。

"有加州牛肉面。"

"市政府出口过去的？"

小毕斩钉截铁地说，"现在商业间谍很多，谁知道呢。"

乔丽捧着信，一动不动，脸上始终在发呆。小毕见乔丽灵魂出窍的样子，又怕她忽然发作，准备收回来。证据一旦用完了，和毕业后扔掉的烂课本差不多。再说了，洪哥傍晚交代过，让小毕赶紧处理掉，别留着了。拽了拽，乔丽却将信捏得很紧，一点也不撒手。乔丽忽然问："哦，谁寄的？"

"一个女人。"

乔丽说，"她干吗用我的名字，鬼鬼祟祟的？"

"可能不方便吧。"

"咋不方便？"乔丽是个好奇心很重的女孩，有时候令小毕很烦。

"因为虎子吧。虎子三天两头就逃课，躲在4S店里打游戏，刺儿头，没个规矩。"乔丽见过洪哥的儿子，印象不佳，私下里还说过虎子的坏话。小毕为了印证自己的话，批评说，"他一来，店里就闹翻了天。他还私拆他爸的信件，不管是公函还是私信，拆了就拆了，没办法。关键是这小子嘴不牢，和嫂子穿一条裤子。芝麻大的秘密，他给他妈一汇报，就比西瓜还大。"

乔丽佯笑一番，"是个女人写的？"

"是啊！"

"她是中国人？"

"对呀，信封写得这么漂亮。"

"毕小刚，你怎么知道是女人写的？你偷看了？"乔丽冰雪聪明。

"哦，商业机密吧。"

——其实，类似的秘密，小毕一般是不会错过的。

昨晚上，小毕将信搭在暖水瓶上，用热蒸汽熏了熏，信口自然开了。小毕读完后，又用胶水粘好，一点痕迹也没留下。在这一点上，小毕驾轻就熟，屡试不爽。但此刻，面对乔丽的拷问，小毕忽然决心替洪哥保密到底。即便乔丽用改锥来撬牙齿，他也决不会吐出半个字来。小毕拿上信，又取来一个打火机，噗地跳出了一簇火苗。小毕说，"总而言之，这个女人去了美国，住在马里兰州，和洪哥彻底闹掰了。不为别的，一桩买卖谈崩了，这女人讹诈洪哥，想让洪哥给她一笔巨大的赔偿。没办法，洪哥换了手机卡，她联系不上，所以才寄一封信来，算最后通牒吧。"

"通牒洪哥？"乔丽问。

"哦，男人和女人的事，谁知道呢。"

小毕喂上火，一封来自美利坚合众国马里兰州格雷特郡的书信瞬时焚化了，扬起蝴蝶般的灰烬来，落在小毕的身上和头发上。乔丽说："快脱下来，给你洗洗吧。"

"不洗了。"

"我还有力气的，快脱吧。"

样子巴分分的，乔丽望着小毕，等他。小毕的目光将她上下捋了几遍，心里的一团蜜汁又被戳破了，温情作涌。乔丽普普通通的，鼻子是鼻子，眼是眼的，谈不上漂亮，却也挑不出一点毛病来。眼前，乔丽穿着小毕的一件跨栏背心，样子松松垮垮，又

当代中国最具实力中青年作家书系

穿了件大裤头，长满碎花，家居的那种。有一次，乔丽问小毕，我是你的什么，你打个比方吧。小毕苦思冥想，终于总结说，你是我的一碟醋熘洋芋丝。乔丽说，这个比喻好，我知道你一辈子离不开洋芋丝，但我不光可以醋熘，还可以青椒炒，麻辣炒，还可以凉拌。此刻，小毕望着自己的一碟洋芋丝，觉得应该是拔丝的，裹了蜂蜜和砂糖的那种，入口即化。

乔丽拽了拽小毕，让他赶紧。背心的领口豁开了，小毕看见了乔丽的乳房。不大，却瓷实，像两枚忠诚的土豆，静候着秋天的成熟。小毕忽然问："加完班了？"

"没！我请了假，明早就得回去，要不然会扣工资的。"乔丽忽然很沮丧，鼻子紧了紧，难为情地说，"中午我晕倒了。她们说我晕了有半小时，给我灌凉水，喝冰红茶，才把我弄醒来。"乔丽边说，边软软地贴过来，倒在小毕身上。

小毕大惊失色，"咋的了？"

"不知道。当时就在案子上检验戒指，眼睛一黑，什么都忘了。"乔丽恓惶道。

"看大夫了么？"

"看了，恐怕是低血糖。再加上没休息好，天热，厂里宿舍乱，也太吵。"乔丽妩媚一笑，摸着小毕下巴上的胡茬，安慰说，"没关系，现在不是好了么。从春节开始忙，冬天的衣服攒了一堆，都来不及洗，总算了了一桩心病。"

小毕惜疼地说，"请上一周假吧，你脸色都暗，我可以炖一只鸡，给你补补？"

"不行的。厂里很严格，一个萝卜一个坑。"乔丽是饰品公司检验室的一名副组长，还当过去年的先进，对自己要求颇高。小毕不屑，鼻子里哼了一声。乔丽说，"这是公司接的一个大单，要趁热打铁，再忙一阵子的。等欧洲和美国那边的热乎劲儿过了，你想卖都卖不出去。"小毕知道她是认真的，遂支起耳朵。乔丽娇嗔道，"喂！问你一件事，我要是对眼了，你还要不要我？"

"对眼？你不好端端的么。"

"我成斗鸡眼了。"乔丽将眸子亮给小毕看。小毕瞧了瞧，眼睛是乔丽的，这没错，却真有一点点变化，说不清哪里。小毕动了动眼皮，乔丽也跟着动了动，很不自然。倏忽间，乔丽真地对眼了，两枚黑眼珠子贴在一起，像假的。小毕骇了一跳。乔丽迅速恢复了原样，喝问："要不要？"

"要！真要！"小毕脸上布满了探询的神色，口气却确定。

乔丽哈哈大笑，"吓你的，小毕，我才不是废品呢。"又比划说，"哎哟，加上吃饭、睡觉、上厕所，一天要站十几个钟头，我骨头都快酥了。最累的是眼睛，得盯着一碗一碗的戒指，挑出残次品来，所以就对上了。"

"你悠着点，别太费劲。万一再晕了，我又不在。"

"不会再晕了，放心。我买了一包奶糖，喏！"乔丽的嘴搭过来，靠在小毕唇上，迅疾地挤出半粒湿漉漉的糖块，小毕赶紧抿嘴含上。乔丽说，"低糖时，我就吃一颗，绝对没事的。"小毕吮了吮，觉得乔丽真的是一碟拔丝洋芋。

"开始头晕时，你就歇缓一下吧。"

"你不懂。流水线作业呀，不能停，下一道工序还等着呢。我负责检查戒指的托儿，有没有衬紧，有没有松脱，有没有焊点不牢，三分钟必须检验完一枚。"乔丽的话像一份流水单，节奏铿锵，层次分明。"在这个班上，我算最快的，差错率也最小。老板在黑板上给我贴了红旗，六面旗子呢。"

小毕怨怪说，"就你要强。"

"红旗就是钞票，你懂不懂？"

"呃，你比什么都重要。"

女人都爱听这句话，乔丽尤其是，便感激地吻了小毕一口，说，"检验一枚戒指，我能挣三毛钱。哼哼，我这个月的薪水，肯定比你多多了。"刮了一下小毕的鼻梁。

"几毛？"

乔丽伸出三根指头，样子骄傲。小毕简直想啐一口，没啐出来，脚却跺了跺，跺得自己龇牙咧嘴，直抽凉气。小毕哼唧说，"三毛？！妈的，老子放个屁，也能挣上三毛钱，简直不把你当人看么。"——乔丽盯视着小毕扭曲的脸，以为他在嘲弄自己，忙搡开小毕，退后一步，气呼呼地说："你再说一遍？"

"呵呵，刚才那句话，等于我放了个大屁。"小毕赶紧把话收回，回扇了自己一耳光。

"毕小刚，你可以骂我，但你不能鄙视我的工作。活儿是我找的，三毛钱我乐意赚，对眼我也愿意害，头是我自己晕的，成了吧？"

——乔丽扔下小毕，胸脯胀足了气，奔进卧室，一头栽在床上。床板嘎吱一声，像受大刑。小毕登时慌乱起来，蹲在地上，把脑袋插进了水盆里，憋了十几秒。心说，本来是站她一边的，表述不清，呵呵，让她抓住了把柄。憋清醒了，小毕狮子甩头，也蹒跚进去靠在了床沿边。小毕闻见了乔丽的体香，还夹杂着夏夜里的汗腥味，诱引着他。小毕刚将手捂在乔丽的臀上，乔丽蹬了一脚，端直踹在了石膏上。小毕撕心一叫，中弹似的仆倒，恰好压在乔丽身上。

"别碰我。"

"警察管不了。你看你，自己也湿了。"小毕顽劣道。

乔丽忽然起身，抹着泪，一个劲地嘟哝说，"不行，真的不行。"——薄暗中，小毕发现乔丽的拒绝并非生气的缘故。她瑟缩着，往远处挪去，仿佛小毕身上带了木马病毒。小毕不满道，"我骂你老板呢，你干吗挡着？你也不想想，他一个戒指卖多少钱呀，才给你区区三毛，纯粹剥削嘛。"乔丽呜咽着说，"公司也是从温州老板那里外包的，挺不容易，一枚戒指赚两块，我还占七分之一哪。我够满足的。"

小毕明白，女人一般是没有全球意识的。她们搞不懂南北回归线，搞不懂鲸鱼不是鱼，搞不懂企鹅不在北极，她们尤其搞不懂自己，只盯着眼前针尖大的一丁点利益。小毕开导说，"呃，省略温州老板不说，这一枚戒指即便是包金的，赝品，仿造货，卖到伦敦和巴黎去，再卖到纽约和东京去，值多少呀？"乔丽回说，"老板打听过，据说值三十五英镑。英镑比美金贵吧？"小毕击了一下拳头，"喏！这不结了，事实如此嘛。"

"可这一单活儿来得真不容易，求爷爷告奶奶的，才接上的呀。"乔丽止了泪。

小毕说，"对！兰州人傻，价贱。"

"别这么讲。毕竟，这一款戒指是威廉王子和凯特结婚用的，赝品也好，仿冒也罢，人们花一点点钱，图个吉祥，留个纪念嘛。"乔丽善解人意，这是她一贯的毛病。乔丽说，"我们车间专做这款戒指，另外的几个车间还做印花瓷碟、扑克牌、气球、男女内裤、面具、T恤衫和人字拖鞋，上面都贴了威廉王子和凯特的头像。知道么，卖疯了，温州老板几次来视察，说全世界都是

Made in China。"

小毕明白这个英语短句，但不忍去泼凉水。

乔丽又说，"兴许，这一款戒指真能带来好运，说不准。"

"什么好运？"

"童话呀。"

"三毛钱，连童话书也买不了一本，做梦吧。"

"毕小刚，你这人太倒胃口。"乔丽的愤怒一般会集中在指甲皮上，掐得很准，撕不下皮，但能留下电击般的暗伤。小毕挣扎一番，忙双手合十，频频告饶。乔丽面露红光，畅想道，"谁不乐意像凯特那样呀，从一个灰姑娘变成王妃，披着雪白的婚纱，穿上水晶鞋，住在宫殿里，还有那么多的人周围伺候着。喏，光想一想就让人发颤。"乔丽可能哑巴久了，此时像一本翻开的字典，絮叨说，"公司的墙上挂满了电视，天天在播大婚的录像，一遍又一遍地播。我都快背出来了。几点几分，金马车出发；几点几分，西敏寺教堂的钟声敲响了；几点几分，王子殿下给凯特戴上了戒指；几点几分，站在白金汉宫，来了一个阳台之吻。真的，小毕，我不哄你。"

——小毕的记忆也被唤醒了，脑子里在过电影。小毕记得，婚礼的花车是一辆劳斯莱斯，黑色，八缸，纯手工打制的。只允许各国的王室订购，贵族的象征。否则，你就是掷下一张天价支票也白搭。乔丽继续说，"温州老板介绍说，婚礼的当天，全世界有二十亿观众在看直播，呵呵，等于一个半中国的人呀。老板的金牙都快笑出来了，二十亿，差不多都是我们的潜在客户呢。"小毕总爱抬杠，心里不服气，叫板说："这下赚美了。"

"什么？"

小毕说，"也不知洋鬼子搭礼不？要是搭的话，一人掏一个份子钱，按一块英镑算的话，真就赚美了。"小毕觉得应该用比喻句，遂说，"那个灰姑娘凯特，摸到了世界上最大的一单头彩。婚礼是干什么的？婚礼不就是坐上了金马车，去西敏寺兑奖嘛。西敏寺就是大乐透总部，大主教就是法人代表，他不盖财务章，转账支票就兑不了。凯特不戴口罩，不戴墨镜，也不穿蜘蛛侠的衣服，公然炫耀，招摇过街，眼热死你们啦。你们呀，顶多是一群无辜的彩民朋友，垫底的，只懂得往奖池里扔钱。"

"我才不嫉妒人家凯特。她也不容易。"

小毕揶揄道，"呵呵，你摸到了我，我就是一个末奖。值五块，一碗牛肉拉面，另加一个茶叶蛋，刚好。"

"我喜欢你这个说法，小毕。"乔丽说。

"她爹以前还是个矿工呢。喏，十个指甲黑乎乎的。"小毕摊开手掌。

"不厚道吧。"

小毕在兴头上，一时刹不住车，"呵呵，我爹在凉州城，好歹也是个吃粉笔灰的。我未来的老丈人，起码也在天水的麦积山石窟下开了个烟酒铺子，生意不错。我和你门当户对。关上门，凯特当威廉的王妃，你才是我的公主。想那么多，你又要犯晕的。"——薄暗中，乔丽瞪大了眼睛，表情肃穆，似乎在酝酿着什么。小毕给看得直发毛，嘴巴动了动，却没有发声。乔丽跪在床上，一寸寸地膝行过来，贴住小毕。乔丽的身体很烫，脸上泛出了一层细汗，胸脯也一起一落的，像在发表意见。小毕听懂了，刚要开始动作，乔丽却命令道："亲我！"

小毕正中下怀。

舌头咂巴着,翻卷着,像两个失散已久的亲人,再次重逢。小毕将乔丽塞进怀里,一团隐秘的蜜汁又被戳开了,上下漫漶,流布一身。认识那么久了,乔丽第一次主动,还用了视死如归的口气。小毕感动连连,眼睛里究竟是汗,还是泪,多半已顾不上了。突然,小毕停了下来,身体一直,舌头也登时僵硬,口腔里埋着一粒东西。乔丽把嘴抽离了,停在小毕眼前。

"请你亲自给我戴上,现在。"乔丽说。

小毕用舌尖拿了出来。

"右手!"

湿漉漉的,带着小毕的口水。

"无名指!"

夜黑下去一尺,但乔丽的眸子亮了一寸。

小毕在暗中摸到了乔丽的手,自左至右,顺利找见了第四根指头。不用看,手其实知道方向。小毕贴着乔丽的脸,看见她的眼睛越来越深邃,一点不对眼,挺正常的。终于,小毕摸到了乔丽的指根,转了半圈,将一粒石子般的东西朝上,套妥定了。乔丽抿了抿嘴巴,俯身下来,搭在小毕的耳朵上,悄声说:"咬了咬牙,我硬买了一枚,四百八十块,内部价。"

小毕点头,像签字似的。

"喂,还要说一句话的。"

"什么话?"

"明知故问么。你又不是没看过好莱坞的电影,一定要说那句话。"乔丽的指甲仿佛灵巧炸弹,准确地找见了小毕的一块肉,掐出了哀求和饶命声。小毕嘟囔了几遍,终于说了出来。乔丽满意了,又搭耳过来,羞涩地说:"我怀孕了,小毕。"

这时，小毕兜里的手机响了。

声音太吓人。一只快耗光了电的手机这样狂叫，真不识抬举，也好像有点神经错乱了似的。小毕搂住乔丽，一齐跌倒，双双躺在了枕头上，脸碰脸。小毕打开电话，金刚怒目地喂了一声。小毕听见了一个女人的咆哮。

"谁呀？"

女人狂躁地说，"小毕，见到洪志平了么？狗娘养的，我找了他一晚上，电话关机，联系不上，也不知死哪儿去了。喂，看见洪志平，让他赶紧给我回话。"

"妈的，你究竟是谁？"小毕顿时翻了脸。

"我是艾米丽·陈，陈曼娟。"对方说。

"嫂子？"

——小毕一骨碌翻身坐起，换了态度。

所有的上帝长羽毛

一

挂上液体，护士并没有走的意思，往阳台上一再探身，眼神很淡。

病人在床上翻了个身，隐约地哎哟了一下。冯加芮忙丢下脸盆，抢到床边，帮衬了一把。病人的嘴里在抽冷气，连腮帮子都塌了下去，表情夸张。冯加芮明白，这种响声应该叫"痛"，冷冷的，带了锋利的刃口，像一枚枚无形的小刀子。痛到了无边无沿时，它们便藏匿在空气中，反倒让人有了麻痹。冯加芮道，"你要是忍不住了，就喊出来吧，别憋在心里。"病人说，"一点点小伤，奈何不了我。呵呵，我是大风大浪里出来的，砍头只当风吹帽。"话很慨然，病人还拍了拍胸口。冯加芮笑道，"伤筋动骨一百天，刚手术完，别太激动啦。"

这时，护士指了指窗外，"阳台上的花快枯了，扔掉吧。花粉一飘进来，对伤口愈合不太好。"冯加芮笑了笑，"我们没花。花是对过这张床的，来看他的人特多，买了一阳台的鲜花。"护士不再往下问，袖了手，一直在瞧冯加芮擦洗脸盆，洗了快三遍了。护士忽然感叹说："这么精致的丫头，我真是看不够哇。"

"护士姐，看你说的，你在笑话人呢。"

"你的侧面耐看，让我解解眼馋吧。"果然，护士坐在了对过的床上，眼也不眨，盯看着。冯加芮觉得她太絮叨，却不好违拗。不管咋说，护士手里有一点点小权，招惹不得。冯加芮涨红了脸，手中的活儿却未停。护士大咧咧的，掰下了邻床病友的香蕉，塞给冯加芮一根，自己也剥了一根，随意得像打开了自家冰箱一般。"我刚才那么讲，其实在恭维你的正面，正面更耐看。你的貌相呀，顶像一个大明星的，我这破脑子，一直没想起来。"

"我一个小地方来的，咋能和明星比。"

护士举起香蕉，吞咽着说，"天水白娃娃。天水那一带的水质好，才能滋养出你这么瓷一样的洋娃娃。唉，你应该去选秀，抓住机会么。"

"没那个命，我咋会有那个命呢。"

两人有一搭没一搭地唠着，话题集中在了冯加芮的漂亮上。一个极力谦虚，另一个诚心赞美，你来我往，终于像一股麻绳，绞在了一起。冯加芮又擦了一遍，脸盆露出了原先的样子。一对鸳鸯映在盆底，身上的彩羽纤毫毕现，栩栩如生。冯加芮揩了一把汗，护士又塞来一根香蕉，接了。

"要不是亲自看，我的妈呀，我还真以为你是大明星下基层，来体验生活的。"护士撇嘴道，"咿呀，没见过你这样的小保姆，太勤快。"

"我不是保姆。"

"不是？"

"我是来伺候病人的。"

护士讶异地望了望病人，又盯了盯冯加芮，一脸迷惘。冯加芮剥开皮，豁口像极了护士的嘴巴，洞开着，被攥在手里，可以随意揉捏，心里遂有了一丝丝快意。护士问病人说："这丫头是你什么人？乖乖，伺候得这么好。"

病人挣扎了一下，嗫嚅不语。

"我是他女儿。"

冯加芮道。

"别骗人了。瞧瞧，小丫头一撒谎，脸上遮不住的，红得像一颗西红柿。"护士先自笑了，将墙上的病卡一撩，仿佛呈堂证供。"他姓孔，他一直喊你作小冯，你咋会是他的女儿呢。其实，做保姆没什么丢人的。有时候，保姆比自己生养的儿女还亲。"

"我就是他女儿。"

冯加芮坚持道。

"唉，这么讲，我也没办法，就算是吧。"

走廊里的蜂鸣器响了，护士走得很慌乱，眼睛里一片馋涎欲滴的光泽。病房里静寂下来后，冯加芮抑制住喜悦，咬下一口香蕉。孰料，病人却忍不住了，抬起身子，咯咯咯地大笑开来。冯加芮没见过病人这么喜形于色，一扫阴霾。笑声像窗外的一块夏日荫凉，惬意，凉爽，让人身心通透。冯加芮也跟着笑了，捂住嘴巴，浑身洋溢着一股说不出的快乐。心里说，要是打通电话，让孔力婴听一听他爸的笑声，他一定该乐得翻跟头了。想归想，病人笑了半截儿，忽然龇牙咧嘴，又抽起了凉气。冯加芮赶紧奔过去，给病人垫了一个枕头，伤腿才平衡了下来。冯加芮说，"孔伯，小心伤口。"

"呵呵，你刚才对付她的话，比药还管用。我不疼，真的不疼。"

"见不惯她，是非婆。"

病人道，"你就该这样。人得有点棱角，别让外人看塌了。"

"孔伯，别笑了。再笑的话，缝的线快要绷断了。"冯加芮喂了药，又量了量体温，还给病人擦了手和脸。病人术后刚三天，但耳郭和鼻翼两端已出现了血色，刚才的笑声也爽朗，让冯加芮登时有了一种底气。冯加芮摊开了毛巾被，央求病人再睡一会儿。病人怔忡一番，指着对过的床说："小冯，我不是封建脑筋，你也别见外，将就一下。你忙了一整天，嗒，在那边眯上半个钟头吧。我自己会看液体的。"

"我不累。"冯加芮道。

"累不累，你脸上都告诉我了。"病人道。

"等力婴来换了班，我回去睡。再说了，护士们进进出出的，这里也睡不踏实。"冯加芮不想多讲，抓起一件脏衣服，丢进盆里，想去水房搓洗。病人忽然伸出手来，攥住冯加芮的胳膊，又忽地丢开。病人吸了吸鼻子，眼睛一湿，"小冯，你是个福气人。力婴找上你，算我这姓孔的一门人没做过亏心事，祖上积了大德呀。我一个棺材瓤子，让你费辛劳了。"说着话，病人抱了抱拳，一副作揖的样子。

"孔伯，你别这样说，我应该的。"冯加芮道。

"唉，世上没什么是应该的，我见识过了。"病人道。

"你一见外，我就不自在。"

"人老，话就多。你千万别多心呀。"

洗完后，冯加芮蹑手蹑脚进了门，见病人已入睡，发出了轻微的鼾声。毕竟术后不久，失了血，体虚。冯加芮站在阳台上，甩开衣服，挂起。一层水汽漾在光线中，竟有斑驳的霓虹恍恍惚惚，缭绕眼前。剩下半本《读者》没看完，冯加芮坐上马扎，趴在对过的床边，有心无意地翻看着。脚尖碰上了床下的几块大秤砣，生铁的，足足有几十斤重。冯加芮觉得，自己的心，其实比秤砣还沉。

对过的病人是腰椎上的问题，每天不定点来，做完三两个小时的牵引后，便左簇右拥地回了家，从不过夜。正好，孔力婴接了夜班，就可以舒服地睡上一宿，不用租医院的躺椅或钢丝床（一夜要花十五块呢），还解乏。趴在床边，杂志上花哨的文字做了催眠，冯加芮很快就迷糊着了，枕在手上，连梦也稀薄。

梦中，一只手抚在了冯加芮的头顶，汗腥气十足。

"力婴，你回来了。"

"没事吧？"

"咋会。"冯加芮横了一根指头，示意孔力婴悄下声，又低语道，"晚上食堂里卖绿豆稀饭和胡萝卜包子，给你留了一份，赶紧吃吧。"

天色暗淡了许多，孔力婴站在薄暗中，弯了弯指头，替冯加芮揩掉了眼角上的一两滴液体。冯加芮哽了哽喉咙，忙撒开身，想去料理晚饭。孔力婴问道，"你哭了，做不好的梦了吧。"冯加芮敷衍道，"我才不哭鼻子呢，天太热么。"孔力婴闻听，一把拽住冯加芮的胳膊，喜兴道："走！先陪你到楼顶上吹吹风，凉快下来了，你再回去。"

二

塔楼上有一部电话，原始的那种，内线。孔力婴挂了几次，对方均未接，遂仰首望了望天空。高耸的塔吊刚刚挥臂，将一捆钢筋提上去，在卸载。稍停，终于挂通了，孔力婴嘿嘿了一声："卡油，找你有事，急死我了。"

"对不起，你打错了，查无此人。"

"我错了，卞哥。"

"哦，现在忙，下班后你爬上来说话吧。呵呵，得罪了老子，你没好果子吃。"这间歇，卡油从塔吊的驾驶舱里探出半个身子，往地上瞭了一眼。孔力婴摘下红色的安全帽，招了招手。卡油勒索道，"给老子买盒烟，黑兰州。"

"狮子大张嘴呀，妈的。"

在工地上，唯有卡油把那玩意儿叫塔楼。一说塔楼，其他的人就发笑，臭屁，顶多是个小监牢，夏不遮光，冬不蔽风，新疆的葡萄干就是那样晾成的。骂归骂，但卡油是一等一的塔吊司机，安全生产达四百多天，连一个小故障都不曾有过。这里是一片高档楼盘，刚起了四五层，但塔吊已预设到十七八层高，像一架登天的梯子，煞是醒目。

卡油是孔力婴的死党，当初在浙江东阳的一家建筑公司，被老板悄悄挖来的。辞工的那天，老板开着蓝鸟去接卡油，礼贤下士。路经一座加油站时，车子拐了进去，停在工作台前。那一阵子，孔力婴刚毕业不久，穿着一身制服，提着油枪跑了过来。老板摇下玻璃，将油卡递给孔力婴，随口说，加满吧。在一串数字刷刷刷攀升的过程中，孔力婴很熟络地说，其实呀，加个半饱就可以了，否则太浪费。老板生疑地问，为啥？你卖得多，不是奖金就高么。孔力婴很不屑，敷衍道，你要是公家的车，你就加满吧，你把整个吐哈油田买了，人家才高兴呢。老板觉得话里有话，遂下了车，摆出一副不耻下问的架势。

加太满了，本身就是负载，还浪费。

咦，这我倒没想到呀。

在城里开，随时可以加，省一分算一分嘛。

那一段，老板带着队伍，从嘉峪关上来，准备在省城大干一场，正是招兵买马的关口。老板瞄了孔力婴几下，眼神像伯乐终于找见了良驹似的。老板问，你什么文凭，想不想跟我干？我刚拿下兰山脚下的一块地，同济大学设计的，欧洲风格。当时，孔力婴收入稳定，对身上的制服也满足，并不想去冒险，只敷衍地笑了笑。我一个中专生，商校毕业的，一来不会砌墙，二者也不会和泥，我能做啥呢。老板道，你来给我做料管员吧，你心很细，我就缺你这样的人才。孔力婴极力摇头，连老板递去的名片也懒得接。越是拒斥，老板越上了心，觉得非他莫属，还给车上的卡油拼命挤眼睛，让他敲敲边鼓。卡油心领神会，忙下了车，问孔力婴说，你是临洮人吧，一听就听出来了，我是卞家庄的，你是哪儿的？孔力婴一下子来了精神头，回说，我是大孔村的，跟你们卞家庄只隔了一条沟呀。卡油道，你口音不重，呵呵，但我能听出来。孔力婴说，出来上学，要求说普通话，还是改不掉。这时，卡油的聪明劲儿涌了上来，说，兄弟，遇上一个老乡太不容易了，我以前在浙江的一家公司干，妈的，他们嘴里都是鸟语，难为死我了。孔力婴说，你说话家乡味道浓，像一碗临洮的洋芋臊子面，听着亲切。卡油说，不如这样子，你来和我做个伴当，咱们一起盖楼，还能一块儿说亲热话——伴当是个土语，意思是伙伴或兄弟。闻听此话，孔力婴痴痴地笑了，并不接茬。卡油又说，我给你念一首诗吧，是写咱们临洮的。于是，卡油润了润嗓子，满口土风地念道：

北斗七星高，

哥舒夜带刀。

至今窥牧马，

不敢过临洮。

念完了，孔力婴拍了拍卡油的肩，乐呵呵地说，不错，这个诗就是写咱家里的。临洮呀，在古代真不得了，还出过貂蝉那样子的美女呢。

卡油道，对对对，说不定，貂蝉一家还是我祖上的先人。

真的呀？

兄弟，你也别谦虚了，见你天庭饱满，地阁方圆，你绝对是孔夫子的后人，曲阜来的吧。卡油自有一套，舌头像上了润滑油一般。

其实，那一刻，老板连他们姓甚名谁都不确凿，只觉得如获至宝，腋下生翼，顶如刘备结识了关张二人，喜兴无比。老板给卡油交代了第一桩任务，让他天天打电话，柔性攻势。

一周后，孔力婴携着简单的家当，加盟而来。老板大张旗鼓，在顺风肥牛置了一桌宴，将"关张二将"介绍给了一帮子中层。喝第一盏酒时，老板才想起叫名字来，忙让他们写在纸条上。或许是服务员的圆珠笔没水的缘故，老板先认出了孔力婴三个字，笑着说，呵呵，一个有力的婴儿娃娃，好兆头。轮到另一位时，老板的底子顿显薄弱，喏嚅几番，始终念不出来。当事人在旁提醒，我叫卞宙，一点水，一个下，宇宙的宙。老板领悟不及，索性念成了"卡油"——那以后，卡油在工地上名播遐迩，真名反倒渐渐生疏了，罕有人称呼。

七点半时，孔力婴背上一个袋子，沿着圆圈状的梯凳，往塔楼上攀爬。晒了一整天的钢铁，此刻余温犹在。孔力婴只觉得心里冒出了一丝丝青烟，还带着皮焦肉煳的味道。跳上驾驶舱的平台，脚下趔趄了一阵后，孔力婴方美美地喘了一口气，感觉到了高空中的阵阵凉风。呵呵，视野开阔，一座偌大的省城，仿佛积木一般堆砌眼前，煞是眼花缭乱。原先，卡油这家伙没晒自己的葡萄干，在这里做逍遥神哪。

卡油双脚支在仪表盘上，在读一本书。

进了门，孔力婴打开袋子，将三瓶冰镇啤酒递给卡油，一脸谄媚。卡油笑话说，"小恩小惠，你八成是有事找我。"孔力婴被窥破了心思，忙道，"黑兰州太贵，十六块一盒，划不来抽。啤酒是麦子做的，解渴解乏，还有营养。卡油，哦，卞哥你在看啥书，这么专心呀。"卡油用牙齿咬开，递给孔力婴一瓶，自己吹一瓶，"一本旧书，收录了省内各大名胜里的古代楹联，好玩，混心嘛。"卡油的语气很淡，并不像个有学问的人。但在公司内部口口相传，说卡油读过的书，起码能垒起一小面墙。孔力婴伸手接过来，一瞧就头疼，繁体字，竖排，油迹斑斑的，遂递还回去。孔力婴撇嘴说，"花钱读这样子的书，顶如没读，太不实用了。"卡油道，"屁！你竟会说出这样的话来，看扁你了。"孔力婴心里搁了事，不承想一句无心之话，惹得卡油不高兴，忙抱了拳，作揖讨好。卡油说，"其实呀，我读书根本不花钱，有时候，我还会挣几个小银子呢。"见孔力婴一脸狐疑，卡油卖弄说，"礼拜天，城隍庙一般会卖旧书，杂七杂八的什么都有。我眼尖，专挑那些没人要的，价钱低，捎回来几本。等书读完了，我再卖回去，就说是自己家里传下来的，价格忽地上去了。呵呵，几顿饭的开销有了。"孔力婴舔了舔嘴唇，心头掠过了一片片铅云。

"卞哥，你好福气呀，像天王老子一样，端坐云头。"

"还是俗人，还得吃喝拉撒。"这么说时，卡油从座椅下摸出了一只大可乐瓶，里头黄澄澄的，晃着液体。卡油也不遮掩，掏出家什，将一肚子尿滋在了里头。少顷，卡油猛然一怔，用指头戳了一下孔力婴的额头，嗔道，"小鬼，别给老子灌蜂蜜水。你说吧，有啥事。"

"我爸骨折了，住在医院。"

卡油道，"你咋不早说。"

"做了手术，在骨头上打了钢钉和夹子，先稳固住，把伤口长好了再说。"孔力婴用指头比划着，关节一弯，嘴里咔嚓一声，挺形象的。"你知道的，陆军医院的骨科最好，但花销也大，我现在闹赤字，一穷二白了。"

"借多少？"

"再垫付上一个礼拜左右吧。等拆了线，就回家去静养。"

卡油笑眯眯的，扬起下巴，很蔑视地望了孔力婴一眼。孔力婴觉得没戏了，热脸贴了冷屁股，就等吃一鼻子的灰吧。孰料卡油说道，"钱不是问题，有少没多，先借给你救急。我卡上攒了三千，你用去，年底了还给我就行。年底放假，我得给我爸打一口棺材，他已经八十有七了。不过么，你先得给我释疑解惑一下，你咋叫这么个名字？"孔力婴的脸腾地一烧。他名字里夹杂了一个"婴"字，没少遭同事们的戏弄，说他长不大，说他天真，说他颟顸，说他孩子气，云云。卡油问过好多次，孔力婴打了岔，始终未答。现在，卡油有了权利，顶如在逼问。孔力婴便挠着头皮说："呵呵，瞎起的。我爸随便翻了翻字典，说第一个字应该是某页的第几个，第二个字选某页的第几个，一拼凑，我就这么叫了。实话讲，我烦死了。"

"你爸真有意思。"

"他有一本旧字典，时时揣在怀里，连睡觉都不落下。"

"这不稀奇。"

孔力婴道，"问题是，他恐怕是整个临洮县，唯一会查四角号码的人。四角号码，你明白么？一个字一个码，像身份证一样，不重复。"

"乖乖，那我更应该救急。等他康复了，我得去拜个老师。"

"他现在躺在病床上，也舍不得丢掉，还翻看呢。"

"他做啥的？"

"乡上的邮递员，合同制的，让人刚刚给开掉，才来省城看我。"孔力婴的眼眶里一湿，哽咽道，"我小时候，他就骑着一辆绿车子，风里来雨里去，没昼没黑的，一直骑了几十年。不承想，老了，不骑了，却把腿给摔断了。"

"哦，他是邮差呀。"

这时，卡油也揩了一下眼窝里的一小片液体。

一般来说，坏情绪会传染的，像塔楼外飘来的那一朵黑云。孔力婴忙举起瓶子，先干为敬。孔力婴不想搅扰了主题，但前提是卡油必须高兴起来才是。于是，孔力婴尊敬地说，"卞哥，你教教我吧，咋样才能开动这个钢铁巨人。我一直寻思，开这个大家伙比开飞机、开坦克、开卡车还难。你是怎么驯服了这匹烈马的，你是个好骑手，你真的太棒了。"卡油不为所动，表情也淡。在他的左右两侧，各置了一排控制手柄。手柄下方有金属牌，指示用途。见孔力婴催得紧，卡油努了努下巴，意思是你自己琢磨吧。孔力婴受了怂恿，当真开动了。

塔吊的长臂缓缓启动，画了小半个弧，挥向了右侧。孔力婴伸长脖颈子，瞭见那一片黑云像遭了惊吓，脚下慌乱，拖泥带水地跑远了。呵呵，孔力婴来了兴致，再扳下另一只手柄。长长的吊臂划向了城市中心一带，直指穿城而过的一线河水，像一副不错的圆规。

"呀，河在发光。"孔力婴说。

"是落日。"卡油说。

"啧啧，我没见过发光的黄河。"

"我说过了，是落日。"

"真的，我看见河在发光。八成，是水里的鱼群，鱼鳞的光吧。"

孔力婴见卡油撇了撇嘴，很自负的姿态，也就不再争执。又扳下了手柄，钓竿一样的长臂收拢而来，停在了工地上空。工地的围墙外，围绕着一大片浓茂的森林，绿意盎然，在风中摇摆。其间，还星罗棋布地点缀着一些庭院和房舍，羊肠般的小路曲曲弯弯，红色的屋顶熠熠烁闪，比水银镜子还耀眼。从塔楼的角度上看，这一座仿古园林式的动物园，此刻尽收眼底，一派静谧。

"呵呵，猴山。"

轻轻揿了一下，吊臂滑向了围墙外的一座露天庭院。果然，孔力婴瞧见几座假山上，灰突突的猴子们奔上蹿下，你推我搡，在夕照中争抢一只皮球。横在假山半空中的一根铁索上，一只巴掌大的小猴子荡开了秋千，始终掉不下来。又稍稍转移了一下角度，孔力婴瞭见了一对长颈鹿，一群黑白的斑马，一只泡在水池里的犀牛。孔力婴兴奋了起来，嚷嚷道："卞哥，有大象和狮子么？"

"当然。"

孔力婴道，"呵呵，我给你吊上来一只大象吧。要不，吊上来一头熊猫也行。最起码，我也能吊上来一只小羚羊或狒狒，在塔楼上陪你上班，给你解闷。"

"别干扰它们。现在，正是吃饭的时候。"卡油道。

"咦，那是个啥么，挺怪的。"

卡油俯身过来，顺着孔力婴的指头，看见了一座造型奇特的建筑——颜色绚丽，外形高大，像一顶巨人的锥形帽子。卡油有经验，说："鸟笼，鸟的乐园。"

"哦，你这么一讲，我就觉得它真的是一只大鸟笼了。"孔力婴将吊臂摇过来，将挂钩悬停空中，似乎想吊起那只笼子，问，"圈鸟的笼子呀。卞哥，笼子里都有些啥鸟？"

"啥鸟都有，全世界的鸟都一网打尽了。"卡油道。

"我不信。"

"不信拉倒吧，你就是一只讨嫌的小鸟。"

三

"这叫艾条，挺灵验的。你试试吧。"

拗不过冯加芮的央求，病人这才下了床，扶住墙，龇牙咧嘴地坐在了阳台上。冯加芮举起药盒，给病人逐一念道，"温经通络，益气活血，祛寒止痛，升阳举陷，补虚固脱，反正功能挺全的。"病人道，"呵呵，像在说我，我就这样子。"冯加芮又念道，"熏艾条的过程中，忌大怒，忌大惊，忌大醉，忌大恐和过劳。你记住了，千万别枉费了工夫。"病人指着满阳台的花，说，"我和这些植物一个样子，也到了该焦枯的时候。"冯加芮说："看看，你这就是大恐，心里没信心，药效会减半的。"

"我才不怕死呢，我见过的多了。"

"不许你这么讲。"

"呵呵，听你的，我不说丧气话，小冯。"

冯加芮拿起一根艾条，点燃后，复吹灭，用哑火腾起的烟雾，慢慢熏蒸着病人手指的关节。熏完一根，再轮到下一根，依次反复。病人的手掌饱满粗大，很厚实，但被一层老茧状的硬皮裹覆了，仿佛印证着过去的一段岁月。刚入院时，病人才躺了一天，就哎哟哎哟地呻吟不止，没呻吟他摔折的腿骨，其实是浑身的风湿在作怪。冯加芮听孟柯讲过这个土方子。孟柯她妈是关节炎，陈年老疾了，一犯病就熏艾条，其他的药根本不管用。冯加芮也去买了两盒，按孟柯指导的方法，现在熏得自己满眼淌泪，头撇到了另一边。艾条的气味很霸道，汹涌而至，弥漫在空气里的烟雾不但呛人，还辣。渐渐的，病人有了别样的表情，像慢慢打开的一朵花，挺受用的。

"其实，我现在想通了，他们辞了我，也有他们的道理。"病人翻转着掌心，絮叨说，"先前，我当邮递员时，风光得很啊。我的自行车上装满了信件和包裹，像座山。我骑到哪个村子里，一按铃子，大人娃娃们都围了过来，递烟的，端茶的，让进家里吃饭的，根本忙不过来。那一阵子，全乡十几个自然村，一万多口人，我大多数能喊出名字来。我喊了谁，谁就跑过来让我接见一下。"

冯加芮道，"接见？像总理那个样子。"

"那当然么。"

"呵呵，我喜欢你这么说话，力婴也这个口气。"冯加芮辣出了眼泪，心里却甜。

"乡上的邮政所就我一个邮递员，送家信，送电报，送各式各样的包裹。唉，那时候，真把我给忙死了。小冯，等你回上一趟临洮家里，你就明白了。山大沟深，焦山渴水，没啥正经的路，连遮风避雨的一棵大树都稀罕。我的风湿，八成就是骑自行车时落下的。年轻时扛得住，临老了，病就来了，顶如一块锈死的钟表，大多数零件都开始不听使唤了。"熏完了两只手，冯加芮抱起病人的一条好腿，架在凳子上，绾起了裤管，又细细地熏蒸起膝盖来。病人沐浴在傍晚的夕照中，犹如一本老羊皮装订的回忆录，说东道西，沉浸其中。

"真的，我还送过一封美国来的信，一封日本来的信。"

冯加芮问，"哦，那你认得么？"

"咋不认识，"病人从怀里摸出一本字典，夸耀道，"信皮子上的洋码字呀，都被翻译过来了，还是繁体的。嘿嘿，我就靠这个，把美国信和日本信送给了主人，国外的亲戚写的。别看我才念了高小，但我是临洮县最会查四角号码的人，一般的字，根本难不倒我。"

"你应该去做小学校的老师，做邮递员荒了你。"冯加芮道。

"呵呵，我喜欢那个工作。"

"喊，喜欢有啥用，到头来，还不是落下了一身的病。你瞧瞧。"冯加芮抚着病人的腿面，虬结的青筋有筷子粗细，蓝幽幽的，仿佛一条条饱食的蚯蚓，密布其上。骇人的是膝盖骨，若一颗被冻伤的洋芋蛋，疙里疙瘩的，比石头还硬。一手拿着艾条熏，一手抚着病人的膝盖。意念中，冯加芮有掌心化雪的感觉，慢慢揉，轻轻搓，见病人微微阖上了眼皮，陷在惬意当中。冯加芮道，"等你养好了伤，回家里呆着吧，划不来再去骑自行车送信了，又不缺那几个小钱。"

病人怅然道，"想去，人家也派不了活，干瞪眼么。"

"他们太绝情，卸磨杀驴。"

"哦，也怪不得邮政所，不算过河拆桥吧。"病人将这个成语说得很重，暗中纠正了她。冯加芮听出来了，一窘，手里揉得更迅疾了。病人道，"以前，谁家里来上一封信，四邻八舍都知道，眼热得不成。一按铃子，我接见谁，谁签字，跟领了奖状一样，阔气死了。唉，如今谁还写信呀，连电报这一项业务都被取消了，我站一边去了。我太老派，看不清这个世界了。"

冯加芮说，"你只管养病，别瞎想了。"

"太熬煎你和力婴了，我死都会记得。"

"看，你又来了。"

"我不说，真不说了。"嘴上如此，病人仍唏嘘道，"那天你不在，我抽空问了问大夫。乖乖，在这个破三角铁床上躺一天，要收一百多块呢，还不算药费治疗费。呵呵，比躺在棺材里还贵，我舍不得呀。"

冯加芮道，"舍不得又咋样，治病要紧么。"

"我咒它。"

话音未落，护士哐啷一声搡开门，屁股后边跟进来一团风。

艾条的烟晃了晃。冯加芮的手缩回来，病人也迅速收回了腿。夜晚未到，下午的药和液体全使完了，但护士仍喜欢搞一下突然袭击，破门而入。护士没什么事，只进来转一两圈，往冯加芮的脸上一瞄再瞄，而后走人。此番不同，病人的脸上红一阵白一阵的，像自己犯了错误。冯加芮道："孔伯，你别封建了，我把这一根给你熏完。"

病人说，"我来吧，自己顺手。"

"真孝顺。"护士赞道。

冯加芮不想跟她纠缠，忙揽起阳台上枯败的花束，出门去倒。下午和对床的交涉过了，说花粉易使伤口过敏。人家也痛快答应了，扔掉吧，搞得跟灵堂似的，瘆得慌。出去又进来，十几盆花草倒干净了，腾出了空间，阳台一下子开阔起来。临近傍晚，冯加芮洗了饭盆，将饭卡搁在一旁，只等着医院的铃声响起。护士几次三番地围着她转，眼睛焊死了，冯加芮始终没给她好脸，也没搭腔。没了奈何，护士悻悻然地走了。

艾条耐烧，冯加芮再接过来，慢慢熏着病人的腕子。腕子肿大，捏在手里时，像握住了一个大疖子似的。病人哑默了许久，才咬牙骂道："妖精！"

冯加芮道，"妖精就她那样子呀？嘻嘻，别给妖精抹黑么，妖精可比她美。"

"见不惯她，没一点家教。"

"其实，她也没啥恶意，就是脾气古怪了些。她爱看，我就让她看个够，反正我又掉不下一块肉。说不准，她看了我，夜里还会做噩梦呢。"像孟柯说的那样，艾条一熏，似乎皮肤下板结的筋块松动了，立竿见影一般。冯加芮说，"前天晚上，她把我拦在水房里，跟我说了一件事。"

病人一抽，险些烫着，说，"你别上她的当，小冯。"

"没那么严重。她一直预谋着，在病房不好讲，怕你反对，所以才在水房堵住了我。"冯加芮见病人开始发急，遂掂量着说，"她以为我是天水来的小保姆，想请我去她家里做工，伺候她婆婆。她婆婆瘫了，据说用了不下七八个保姆，都不成。我回绝了，我又不是什么小保姆，我有工作，有正经活儿。"

"对对对，让她死了心。"

冯加芮道，"她也是好意，央求我的时候，还哭了一鼻子呢。"

"黄鼠狼拜年。哼，她想挖我的墙角，做梦吧。"

"可惜喽，我不是随便的墙角，挖不走。"

"小冯，有一件事，我一直想问你，但始终没下得了决心，怕你难堪。"病人端出一副郑重的架势，字斟句酌地说，"我在临洮闲着，心里着急，就跑到省城来看你，顺便也看看儿子。不想，我这个腿不争气，像一根烂筷子折了，害得你和力婴奔前忙后的，熬煎不少。可我发现，自打腿摔折那天起，你就一直没去上班，光顾着在医院里照顾我了。那你的领导同意么？打假条了么？呵呵，我是个老派人，相信工作的价值就是去上班，去考勤，去出汗。"冯加芮盯视了病人一眼，不仅没怨怼，相反却扑哧一乐，笑嘻嘻地问，"力婴没给你讲么？哦，我还以为，他啥事都对你讲呢。你不在的时候，他天天都念叨你，像个没断奶的大娃娃。"病人闻听，蓦地有了一丝丝骄傲的情绪，牛气地说，"多年父子成兄弟，这是老话，我信。"

冯加芮道，"孔伯，是这样，老板给我放了十天假，奖了三千块钱，本来想叫我去三亚旅游的。没承想，你一来就摔伤了，力婴太忙，只好我照顾你了。"

"知道的，小冯你垫的钱。"

"孔伯，你也别发感慨了。那一笔钱，本来就是横财么，花了不冤。"冯加芮轻描淡写的一句，让病人立时不安起来。冯加芮赶忙说，"盛博珠宝金店出了一点事，幸亏我给解决了，老板才奖励我的。"

"啥事，方便说么？"

冯加芮被艾条熏出的泪挂在颊上，脸花了不少，牙齿却白。冯加芮道，"那天下午，我和孟柯恰好当班，盛博珠宝金店里来了一个顾客。我们的柜台专卖钻戒，算最要害的部门了。别的柜台么，卖上一大堆珠宝、金戒指、金项链啥的，也比不上我们卖出去一颗小钻石。那天太热，街上没几个行人。那个人进来后，孟柯还以为他是来吹空调，蹭凉快的，都没在意。那个人转了几圈，后来就趴在我的柜台前，看这个钻戒，看那个钻戒，一副挑三拣四的样子。平时，我和孟柯分了工，我负责取货，她专门盯人，怕给掉了包。这次，偏偏见了鬼，孟柯接了个电话。她一个同学快结婚了，邀她回一趟老家，去参加婚礼，做伴娘。"病人渐渐警觉起来，手开始哆嗦，越抖越厉害。冯加芮快抓不住了，忙摁灭了艾条，站起来，揩了揩额头的汗，潦草收了工。病人疑惑地问："然后呢？"

"嗐，出事了呗。"

"是来抢劫的么？"

像处方上叮嘱的那样，忌大恐大惊。冯加芮只好淡化处置这个话题，敷衍道，"那个人跑了，连胳膊上挂的一件衬衣也丢下了，门口的保安没撵上。幸好，从衬衣卷起的袖子里，发现他掉了包的那一枚真钻戒，两克拉呀。"

"是你发现的？"

"第一眼，就觉得他怪，所以留了个心眼。"

"那个同事呢，她认错了么？"

冯加芮道，"上帝保佑，这算一桩未遂事件，幸亏没发生损失。我给老板汇报时，也没讲孟柯接电话的那一茬，她也挺不容易。再说了，老板心里想大事化小，小事化了，既没报警，也没查看监控录像。他怕惹了黑道上的人，以后招来麻烦。老板奖了我三千，给孟柯一千，还开会整顿了一天，内部消化。"

"内部消化掉了？"

"有惊，但无险么。"

"不过，我有一句话要讲。小冯，毕竟我岁数大了，吃过的盐，比你吃过的饭多。我走过的桥，也比你走过的路长嘛。"病人流连在刚才的故事里，但眉头拧成了一丛疙瘩，忧心忡忡。"以后，再遇上类似的事情，你别抢着出头，让别人去说，去揭发，去拿那一笔奖金。你刚说得对，横财，好吃难消化。"

"为啥？"

"来者不善呀。像那号歹人，敢在光天化日之下作案，大多数时候，身上都装着凶器，不是刀子就是枪。唉，不敢往下想。反正，你要记住我的话。"病人感喟道，"我这一把老骨头，没几两肉，经验倒有。"

冯加芮诚恳地顿了顿首。

铃响了，冯加芮下楼买饭时，碰上了孔力婴。

孔力婴左手举着半拉西瓜，右手也托起半拉，瓜汁滴滴答答的，沾满了衣襟。一问才知，塑料袋不结实，半路上砸烂了，这么凑合回来的。伺候完病人，冯加芮和孔力婴各自吃了点花卷和菜，又一人一半，用勺子挖食了西瓜。冯加芮搓洗完孔力婴的衬衣，淘干后，挂在了阳台上。窗外落日沉沉，倦鸟归林，病人侧卧在床上，发出一阵阵似有若无的鼾声。一本旧字典摊开在枕畔，被鼻孔里的气息拂起一页，复又落下，仿佛鸽子的一只羽翅。

薄暗中，孔力婴偷了空，猛地捧住冯加芮的双颊，嘴也凑了上来。冯加芮被夹得很紧，又不敢发声，眼睁睁地被孔力婴咬了一口。咬得很重，冯加芮扇了孔力婴一巴掌，揉了揉嘴皮子。孔力婴仍不消停，耸起肩膀，从后面箍住冯加芮，肚腹间如一张弓，顶得厉害。怕吵醒病人，给自己落下尴尬，冯加芮忙说，"我去楼顶上吹风了。"孔力婴就坡下驴地说，"我陪你去，正好有话问你。"

在幽深的走廊尽头，孔力婴拍了一下冯加芮的屁股。再拍时，冯加芮猛地格开了他，脸色很沉，很冷。

这条小径，原是孔力婴发现的。夏夜里睡不着，也不去楼下的喷泉处乘凉，反而沿着楼梯往上。过了几层手术室，再攀上一层杂物间，孔力婴竟然摸见了一条孔道，直达楼顶的平台。高楼耸峙，鹤立鸡群在傍晚的天光下，让汩汩的凉风拂动，令人心魂通透，身轻体飞。在陆军医院，好几天晚上交班时，孔力婴和冯加芮都会站在这里说说闲话，议议病人，然后分手。

"加芮，我有话问你。"

"哦，今天那个神经质的护士又来了，柔性攻势，我照旧没理睬她。"冯加芮像在填写工作日志，一板一眼，"对了，我买了纯艾条，熏你爸身上的关节，他说挺安逸的。这是续功，不能急于求成，得熏上十天半月才会见效的。"

孔力婴道，"你有事瞒着我。"

"你爸今天说话时，把我算在你们孔家人里了。呵呵，他的口气像接见我，我在领他送来的邮件，在签字盖章似的。他有些职业习惯，改不掉。"

"今天下班早，我回了一趟家。"

冯加芮忙问，"咦，你回出租屋了呀？"

"我，我觉得你有事瞒着我，加芮。我开了好几遍门，打不开，还以为自己走错了呢。后来点着打火机一瞧，锁眼被胶水堵死了。我还猜，或许是小孩子搞的恶作剧。但开锁的师傅告诉我，这是故意的，像寻衅报复的人干的，用了针管注射，把锁眼糊死了。加芮，我问遍了楼上的邻居，就咱家的锁眼被搞了。明摆着，这是冲咱们来的，典型的报复。这倒也罢了。更让人愤怒的是，门板上居然有人泼了臭大粪，砖头砸门，快给砸扁了。我心里恶心，胆汁都吐了出来，冲了十几遍澡才来医院的。"孔力婴絮叨不止，像一台刚启动的引擎，越来越激动。相反，冯加芮却很平静，眼里出现了一幅幅颓败的画面——那是一幢快拆迁的旧楼，楼道里贴满了疥癣般的小广告，有些是涂料喷在墙上的，有些是纸条，撕也撕不下来。当初赁下那套一室一厅的房子，原因无它，价廉而已。孔力婴始终将那套房子称作"家"，家长家短的，透着一份骄傲与亲切。但冯加芮较真，一向以"出租屋"指代，只当它是一个暂时的栖身地。这时，孔力婴讲完了如何开锁，如何用了七八桶子自来水，将门板洗净的过程。乖乖，似乎他做了一件天大的事，了不得了。孔力婴道，"你别告诉我，这是一桩意外。"

"反正租来的，心疼不起。唉，指不定是针对房东的，上一位租客不是跟房东闹翻了么。"

孔力婴道，"我在外边没惹过人，不结怨。"

"凭啥这么说，你这是怀疑我。"冯加芮的怨怼形成了一丛丛针尖，迎向了孔力婴的麦芒，"你唠里唠叨的，像个碎嘴的唐僧。我天天在你划定的圆圈里，盛博，出租屋，医院，三点一线地跑，我会结什么怨？"

"加芮，你最近一直没回过家吧？你给我说实话，我有预感。"

"白天守病人，晚上我得养精蓄锐吧。"

"别把我蒙在鼓里头，加芮。你那么一个爱干净的人，现在却换了个人似的，脏衣服泡在盆里，快沤臭了也没洗。另外，我一周前抽烟用的烟灰缸，你也没洗。这不是你的风格。"孔力婴似乎还想提供一些证供，话至嘴边，又吞了回去。"加芮，至少你昨晚上没回家。窗台上你养的那一盆兰草，土是干的，没浇过水。"

冯加芮道，"对。昨晚上我去了孟柯那儿，和她睡了。"

"我说过，我瞧不上她，让你少来往么。"

"不，我不这么看。"

孔力婴带了哽咽，几乎在哀求。冯加芮不吭气，慢慢往平台边缘踱去。脚尖撩起的沙子，刷刷刷地伴着音，更显出了几分寂寥。孔力婴骇然盯着她，叫喊了几声，让她赶紧停下来，别再使小性子了。冯加芮戳在地上，离楼边缘一尺之距。孔力婴怕惊吓了她，一屁股塌在地上。

"前天下午，就在这里，应该在这儿吧。"冯加芮淡漠地说，"那个病人腿骨骨折，差不多快好了，拆了线，拆了石膏，该出院了。不知咋的，他和妻子发生了口角，一时想不开，从这里跳下去了。喏，应该在这儿。"

孔力婴道，"加芮，你快来瞧瞧，我是不是流鼻血了？"

所有的上帝长羽毛 77

显然，这样的小伎俩并不成功，冯加芮连头也未回，兀自说道，"我刚好在病房的阳台上，一个影子从天而降，黑乎乎的。哦，我还以为是楼上晾晒的床单掉了下来呢。我听见一声巨响，很闷，啪的一下就没了。我仰头望了望楼顶，你猜咋了，有两只大鸟也跟着掉了下来，轻飘飘的。等我看清楚时，我才明白那是一副拐杖，硬塑料的那种，墨绿色。后来，医院里响起了警报声，人们都围了过去，七嘴八舌地叫嚷。"

　　"我真的流鼻血了，妈的。"

　　冯加芮继续说，"晚上去餐厅打饭，听病人们讲，没了救，那个人当时就咽了气，摔成了一摊肉泥。又听说，他妻子特麻利，很快和医院达成了协议，因院方护理不当，拿了十二万的赔付款，这件事才算抹平。"孔力婴一直在喊哎哟，哎哟声越来越萎，像一捆细绳子，欲将冯加芮牵拽回来。冯加芮喃喃道，"我数过，这幢楼一共有十八层。如果我再迈一步的话，我也会是一只鸟，小鸟。"

　　"不过那是向下的鸟。"

　　"对，假如我不打算向上飞呢，你也没辙吧。"

　　"妈的，鼻子真的破了。"

　　孔力婴用指尖一抠，鼻孔内的薄膜撕裂，血水淌在脸上。没了退路，孔力婴于是自残，假戏真做。血不是很多，但被孔力婴的手一抹，遂涂花了脸。

　　冯加芮道，"可惜喽，我身上没有一双翅膀，羽毛也没有。要不然，我一定要飞一下，飞在天上。我猜，我的前世一定是一只鸟。"

　　"对，我是蛤蟆，你是一只白天鹅。"

　　"我不做天鹅。"

　　"那你就是一只仙鹤，红冠，长腿，像水墨画。"

当代中国最具实力中青年作家书系

——冯加芮慢慢扭转了身子，朝向孔力婴，又扑哧笑了出来，一派月白风清的表情。刚才的不快，在冯加芮的笑声里瞬间吹净。孔力婴的目的达到了，巴兮兮地伸出手，递给冯加芮。刚牵住的一瞬，孔力婴猛地发力，将冯加芮一下子拉拽过来，抱在了怀里。两个人滚翻在地，避离了危险地段。楼顶的细沙晒烫了一天，此刻余温未散，犹若一床绵软的被单，铺垫其下。孔力婴的手开始忙乱起来，赳赳然的，像粗鲁地对待一块奶油蛋糕。冯加芮抵挡着，腿夹得很紧，胸也收束起来，蜷成一团，像只虾米似的。孔力婴嘴里一再央求，说这里天高地远，不会有人来的，做一下吧，宝贝，只做一下。自打病人入了院，一个守夜，一个作白班陪护，基本上擦身而过，没时间腻在一起。先前那种鱼水之欢的事情，似乎退了潮，不再惦记，亦不再有冲动。孰料，孔力婴攻势一猛，冯加芮忽然变了色，放弃了抗争，松松垮垮地躺在沙子上，吓了孔力婴一跳。

　　"你要想的话，随便你。你一个人高兴吧。"

　　"宝贝，我不是这意思。"

　　"那你啥意思？"

　　孔力婴沮丧地坐起来，盘着腿说，"我是来陪你吹吹风，乘凉的。喏，你看远处的黄河在反光，还有大群大群的水鸟。"

　　"是夕阳。"

　　"我说黄河在反光，就是黄河。"孔力婴忽然扬起一把沙子，恼怒地说，"水里有鱼，才招惹了那么多的鸟。鸟在觅食，把一河的水给搅稠了，才反了光。你和卡油一样，总和我作对，偏要说什么落日呀夕阳呀，妈的，文绉绉的。"沙子在风中一散，刮落下来。孔力婴意犹未尽，仍在聒噪不休。

冯加芮眯了眼，执拗地说，"你又不是鸟，你咋知道。"

"你是呀？"

"我说过了，我的前世一定是一只鸟，小鸟，所以我才明白。"冯加芮的脸色淡下来，整理好衣裙，淡然地说，"不信你去问问鸟，它们知道。"

孔力婴冷笑道，"它们是个屁，枉费。"

"你骂它们，顶如骂我。"

边说，冯加芮边往楼梯口走去。

四

在换衣间，孟柯迅速脱下了外套，准备换装——按规定，盛博的导购员在营业时间内，一律身着旗袍，盘发，浓妆，且检查指甲的修剪状况。旗袍是老板从上海的老字号"龙凤旗袍"定做的，一人两套，冬夏各异。与值守其他柜台的颜色不同，老板特地为孟柯和冯加芮挑选了素一点的料子，穿在身上，犹若一件珍稀的青花瓷。既无大红大绿的俗，款型又洋气，衬得上钻戒的品格与端庄，惹得其他的姐妹们艳羡不已。孟柯脱得剩下了胸罩和底裤，摘手表时，方觉得时间尚早，忙摸出一根烟来，叼在嘴上，咔嚓摁开了打火机，喂火。

"死样子，干吗色迷迷地看我？"

孟柯瘾大，站柜台时，还不忘钻进洗手间里吸几口，解解馋。孟柯靠在衣柜上，撇开腿，嘴角冒出了一缕缕烟雾，样子很懒散。不远处，冯加芮坐在凳子上，一点也不着急，只痴痴地瞧着孟柯，眼神空洞。孟柯被看毛了，往自己身上瞅了瞅，扑哧笑开了——

今天早上，孟柯穿了一条粉色的新底裤，几近于透明，耻骨间的内容都隐约可见。孟柯笑得岔了气，腰也虾米起来，自我解嘲道，"喂，我知道这有一点点小色情，但不太下流吧。今早上雨太大了，非得穿牛仔裤，我就随手套上了这个，跟没穿似的。刚才坐公交车时，我就心虚。"冯加芮并不搭腔，静若顽石一般。孟柯仍在没完没了，收拢了腿，调侃地说，"这玩意儿，还是上次那个买钻戒的老板送的。你记得的，就眉心上长了一颗大瘊子的家伙，当时也给你留了名片，你扔了。他人倒也不坏，就是犯贱，和一匹种马似的。哦，我坦白交代，我跟他去吃过一顿西餐，他送了我这个。嘻嘻，他想让我当天晚上就穿给他看。妈的，我谁呀，我太熟悉色鬼的那一种套路了，擦完嘴，我就说拜拜了。"孟柯的瘾没完，又续了一支烟，见冯加芮意气消沉地坐着，还当是对自己的蔑视，就玩笑道，"嘿嘿，那狗东西当时就想带我去开房，我说把你买的那枚钻戒给我，我才去。狗东西磨磨叽叽的，说那是给未婚妻买的，一下子露了怯。加芮，不过你放心，姐姐整个人都囫囵着呢。瞧，这左一根曲线，右一根曲线，绝对秒杀了世上所有的雄性动物。连胸都这么饱满，嫩得会掐出水来，呵呵。"孟柯的热络，并未讨来冯加芮的半点回应，后者依旧顽石般地坐着，目光审视。孟柯熄了烟，款步走来，用手托起冯加芮的下巴，无奈地说，"小妖精，你这是咋了，犯病了么？"

"我不想和你说话，最好在我三米之外。"冯加芮道。

"神经了，还是月经了？"孟柯道。

"喊！"冯加芮弯下腰，开始换衣服。天亮时，天空中突然电闪雷鸣，一场强降雨落了下来，几条街区被淹了。借宿在孟柯家，冯加芮没带多余的衣服，只好借了孟柯的一条牛仔裤。可好，裤管太长，堆在脚踝里，被雨水一浸，现在很难脱下来。孟柯被呛了一句，悻悻地盯视着冯加芮，见她眼睛红肿，忙问，"你咋哭了，谁也没惹你呀。妹子，你肯定有事，别窝在心里，快告诉姐姐。"冯加芮埋头动作，不耐烦地说，"一边儿去，我不想说话。"

"找打呀你。"

忽然，冯加芮停下手，恨恨地道，"我早上出门时，偷了你一样东西，我先声明。"见孟柯狐疑，冯加芮从挎包里摸出了一把改锥，亮了亮，"不算偷，算我借你的吧，用完归还。"孟柯捂住嘴，怔忡片刻，又不想激怒了冯加芮，遂讥诮说，"你撬门呢，还是扭锁？大清早的，揣了这么一把利器，不吉利。"冯加芮道，"你别掺和进来，这事和你无关。"孟柯低语道，"妹子，别惹那个小太保，他在办公室里监控呢，稍有疏忽，准保会被他找了茬，纠缠一番的。"冯加芮说，"小瘟神，他能把我咋样，大不了开了我，我还巴不得呢。"孟柯踱远了几步，往身上穿旗袍。一回眸，冯加芮早穿利索了，依旧是往日一副青花瓷的俊俏样子，亭亭玉立。孟柯心猜，那把改锥呢，改锥会藏在她身上哪个旯旮里呢。

本来，假期还余下几天，但老板挂来电话，央求再三，要冯加芮次日销假，赶紧来上班。以前也这样，老板每回外出公干前，总要特意找冯加芮单独谈话，叮嘱一番。似乎冯加芮在店里一站，他心里方踏实，远游才有了色彩。没别的意思，在整个盛博珠宝金店的营业员当中，冯加芮的心细和认真有目共睹。渐渐的，不仅老板信任有加，连别的姐妹们也依赖上她。盛博实行一小时一抽查，有的柜台往往查得手忙脚乱一通，还理不清。但在钻戒这一块，冯加芮的目光来回扫一遍，心里就有了数。这次，老板的椒盐普通话刚一讲完，冯加芮便不客气地问，你走了，是不是少东家来坐堂，像监看犯人一样，拿我们都当贼呀？老板气馁地说，唉，让他练练手吧，小阿斗，扶不上墙的烂泥。他小子呀，顶多热乎三两天就走人了，你以为他能守成么，我从不指靠他。冯加芮说，富二代还是好，一生下来，嘴里就含着金勺子，哪像我呀，穿旗袍的打工妹，外表光鲜，兜里寒碜。老板停顿了一下说，不过这次，这小子是主动请缨的，他替我总值班。冯加芮欲言又止，斟酌一番，方冷淡地说，别把姐妹们当贼就好，一帮打工的，看眼色吃饭，大家都挺不容易。老板笑嘻嘻道，加芮，我给你在铜锣湾买个小礼物吧，你想要什么？冯加芮说，尊重，让少东家对大家都客气一下。老板明白对方有气，大而化之道，呵呵，别用少东家这个词，太过时，太贬义，像在旧社会一样。

一点儿不过时呀。

冯加芮笃定道。一时间，心里特解恨。

盛博大厅内灯火通明，光辉熠熠，越发显得窗外的铅云沉重，天光也暗淡了许多。雨势不减，雷声扰人。从水花四溅的玻璃上望出去，漫漶的街景似乎停顿了，生气皆无。按惯例，一入暑天，正是迎娶婚嫁的好季节，又是端午节，又是乞巧日，接下来是中秋和国庆长假，还夹杂了不少的"双日子"，盛博的营业额一般会大大飙升，老板派发的红包也相对肥实。可遇上眼前的这一场大暴雨，恐怕鲜有顾客会兴致勃发，来挑拣，来刷卡，来血拼。所以，大家的心里都霉透了，站也白站，笑也白笑，一个个像蜡人似的，垂手肃立，各怀各的心事，昏昏欲睡。

在枝形吊灯上和天花板的四角，暗藏了几只监控探头，仿佛一根根狗的舌头，布满倒刺，随时会舔你一口。大家在心思昏蒙的一瞬，又猛地抽一个冷子，立时醒转，对着空空如也的大厅，假模假式地发笑——谁的心都悬着。今天坐在楼上监控屏幕前的是少东家，他就是那根舌头的主子，吸溜吸溜的，冷不丁会伸过来，叫你皮开肉绽。不像往日，老板在店里坐镇时，大家还可以随意说笑，气氛宽松，自由度大。快一早上了，冯加芮站得腿也酸麻了，不停地侧起身子，换着重心。孟柯也不闲着，扭来晃去，好像身上出了一大堆虱子。冯加芮剜她一眼，朝楼上努了努嘴，孟柯的脊梁骨又绷直了。

"加芮，我这辈子绝对戴不起钻石。你呢？"

"恐怕也不行。"

"那咱俩还卖个屁呀，纯粹瞎扯淡。屠夫没吃过猪肉，你信么？女人进了窑子，还撒谎是黄花闺女，你信么？"见冯加芮不语，孟柯用脚尖蹭了蹭她，又腻歪地说，"反正，打死我，我也不信。瞧瞧，咱俩这么直挺挺地戳着，简直是一座贞节牌坊，只管替别人吆喝了。"

"我戴够了，不稀罕。"

"吹吧，吹牛不上税。"

冯加芮笑眯眯地说，"一柜台的钻石戒指，我想戴哪个，就戴哪个，谁也拿我没脾气。刚在香港和东京流行的最新款式，三天以后，我准保会戴在手上。我想戴三克拉，就三克拉。想戴四克拉，就四克拉。说不定，哪天当着你的面，我还会戴上那一枚保险柜里的鸽子蛋，给你瞧瞧。"孟柯听得失笑了起来，猛一偷袭，掐了一下冯加芮，揶揄道，"对，你戴上啥都好看，衬你，那你敢走出盛博的大门么？"冯加芮嗔道，"我干吗要走出去呢？我戴累了，太烦，就扔下了。"

"你个丫鬟命，做大头梦吧。"

"小时候在天水家里，我最爱吃煮鸡蛋。结果有一次，一下子吃了六个刚出锅的，顶住了。从此我就戒了，一闻鸡蛋就恶心。"

孟柯道，"呵呵，这下你可饶了料管员了。要不，他盖上一整片楼，也给你买不起一颗四克拉。小孔可捡了你这么个大便宜呀。他身在福中不知福，吃了蜜糖还嫌苦，惹了你，居然不知道来赔情下话的，我都为你叫屈鸣冤了。"冯加芮讶异了一下，"力婴他没惹我，你干吗这样子说话？"孟柯嗔怪说，"没惹你，那你在我房里借宿干么？住了快一礼拜了吧，也不透露一下个人隐私。"

"真的，我和力婴没摩擦。"

"对。你也腻了，小孔也是你的煮鸡蛋了吧。"

这时，盛博的玻璃转门开了，保安迎进了一个中年人，秃顶，腋下夹着几本书。顾客愣怔了一下，摘下鼻梁上的眼镜，用衣角擦了擦，嘀咕几句，又迅即出了门。看那背影，约摸属于教授一类，身无铜臭，倒有一点点墨香，八成拿这里当图书馆了。孟柯的喉咙里涌过一阵咕隆咕隆的笑声，实在憋不住了，一下子蹲在地上，尖声说："咱俩像一对纸糊的童男童女，在灵堂里守孝一样。"

冯加芮道，"坚持一下，快吃午饭了。"

"我爸死时，我也没这么遭过罪呀。娘的，大家何苦为一个小太保装出圣女的样子，我不装了。"孟柯说干就干，踅回柜台前，一屁股瘫在了椅子上。"我以前觉得这里金碧辉煌，我白领一个，接待的都是高端人士。现在却发觉瘆得慌，绝对像在守灵。但灵堂里没有尸体呀，只有一大堆乱七八糟的破石头，白石头，还有他娘的金子。"孟柯的嗓音很亮，似乎故意想让楼上的听见。

"省省吧，快中午了。"冯加芮劝道。

"我腿麻了，不稀罕站。"

没了奈何，冯加芮觑了一圈，大家果然像听见了解散的口令，三三两两地散了。在盛博，孟柯一贯骄矜，此刻她乐作出头的橡子，旁人也就随了大流。冯加芮进了柜台，偷偷看了看手机，快打爆了，有十几个未接来电。心一下慌了，猜想一定是陆军医院挂来的，孔伯那边可能有麻烦。冯加芮给孟柯使了个眼色，拐到了楼梯口，进了二楼的洗手间。再一瞧，电话全是孔力婴打来的。

"医院那边咋了？"

"没咋，"孔力婴笑得很得意，"我想给你说，工地要连放几天的大假。过几天是高考，市区所有的工地必须停工，不得骚扰考生。呵呵，我解放了。"

冯加芮哦了一声，叮咛道，"那你去病房，好好陪陪你爸，记着熏艾条啊。"

"我想抽出一天，单独跟你在一起。宝贝，你明白我啥意思。"

"不成。你安静做一回儿子吧。"

"我快枯萎了，加芮。"线上传来的雨声，与洗手间窗口外的并无二致。雨更大了，将入暑后的燥热一扫而空。孔力婴就是这样的人，不分地点，不分场合，尽撒一些孩子气，像没断奶的娃娃。冯加芮忙岔开了话题，问："你在做啥？"

"我在塔楼上，在吊车的驾驶舱里看雨。雨太大，整个城市都雾蒙蒙的，要不我能看见盛博，看见你的。"

冯加芮空荒地说，"这一阵，医院的餐厅开始打饭了。"

"我在看鸟，动物园的鸟。"

"看鸟？"

"雨这么大，但鸟不会被下湿的，还在笼子里飞来飞去，特喜兴，好像它们在过节一样。"孔力婴打了几声唿哨，又鸟叫了几声，仿佛攫取了一种不劳而获的快意。"加芮，你喜欢鸟，女孩子都喜欢鸟。改天，我带你爬上塔楼来，你可以看遍世上所有的鸟，稀奇古怪的什么鸟都有。"

"你呀，你还有时间抒情么。"

孔力婴道，"你也是我的一只鸟。放了假，我把你这只鸟搂在怀里。"

"非被你玩死不可。不稀罕。"

话未讲完，洗手间的门突然打开，又迅即关上。

老板的独子进了门，锁闭了插销。冯加芮忙掐断了电话，靠在窗户边，怔忡地盯视着，心里一慌。对方竟目中无人，耳眼里插着一副耳麦，脚下踩着节奏，摇头晃脑的，似乎正陶醉在音乐中。没等冯加芮反应过来，那家伙居然拉开了裤子拉链，边摸索着掏家什，边往马桶边走去。冯加芮尖起嗓子，咳嗽了几声，但依然没敲醒他。那家伙跨在马桶上，一线浊黄的尿绳甩下来，稀稀拉拉的。此刻，冯加芮反倒不急了，抱起臂，在他身后镇定地站着。

这是个机会，冯加芮告诫自己，这是个机会。

类似的情景发生过许多次，冯加芮却是头一次遇到。洗手间在二楼的一个死角，男女共用，这给了小太保可乘之机。有好几次，盛博的女孩子花容失色，疯疯癫癫地跑出来，惊魂不定。导购员们私下里相传，小太保是个变态，猥亵不说，还有露阴之癖。虽说如此，却鲜有人辞工不干，一者，这里的待遇可观；二来，老板经常在店里坐镇，很少让儿子在盛博露脸。小太保尿毕了，肩胛上一阵子激灵，还哼唱着一支曲子。冯加芮上前，摁开了水箱，哗啦一声，小太保醒了。

"嘻嘻，加芮姐，你全看见了。"

"成心的？"

"加芮姐最聪明了，什么也瞒不过你。"一头的黄发，两侧却削光了，露出耳垂上一枚闪亮的耳钉。"我尾随你进来的，我太故意了，故意到你全看见了我。加芮姐，你是不是也让我看一下，就一下？"说着话，小太保抢上前来，猛地抱住了冯加芮，嘴也趁势嘬了过来。

"我喊人了。"

"我爸不在，喊也白喊。"

"你等等，我准备一下。"

冯加芮道。

小太保闻听，即刻松开了胳膊，手舞足蹈起来。冯加芮矮下身，撩起了旗袍的下摆，从袜子里摸出了一把改锥。不待小太保有所警觉，改锥已经戳在了他的喉咙上。小太保吐了吐舌头，举手做投降状，却嬉皮笑脸地说，"我好怕怕，好怕怕哟。加芮姐，这个玩具不好玩，一点都不刺激，没什么想象力呀。我好想看看你胸脯上的那两只胸器，大号胸器。嘻嘻，我好喜欢被它们刺，被它们给干了。"

冯加芮脸一烧，含下胸，改锥顶得更有力了。

小太保被逼到了门后，蜷在墙角里，仍在不停地挑衅，"加芮姐，盛博的姐姐们里头，你的胸器最精致，最勾人。你的长相也是 No.1，你是天水版的斯嘉丽·约翰逊。你不该站柜台，你在我爸那个老混蛋的手里，迟早会毁了自己。加芮姐，我给你跪下了。"

居然！小太保居然扑腾一下，跪在了冯加芮面前。冯加芮没料到这一招，锋利的改锥停在空中，一时间措手不及。拽了几下，小太保仍顽固地跪着，不肯起身。冯加芮慌了，忙问："喂，你究竟想做啥么？"

"玩一玩，加芮姐，我想和你玩一玩。"

冯加芮怒道："去你妈的，你狗嘴。"

"我好喜欢被你骂了，加芮姐，你再多骂我几句吧。"不由分说，小太保抱住了冯加芮的腿，一副乞怜的样子。冯加芮心里惊悚，怕别的姐妹忽然闯进来，自己百口莫辩。冯加芮揪住小太保的耳朵，心说，你这个贱货，没骨头的小软蛋。但嘴上温柔，哄骗说："乖，起来到办公室去一趟，方便说话。"

小太保驯顺地站起来，一甩手，拧出了一记响指，前头引路。冯加芮见小太保坏坏地发笑，大脑没过滤什么，便直接地跟上了。

出了洗手间的门，拐过楼梯口时，冯加芮瞥见自己的柜台上，趴着一对时髦男女，在挑选钻戒。冯加芮故意咳嗽了一声，孟柯抬起头，给冯加芮翘了一下大拇指，将要开张的意思。孟柯还张开嘴，哑语一句，似乎在问咋回事。冯加芮用小拇指点了点小太保的后脑勺，哑语道，小俘虏，要去审一审。孟柯撇撇嘴，约略明白了怎么回事。小太保在前头扭着胯，厚肥的臀左一下、右一下地甩出，丧心病狂似的。冯加芮攥紧改锥，意念中，早就深深地扎了下去，捅出了血。

办公室狼藉一片。小太保用纸巾擦净了一只椅子，推过来，请冯加芮坐。冯加芮看见桌上放着几个笔记本电脑，一台是监控视频，网格状的区间内，盛博大厅的角角落落尽收眼底。另一台电脑上是战争游戏，想必是小太保在玩，此刻枪声大作。小太保乐颠颠的，特意去将门锁放下，还拉下了过道一侧的窗帘。

光线陡然一暗，冯加芮似乎发现了什么。桌角的另一台电脑上，全屏放送，对准了自己的柜台。画面中，孟柯埋下头，正给一对顾客介绍着，钻石在手中熠熠烁闪。看了一眼柜台上的首饰盒，红色，冯加芮便职业性地认定，三号钻石，五十八个剖面，三克拉。

"加芮姐，开始吧。"

"你个小屁孩子，歪脑筋。"

小太保按了一下冯加芮的肩，冯加芮跌在椅子上，一时失神。小太保不管不顾，熊抱而来，意欲骑坐在冯加芮的腿上。冯加芮躲开后，心里镇静了一下，将改锥攥得更紧一些，却堆笑说，"别着慌，你先坐下说说话。我有一事求你，就你能办到。"小太保闻听此话，顺从地坐下来。

预备了许多时日的话，临到质问的关口，却又不知从何说起。忆及一段时间以来的狼狈、仓皇和胆战心惊，冯加芮忽然眼角一湿，心里的苦楚顿时破了，像一汪潭水，恣肆横流。在小太保狐疑的张看下，冯加芮莫名地说："小弟，你知道钻石咋回事么？"

对方一愣。

冯加芮道，"喏，我告诉你吧。刚进盛博的时候，你老爸带我和孟柯去了一趟上海，业务方面的事。我见过最原始、最粗糙的原坯石料，外表看起来挺黑，相当不起眼，和商店里卖的红糖一个样子。我听人介绍，在南非的矿山里，二百五十吨的矿石，顶多只能找到一到二克拉的钻石。一克拉的钻石呢，从原坯到了成品阶段，大约要经过二十个工人的手，需要三到五天才能打磨成功。"冯加芮的脑子里昏蒙一片，不知自己讲这些话所为何来，目

当代中国最具实力中青年作家书系

的何在。但既然开始了，话题就像一辆失控的卡车，不由自主地狂奔下去。"小弟，你想想，一颗被地球埋藏了上亿年的石头，只有一再打磨后，才能发现它的品质和纯净度。你也是一颗小钻石。小弟，在我眼里，你真是一颗没打磨过的原坯钻石。"

"拜托，加芮姐，现在不是盛博的业务学习吧。"

"你一定会被打磨好的。"

掠过小太保的肩头，冯加芮瞧见柜台前的顾客又换了一颗钻石，在仔细挑选。孟柯喋喋不休地介绍着，手势频仍。墨绿盒子。冯加芮知道，这是二号钻石，五克拉，比三号钻石的色泽更佳，价钱也更贵。小太保笑得很诡谲，砰地打开了一罐饮料，递给冯加芮。冯加芮接了，却没喝，苦笑了一下，觉得身子很沉。

"小弟，我只想拿钻石作个比喻。"

"拜托啦，我已经二十了，不需要老师。"

"你不该这样对我，小弟。"

"有病呀你。"

"我没病，倒是你有了病，小弟。"冯加芮终于将话挑破了，一股水银泻地般的释然感忽然攫取了身体。冯加芮登时激动起来，哽咽道，"你不该上我的出租屋，给锁孔里糊胶水，在门上泼大粪，这么恐吓我。"

小太保恼怒道，"你神经了。"

"对，我快被你逼疯了。我知道，你一直在跟踪我，盯我的梢，摸到了我那个出租屋。但我没料到你这么下作，下三烂，卑鄙到了这个地步。"冯加芮骂得痛快极了，只觉得小太保的脸变了形，像砸烂的一块西瓜皮。冯加芮道，"我害怕极了，怕你，怕陌生人，我不敢回屋子里去。一到了晚上，我就像个孤魂野鬼，在大街上逛到半夜，勉强借宿在朋友家的沙发上。十几天了，我没换洗的衣服，快馊了，快臭了，快成了一具僵尸。这，都是你害的。"

"乖乖，我好怕怕呀。"

冯加芮道，"你自己最明白，你就是幕后主使。"

"给你电话，你现在可以报警，去诬告我。"

"我不能，我不能那么做。那样子的话，会毁了你一辈子。"冯加芮觉得被误解了，一腔的好意，倒成了狼心狗肺。冯加芮道，"盛博不容易，你爸爸一手打拼出来的，将来这个天下还是你的，你要珍惜才是。"

"你跟我爸一副嘴脸，恶心。"

冯加芮怔住了，一时间哑口无言，瞠目结舌。

"喂，别以为你是盛博的金牌员工，我爸眼里的红人，就可以对我指手画脚一气。姓冯的，我现在坐镇，我完全可以找一个借口开掉你，叫你卷铺盖走人。"小太保拿起一只 Zippo 打火机，在裤子上一蹭，火苗腾了起来。吹灭后，再一蹭，火苗燃起，复被吹灭。在冯加芮眼里，自己就是那只无辜的打火机，任由人玩弄。小太保变形的脸肿成一团，婴儿肥，继续恼怒地说，"这一回，我爸这个老鳏夫，要在香港待一个来月，做他的风流寓公去了。呵呵，我有充足的时间，可以慢慢搞定你，从里到外搞定你，加芮姐。"

"别喊我姐，我不配。"

"你绝对配。"

"哼，我一个小小的打工妹，只想把工作做好，别出岔子。"孔伯的话没错，人得相信工作的价值是去上班，去考勤，去出汗，除此无它。冯加芮冷笑道，"你别把我想得太坏，我不会是你说的那号女人。"

"慢慢会的。"

一阵缄默。

小太保抛起打火机，又在虚空里抓住，痴痴地说，"告诉你吧，这回我爸带着一个小婊子，去港澳度假了。那个小婊子是艺术学院的，舞蹈专业，比我还小一岁哪。放暑假了，她牵着我爸的鼻子，就跟拖着一台 ATM 机一样，雁南飞啦。现在我坐镇，老大，知道么。我不能让那个小婊子淘空了我爸的身体，再来掏空整个盛博，所以我自告奋勇来了，我来总值。"

冯加芮静静地听着，眼神落在了桌角的屏幕上。光洁的柜台上，此时搁着一只粉色的首饰盒，一号钻石，六克拉，五十八个剖面。恰好，一对衣着时髦的顾客站直了身子，将钻石举在手中，对着天花板上的灯光，品评再三。孟柯依旧喋喋，脸上始终挂着职业性的微笑，不时地含下胸，像个日本主妇。一般来讲，珠宝金店的服务宗旨属非诚勿扰，但这一对顾客格外认真，所以孟柯敛起了平时大大咧咧的劲头，耐心伺候着。冯加芮眼尖，目光一直落在柜台上的一把黑雨伞上。雨伞若一只鹰，敛起了翅翼，踞伏着。周围洇出了一片水渍，漫漶在玻璃上。冯加芮还发现，女人将钻石反复捧在手心里，向孟柯问这问那，但一旁的男人表情皆无，一直颊着脸，仿佛生剐了他似的。男人大多如此，该掏钱时，会露出心疼和不舍的模样，见多不怪。冯加芮痴呆呆地盯看着屏幕，不屑的表情惹怒了小太保。一撇头，见小太保举着一根火苗，喂到了自己鼻尖一带，要点了自己一般。

冯加芮抬起手，一送。

改锥戳上去，一下子戳到了小太保的胸口上，咚的一声。冯加芮闭了眼，开始哆嗦。意念中，这一切都发生了，脑海里全是血水，血流如注。小太保也慢慢地倒下了，栽倒在地，像只癞皮狗似的，一个劲地打着滚。冯加芮脑子里有一个声音在喊，是你惹了我，你挑衅的，不怪我。孰料，刚睁开眼，冯加芮却被小太保一下子拘住了，反剪了胳膊，又被按坐在了椅子上。

悔死了，原来改锥拿倒了，一个木头把子，对付不了这一座肉山。

"妈的，别跟我叫板，乖乖坐下，坐五分钟。"

"放开我。"

"别坏了我的事，给我五分钟。"小太保也在哆嗦，但多半是出于激动，连嘴角的烟也点不上火。"加芮姐，我先礼后兵，冒犯了你。我如果不把你从大厅里勾出来，请你坐在这里，你准保会坏了今天的事。"

冯加芮瞬间恍悟，结巴说，"喏，这两个顾客，怕是你的同伙吧。"手指向了屏幕，开始发抖。

"你不愧是盛博的骨干，超级厉害。"

"上次那个也是？"

"对。可惜他了，那个笨蛋刚刚掉了包，就被你发现了。嘻嘻，你那一嗓子好比刀子，明晃晃的，没把他当场宰在这儿，算他幸运。"小太保喷来一口烟，缭绕在冯加芮的脸上，接着说，"你见过那个大笨蛋，胆都吓破了，脸惨绿。我给他在黄河边的农家小院里喝酒压惊，没想就碰上了你。你认出他了吧？"

"不，我去看鸟了。"

"看鸟？"

"一些鸟，乱七八糟的鸟。"

"什么鸟？"

冯加芮清了清嗓子，认真说道，"傍晚时，黄河边的湿地上，飞满了成千上万的水鸟。天太热，我的屋子跟烤箱一样，没法睡觉，所以我天天下班后，先去河边看鸟。我没想会碰上你们。我也没想到他脸上有一撮毛，故意让我认得他。"冯加芮环视一圈，寻觅着夺门而逃的机会，但门被锁死了，小太保还在一旁虎视眈眈。冯加芮说，"对了，你不该盯我的梢，在我门上泼大粪，把锁眼糊死。小弟，我没给任何一个人泄露过，我全烂在肚子里了。"

"你真像一只鸟，加芮姐。"

"为啥？"

"你挺爱惜自己的羽毛，像鸟。喏，我忍不住要赞美你一句，你的羽毛特干净，特优雅。"小太保的双掌并拢，缓慢打开，犹若一双翅膀，作飞翔状。

冯加芮摇头说，"将来，整个盛博都是你的，可你干吗里勾外连，做这样犯罪的事情呢？我真想不明白。自己的店，顶如自己身上的羽毛，爱惜都来不及呢，你还用得着监守自盗，雇这么几个人，来狸猫换太子么？"

"呵呵，你真和我爸一个嘴脸，一个腔调。"

"这没错。"

"所以说，你迟早会毁在我爸那个老混蛋的手里，加芮姐，迟早的事。"小太保脚一撑，圈椅滑向了一侧，停在了桌角的电脑屏幕前。这时，冯加芮瞧见自己的柜台前，孟柯刚弯下腰，俯身去取玻璃柜中的另一只首饰盒。与此同时，那个男人鬼使神差地打开了一把黑色的伞。

伞像一只惊起的鹰隼，扑开了翅膀，占据了画面。屏幕黑了一瞬——仅仅一秒钟，快得连眼皮都不眨。伞又合上了，悄悄踞伏在柜台上。

"OK！你全都看见了，加芮姐。"

冯加芮心里尖喊了一声孟柯，却无济于事。孟柯依旧笑吟吟的，像往日的自己。小太保伸出手，一根指头停在键盘上，傲慢地说："呵呵，多刺激，多开心呀。这是删除键，拜拜。"

又接着道："谢谢你配合，加芮姐。"

五

自行车是卡油的，除了铃铛不叫，浑身都响个不停。下了一天一夜的大雨，车子停在露天里，早锈死了。孔力婴从住院部下来，并不想骑，快快地推着车。心说，或许会碰上冯加芮的，她不该这么不露脸，虎头蛇尾吧。链条嘎嘣嘎嘣地响个没完，犹如一台绞肉机，将心思都吞噬进去了。

在楼下花坛边，孔力婴停下破车子，盯着大门口。

刚在病房里发生的一幕，令孔力婴愧疚万分，灰头土脸。孔力婴甚至有一种冲动，想扔下车子，赶紧跑上楼，去给父亲说一声抱歉。但父亲的话犹在耳畔，仿佛一枚金牌令箭，不得不从。或者讲，孔力婴几乎是被父亲撵出门的，身后还追来了一只鞋子，差点砸在脑袋瓜上。当时，父亲断喝道，天天有邮车回临洮，我卖个老脸，人家也会送我回乡下的。

孔力婴犟嘴说，你被开掉了，谁还认得你？

工辞了，人情辞不掉。

连着两个白天，冯加芮都没来陪护，音讯杳然。前一晚，孔力婴来接夜班时，父亲的脸色就不正常。孔力婴也一夜难眠，挂冯加芮的电话，始终关机。孔力婴担心父亲，又不能丢下病人去找一圈。今天下午，孔力婴借了卡油的车子，赶早来接班，冯加芮又旷工不在。耐着性子，孔力婴伺候停当后，便开始不停地拨打冯加芮的电话。孰料，这回竟然是停机。孔力婴表情阴沉，踢翻了阳台上新送的一盆鲜花，牙根都痒痒了。父亲说，你给我熏艾条吧，我关节疼。

不会熏。

你慢慢学么，小冯刚开始也不会呀。

孔力婴翻了翻白眼。父亲一说起冯加芮，就小冯小冯的，口气竟这么顺溜。孔力婴坐在阳台上，点了艾条，抱起病人的腿，潦草地熏炙起来。烟味极重，孔力婴边撇过头，边瞭几眼楼下，暗自巴望着冯加芮能来。暮色渐起，楼下的小径上，除了偶尔外出散步的病员外，几无行人。病人微阖上眼皮，不像是在疗疾，更像是受罪似的。孔力婴觉得，病人那一条静脉曲张的大腿，一直在瑟瑟发抖，抖得自己都心虚。有时，病人哎哟一声，若一只弹簧般跳起来，嗔怪说，烫死了，拿远一点儿。或者说，你轻一些，又不是烫猪毛呢，下手这么重。又说，心静下来，别毛糙。

在病人的一声声责怨中，孔力婴越发不耐烦起来，动作潦里潦草的，额头上也浮了一层汗。熏炙须用哑火，但现在艾条的一头发红，火苗矮矮的。病人腿上的肌肉仿佛戏台上丑角的脸，一惊一乍，夸张万分。终于熏完了膝关节，轮到指关节了，孔力婴一手捧着患处，另一只手上下起舞。呛人的烟雾宛如一条黑色的纱布，缠裹在病人的手指间，臃肿不堪。孔力婴忽然说，等你出院了，我带你去毛家湾吃一顿湘菜吧。湘菜里有几道特色菜，其中的熏鱼和熏肉，就是这么熏出来的，入味，特解馋。病人叹息一声，枯干的手在虚空里抓了几把，攥紧了空气。孔力婴为自己的小幽默得意不少，动作愈加粗鲁起来，发红的艾条几乎要烫破那一层皮肤。病人挨不住了，哀告说，到此为止吧。

艾条未熄，喷出一股股辛辣的烟来，麇集在阳台上。孔力婴将艾条别在了门框上，扑哧一乐，又幽默地说，这和拜庙一个样子，我给你烧上这一炷高香，保佑你早日康复，益寿延年吧。病人落寞地说，你是给谁供的这一炷高香？孔力婴道，观音菩萨呀，我替你祈祷的。病人恹恹地回说，求佛，不如求己，还是求小冯吧，她是自家人。

她有啥好的，我瞧不出来。

病人摸来了药盒，指着说明书上的事项说，熏艾条的过程中，忌大怒，忌大惊，忌大醉，忌大恐，这些话都是小冯念给我听的，她也是这么做的。我不争气，躺在医院这么久了，麻烦小冯天天伺候我。在我心里，她就是菩萨。

孔力婴明白病人的暗示，斩钉截铁道，她不会来了，有我在。

小冯跟你吵嘴了？

没，她去出差了，要十天半月才回来。

你撒谎。小冯去出差的话，一准儿会来跟我打声招呼的，不会这么悄悄走掉。小冯是个有家教的人，我一眼就看出来了。你别糊弄我，我眼睛亮着呢。

孔力婴暴躁地说，她不是你生的丫头，没必要。

病人不再吱声，弯腰取来一只拐，夹在腋下，跌跌撞撞地往病房走。孔力婴悻悻地站着，见病人进去后，愤怒地扔掉了拐杖，一头栽在床上，身体一动一动，在抽泣似的。长这么大了，这是孔力婴第一次顶撞父亲，况且在他病中。父子俩陷在沉沉的夜色中，各自绷紧了，谁也不肯下话，给对方通融一句。后来，还是孔力婴馊了下来，打了一盆温水，想给病人洗个脚。刚将父亲的脚掰开，放在水盆里时，父亲一脚踹开了，溅了孔力婴一脸。孔力婴沮丧地摇摇头，低声求饶说，爸，你别生气了，明天我就把加芮喊回来，让她给你熏艾条，伺候你。

恰在此时，护士推开门，打开了日光灯。

灯光霍然一亮，像扯下了一道帷幕，将父与子之间的矛盾暴露眼前。病人寂寂地躺着，以冰冷的脊背示人。孔力婴尴尬地笑笑，颓坐在椅子上，尽力掩饰着。护士没什么事，病人该喝的药喝了，该挂的水挂完了，但她在下班前，习惯性地跑进这个病房，跟点卯似的。护士换了装，一袭短裙，长发蓬松，在病房里转了几圈。后来，护士甩了甩体温计，提醒道，来，十六床，再给你量一量温度吧。

病人勉强坐起，气呼呼的，把头扭向一侧。护士给他夹好了，并没走的意思，抱臂靠在床架上，左右瞅了瞅父与子的表情，鼻子一蹙。

咦，那个天水小丫头呢，不见她人呀。

空气很僵，父子俩谁也不搭话，护士像在唱独角戏。护士不明就里，拉家常地说，唉，人人都有一本难念的经，像我，白天在医院里伺候完人，等会儿回家后，又得管婆婆的吃喝拉撒，累死了。我婆婆瘫了，几年前脑溢血害的，不能自理，全靠我了。我老公指靠不上，他的职业特殊，三天两头不着家。我呀，女人当成男人使，男人当成牲口使，没辙，就这么个苦命。

久病床前无孝子，你服侍老人这么多年，大孝子呀。

病人赞许道。

护士意有所指，却故作漫不经心地说，喂，你那个小保姆挺爱面子的，我问了几次，她嘴特硬，不承认是保姆。唉，你应该挽留一下，多加点钱其实也无所谓嘛。现在找一个好保姆，比中彩还难。

病人坚决地说，再声明一遍，她不是保姆，是我女儿。

你女儿？不像。

苦笑一声，病人回说，像与不像，脸上看不出来，但我自己知道。她比我生养的丫头还亲，在盛博珠宝金店里当营业员，她们叫啥导购来着。她有正经的工作，刚好领导派她出差去了，服侍不了我。

盛博？哦，是中央广场那家珠宝金店呀，我逛过。

对，她就在那里上班。

护士拿起温度计，在日光灯下瞧了瞧，并没报出具体数字来。护士的目光落在孔力婴身上，随口问，你一儿一女，可真是有福气呀。不过，丫头和儿子的长相不像兄妹，倒像是一对小情侣，我还看见他们手牵手上了楼顶，在上面乘凉呢。病人含混地说，十根指头还有长有短，哪有一般齐的呀。好端端的，孔力婴忽然像吃错了药，一下子炸了。孔力婴一脚踢翻了椅子，恼恨地说，她就是个保姆，和你一样，一辈子伺候人的，下贱。

护士沉下脸问，你什么意思？

没意思。

孔力婴连嚷了几遍，一声比一声刺耳，还跳着脚。护士挺无辜的，不明不白地卷入了父子间的矛盾，进退失据。孔力婴嚷道，小保姆，一天挣几十，她现在找到出价更高的了，不辞而别，去给别人端屎端尿了，妈的，白眼狼一个。护士缩手缩脚地往门口走去，嘟囔了一声。孔力婴不依不饶地喊，对对对，我就是个神经病，我癫痫，我疯子，你快去给我准备药吧。

门掩上了，孔力婴像个斗败的小公鸡，一脚踹在门板上。病人抬起一条伤腿，缓慢下了床，金鸡独立后，忽然举起一根拐，戳了一下孔力婴的脊背。病人再横扫过来时，孔力婴已经躲远了。病人骂道，你满嘴喷粪，丢死人了。

孔力婴道，冯加芮她就是一个烂保姆，势利眼。前几天，她一直在演戏，给你演，也给我演。

唉，我不难为你和小冯了，我明天就回临洮去。

无亲无故，你牵心个啥，快叫她滚吧。

蓦然间，病人老泪纵横，一屁股坐在水泥地上，用拐尖砸着腿上的石膏。门切开了一条缝，附近的病友们探头探脑的，可谁也没有走进来，劝慰一下病人。孔力婴抱住脑壳，明白自己闯了祸，蹑手蹑脚，想夺下那一根拐杖。病人稍稍平复了，哽咽地说，告诉你，你真把小冯丢了，你就不是我养的儿子。滚，滚吧。

见病人手中的拐再次横扫过来时，孔力婴鼠窜而出，狼狈不堪。比他更迅疾的是一只鞋子，擦着他的头皮，掉在了走廊里。

天阴了下来，陆军医院的路灯渐次亮了。薄暗中，身畔的花花草草散发出葳蕤的香气，绵延不绝。孔力婴望眼欲穿，但骨科楼下的那条小径上，始终不见冯加芮的影子。手机没电了，打了上百遍，一个老尼姑冷冰冰地念经：你所拨打的电话已停机。和冯加芮认识至今，这是头一次。更让孔力婴错愕失魂的，是他和冯加芮从没分开过两天。两天，快五十个小时了，顶如工地上起了一层高楼，顶如地球空转了几十万公里呀。一念至此，孔力婴的头皮开始发麻，像摸到了电门一样，心慌，盗汗，一片彷徨。

盛博设了一条服务热线，但冯加芮交代过，它在楼上，万万不可拨打。这时，孔力婴终于想起了孟柯。冯加芮在孟柯身边的话，孟柯的手机不就是冯加芮的么。孔力婴忙跳起来，推起自行车欲走。

一扭身，病人拄着拐子，拦在面前。

父亲抬手，摸了摸孔力婴的头。掌心很绵，带着涩涩的艾条味道，在头顶停了几秒钟。孔力婴巴兮兮地望了一眼，话到嘴边，又咽了回去。父亲看了看破车子，撇嘴笑了，将一个塑料袋交给孔力婴，顺手接过了车龙头。

"刚才忘了，一直压在枕头底下。这是前天小冯留下的。"

"是啥？"

"一件新背心。小冯说，你的背心快被汗水给渍黄了。快回去吧，小冯或许也在找你，多说些好话，别惹她。"

父亲扣下了自行车，怕不安全。孔力婴坐了夜班公交，花了大约半个钟头，才来到楼下。抬头一望，家里的灯黑着，走廊墙上密密麻麻的小广告，鬼祟无比，像在灵堂里焚化的纸符。孔力婴越往上走，越感觉自己被逐到了洪荒边缘，脚下不时地踩到一些瓶瓶罐罐、扫把、蜂窝煤和垃圾袋。站在门口，孔力婴摸出钥匙，又警觉地退后几步，嗅了嗅，没什么异味。钥匙捅在锁眼里时，竟顺利地打开了门。灯光如昼，空气里有一股洗衣粉的味道，一室一厅的家里整洁有序。孔力婴的几件衣服挂在晾绳上，几双鞋子并排放在门端。穿堂风像一个隐形人，忽地来了，又忽地消失，只把窗帘撩起一下，像一只灰败的鸽子翅膀。

"加芮，你死哪里去了？"

孔力婴心里嘶叫。

捣腾一气，孔力婴终于翻出了一个小本子，找到了孟柯的号码。镇静一番，孔力婴心平气和地拨通了，报出自己的名字。从语气中能够听出来，孟柯对这个唐突的电话很恼火，待喝问了几声后，才揶揄地说，"哦，你料管员呀，是不是在找你女朋友。"孔力婴催促说，"我知道加芮就在你家，在你身边，让她接电话，快。"孟柯又不是吃素的人，线上传来打火机的声音，好像刚点了烟。孟柯道，"靠！你态度端正一点，你是警察呀，你来查户口么，别给脸不要脸了。"孔力婴被兜头浇了一盆凉水，心里如落汤鸡一般，忙喊了一声孟柯姐，姿态矮了许多。孟柯道，"我家里没旁人。前两天，加芮的确在我这里借宿，但出事后，她就不见了人影儿。对了，加芮还拿走我一条牛仔裤，石墨蓝的。"孔力婴惊悚地问："加芮出啥事了？"

"没告诉你？"

"我丢了她。"

"哦，是盛博出了事，不是加芮个人。"孟柯恢复了平和，絮叨说，"我被盛博停了职，待在家里准备接受调查。加芮也一样，她好不到哪儿去。不为什么，盛博最大的一颗钻石丢了，被人掉了包。"

"是加芮的错么？"

"顶如她丢的，我也算一分子。我们的柜台出的事，妈的。"

"报警了么？"

"喂，你们工地上丢了烂砖头破钢筋，老板会报警么？当然，钻石又不是砖头钢筋。可盛博这么大的店，一报警的话，报纸和电视再一炒作，谁还敢来盛博，那不就废了么。小太保通知了老板，老板过几天就会从香港赶回来，没法不急，这颗钻石值一百多万呢。"孟柯事无巨细，知无不言，像新闻发言人一样。孟柯又说，"妈的，我的身份证被小太保扣下了。加芮特贼，她不知使了什么妖术，从小太保手里要回了证件，三两天不露面，躲开了。"孔力婴知道"小太保"这个鄙夷的称谓，但还是惊了一大跳。"你是说，加芮领到了身份证，和盛博一刀两断，给解雇了？"

孟柯却说，"见了加芮告诉她，以后少和小太保瓜葛。那个杂种，小瘟神，可不是什么善主，吃喝嫖赌不说，还偷偷吸毒，瘾君子。"

"姐，你把话说清楚。"

"我可没暗示什么呀，你别瞎猜，加芮绝不是那号随便的人，但防人之心不可无。"孟柯哈欠连连，又道，"死丫头，我也在找她，想问问那天的事。"

"那天到底咋了？"

"下雨了。"

"你俩都被炒了？小太保搞的鬼么？"

孟柯道，"那条石墨蓝的牛仔裤特好，特衬我。你见了加芮的话，让她把裤子还给我，她穿起来嫌长。"

言毕，电话挂了。

迎头撞墙，唯一的一条路堵死了。孔力婴在太阳穴上砸了一拳，疲惫地在房间里逡巡几遭，看见了窗台上的一盆兰草。伸手摸了摸，土是湿的，不久前被浇透了的样子。显然，这出自冯加芮的手。这套赁来的房间有一个大壁橱。入住前，孔力婴用报纸糊了内壁，让冯加芮单独用。孔力婴说女孩子衣服鞋子多，麻烦，这样顺手一些。孔力婴奔过去，打开了壁橱，见里面空空如也，

当代中国最具实力中青年作家书系

连嵌在壁橱内的冯加芮的那只旅行箱也消失了。这时，孔力婴才真正意识到，一桩事关冯加芮的事情发生了。

撅起臀，孔力婴从床下拉出旅行箱，一黑一红，这是他全部的家当。打开箱子，他的衣物叠得整整齐齐，单是单，棉是棉，几双袜子对配对，一丝不苟。夹在内衬里的一颗樟脑球掉了下来，还是冯加芮当初买的。床角上，冯加芮的枕头在，一条粉色的毛巾被在。在水池架子边，冯加芮的毛巾在，牙刷在，梳子在，连她最喜欢的那双草编凉拖也在。但一个大活人，像午夜时分穿堂而过的一股恼人的风，去留无痕，下落不明。

抱着一丝希望，孔力婴留了门，没插插销。躺在阒寂的夜里，盯着黑暗的天花板，一幕一幕地过电影。记忆很乱，一忽儿黑白，一忽儿彩色，片长约一年半，囊括了四季，由孔力婴和冯加芮主演。这么深的夜，冯加芮在哪处栖身，安不安全？疼惜占了上风时，孔力婴会剪出一部酸楚的泪片，让自己哽咽。转瞬，怨怼和愤怒控制了孔力婴，他很快又会剪出另一部主题迥异的片子，大肆挞伐，宣泄一气。这个夜晚报废了。黑暗中，孔力婴的眼睛布满了血丝，猖猖嘶鸣。

蓦地，孔力婴的手，摸见了父亲转交的那个塑料袋。灯亮了，孔力婴撕扯开袋子，果然是一件背心，跨栏式的。刚一抖开背心，冯加芮的字条掉了下来。

字条写在一张陆军医院的处方单上，圆珠笔不流利，字也难看，像一行小豆芽菜。孔力婴认出了冯加芮的笔迹，千真万确，想是冯加芮最后一次去病房时留下的。上面写着：力婴，我走了，再不回来了。对不起。你一定照顾好孔伯。

如此，孔力婴再也无力剪出第三部片子了。泪水忽地垮了坝，淹在脸上，掉在身上。孔力婴反复念了好几遍，忽然咯咯咯地笑了出来，笑得很空虚，也很绝望。孔力婴将字条揉成团，扔进嘴里，咀嚼起来，嚼成了一堆纸浆，硬生生地咽进了喉咙。孔力婴拨通电话，边揩眼泪，边喜兴地吵嚷道："喂，卡油，他妈的你那里有啤酒么？"

不待回应，又说："老子醉了，还想喝。"

六

次日傍晚，孔力婴背上一捆啤酒，往塔楼上攀爬。

站在操作舱外的平台上，孔力婴卸下负重，连喊了几声卡油。卡油扭了扭头，不动声色。孔力婴一探头，见卡油躺在凉席上，只穿了件大花裤头，正捧读一本小书，惬意得像一位方外的神仙。孔力婴拿出一盒烟，晃了晃："喂，黑兰州哇，十六块呢。"

工地上冷冷清清的，搅拌机、塔吊、卷扬机和大型砼车都停下了，仿佛被拔掉了插头。高考将至，需要这座城市安静下来，为考生让路。市政府规定，凡在禁令期间擅自施工的建筑单位，轻则罚款，重则吊销资质。工人们走光了，回乡探亲。在指挥部门口的黑板上，第一天的总值是卞宙，第二日是孔力婴，第三天仍是卞宙。孔力婴是公司中层，值班乃分内之事。卡油却是自告奋勇，平时就很落单，这下彻底孤家寡人了。只有孔力婴知道，卡油其实想拣点清静，死读书。

不仅有啤酒和烟，还有花生米、卤鸡爪、咸鸭蛋和一包葵花籽。

嫌操作舱逼仄，于是在平台上铺了旧报纸，两个人落座后，打开了吃食。卡油看了一整天的书，懒得下去，现在饿极了，自

当代中国最具实力中青年作家书系

然喜出望外。卡油嘴上叼着一只鸡爪，吃得很仔细。

"先声明，你巴结我没用，我没钱再借你。"

孔力婴呵呵了一下，笃定地说，"不借。我爸好多了，能挂上拐杖下地活动了。伤筋动骨一百天么，现在主要靠养，养到秋后绝对好。再说医院的费用也太贵，他想回老家去，唉，随他吧。"孔力婴剥开一枚咸鸭蛋，递给卡油。卡油说，"那天听了你讲你爸，我去城隍庙找了一圈，也没淘上一本四角号码字典，我还想拜你爸为师呢。"孔力婴鄙夷地说，"那玩意有啥意思，老古董，绝户的手艺，现在谁还学它呀。"卡油将一枚小鸡骨扔过来，粘在孔力婴的头发上，申斥说，"数典忘祖！你这号货，给你爸提鞋都不配。"

"数啥？卡油你别那么深奥，好不好。"

卡油岔开了话题，讥诮道，"昨晚上，你号了半夜的丧，扰了老子的清静，害得我今天的功课都没做完。你和小冯红了脸，吵嘴了？"

孔力婴疯到了天亮，直到精疲力竭后，才倒在床上，补了一整天的觉。下午起来时，孔力婴丢了三魂、失了六魄似的，给父亲挂了电话，谎称去单位值夜班，让病人自己对付，这才郁郁寡欢地来找卡油，想说说话，一醉方休。卡油这一提，又引爆了孔力婴的愤怒。孔力婴蹬了一下瓶子，尖声说："不许你再提这个破名字，永远。"

"嘴长在我身上，你干吗？除非你拿来针线，现在把我的嘴巴给缝严实，妈的。"卡油不怒自威，硬碰硬，一点也不含糊。"饭没盐了淡如水，人没精神赛过鬼。告诉你，我就见不惯你的尿样子。好时，你和她黏得像一罐蜂蜜；关系一紧巴，你脸上都是仇恨。我很清楚，怪就怪你，不怪人家小冯。"

孔力婴脸惨白，怔怔地说，"掰了。她走她的阳关道，我上我的独木桥。"

"更尿了，不像人说的话。"

"卡油，你胳膊肘往外拐，你是我朋友啊。"

"像你这么没原则地说话，那我念的一肚子书，顶如喂狗去了。"卡油态度轻蔑，一副并不被收买的样子，"向人向不过理，在这一点上，我谁的朋友也不是。君子绝交，尚不出恶语，你和小冯恋爱了那么久，好也好了，睡也睡了，掏过心吧，发过誓吧。现在一翻脸，你的脸上就长狗毛了。"孔力婴被骂得臊红了脸，恨不得找个地缝，一头钻进去。但卡油拿得稳，一口酒，一嘴肉，一派心安理得。卡油说，"坐看云卷云舒，望遍花开花落。真的，没啥大不了的，谈恋爱之前，你就得有这个精神准备。一个人生下来，在红尘世上走一遭，遇见情投意合的女人，算你上辈子烧了高香，今世里得了福报。其实，人最可怜了，一个人单独生，一个人单独死，有个女人来做伴，给自己取取暖，唠唠话，一辈子也就交代了。力婴，你和小冯毕竟好过一场，即便一拍两散了，只当是福浅缘尽，也断断不能诋毁人家，尤其对一个女孩子。"

"屁，你这是少年给老汉讲理想，神仙对寡妇讲忍耐。"

"善没错行的，功无枉费的。"

"卡油，你站着说话不腰疼。"

"我不喜欢你流里流气。"

"我无所谓，呵呵，随她冯加芮咋样编排吧。毛主席都说了，天要下雨，娘要嫁人。冯加芮就算傍上一个大官、大款、大明星，我孔力婴连眉头都不皱。"孔力婴扶住栏杆，环视四方，撕心裂肺地大声吼，眼珠子快暴突了出来。吼声远播，落照依旧，工地上一派平和，沉浸在一片片夕照中。"妈的，我要是一失足掉下去就好了，那样不会很疼。"

"你不疼，别人会疼。"

"谁疼？"

"喂，你猜猜我为啥爱读书，尽读一些莫名其妙的旧书？"卡油此刻很庄重，膝盖上搁着刚才的那本小书。卡油道，"旧书都费脑子，繁体字，古文，一页能读上一天，好打发时光。你说我一个小小的塔吊司机，名不见经传，读了这些能干啥？我真不为啥，就是故意难为自己，不去想一些往事罢了。老话说，若要知道，经过一遭。"

"听说，前一阵子，你读完了《聊斋》？"

"不，是《三国志》。演电视剧的时候，我又温习了一遍。"

"有用么？"

卡油脸色很淡，沉郁地说，"有一年农历正月，女人抱着三岁的娃娃回娘家。娘家不太远，但要跨过洮河，这你知道。男人长年在外打工，每回到了家里，一般会干干泥活，补一补漏瓦，苫一苫屋顶，所以没跟着去。男人把女人和娃娃送上了跑客运的手扶拖拉机，约好晚上会去接的。到了傍晚，噩耗传了回来，那辆拖拉机因为超载，从崖畔上栽进了洮河水，全死了，连拖拉机都被冲到了下游十几公里外。那个春节，闹春的鞭炮成了丧炮，贴下的窗花和门联，全成了灵堂里的经幡。男人在自家的地里埋了一座空坟，放了些女人和娃娃的衣物鞋子，一咬牙回城上班了。这么多年，男人不爱去探亲，不爱回家，因为路上要经过洮河渡口。男人怕得要命，怕看见那一片该死的水。男人是开塔吊的，寡言，孤僻，不合群，啥都看开了。男人喜欢一个人坐在塔楼上，无车马之喧，无鸡犬之声，读一页旧书，望一望云头。男人相信，自己的女人和三岁的娃娃在云彩上，在笑，在看着自己。他把这一座塔楼，看成是登天的梯子。他相信会有人来接引的。比如他的娃娃，女娃，当初才三岁，现在该长到八岁半。"

"卞哥，你从没说过这事。"

"我也快忘了。"

"对不起。"

登时，孔力婴乖巧起来，按着临洮乡下的风俗，将半瓶酒祭在地上。酒水迎风刮散，落在两个人的身上，令心中一堕。卡油勾下头，揩了一下眼角，仰头一叹。孔力婴觉得，这一场私密的谈话，仿佛发生在天堂里，如梦似幻。在漠漠无涯的余晖中，微风徐徐，有鸟在飞。大团的云朵若一座座孤岛，隐现于视野尽头的彼岸。聪明人不可细提，孔力婴领悟了卡油先前的话，不禁为自己的促狭和自私感到内疚。孔力婴撕下半张报纸，盘腿坐下来。

"卞哥，你就乐意这么一辈子坐在云上？"

"我不喜欢地上。"

"总比你坐在云上，一个人伤感强吧。"

"太闹，妨碍我。"

本来，孔力婴是想寻求一番纾解的，此刻却置换了角色，殷殷关切起对方来。孔力婴指着操作舱说，"喂，这是你的小庙，你就像个少林达摩院的老和尚一样，你在闭关么。"

"除了你这个小鬼来打扰，我一直耳根清净。"

"当我是韦小宝呀？"

"你不明白，破山中贼易，破心中贼难。"卡油怅然道。

"其实，好女人都在地上。卞哥你出了工地去走走，街上全是好女人，一个个像开花的牡丹，一指头能掐出水来。嘻嘻。"孔力婴真不太清楚卡油的话，觉得奥义太深，不必要那么太哲学么。孔力婴道，"卞哥你才三十出头，壮得像一头牛，你应该忘了过去，从头再来。说不定呀，地上迎面走过来的哪个女人，就是我的新嫂子呢。"

"你呢，你连那么好的小冯都丢掉了，你咋说？"

"呸，别提冯加芮，我跟她一直玩呢。"

"所以，你心里有个贼。"

"瞎玩。我才不像你，成天苦哈哈的。"

卡油剜了孔力婴一眼，"我宁肯在这座小庙里痛一痛，也不愿去地上发痒。地上的事情太分心，忍痛易，忍痒难。"

"乖乖，越说越玄乎。卞哥不是个传说了，卞哥是一个寂寞哟。"

"我不喜欢你油腔滑调。"

"呵呵，卡油你的脑子怕是被书祸害了，一折子一折子的哲学词，听不懂，劳心。喂，你读了那么多的破书，我怀疑有用没用。"孔力婴道。

"百无一用。"

"那你还读？"

"你是个浮皮潦草的货，说了你也不懂，费唾沫。"卡油道。

"你刚才读的啥？"

"《旧约》。"

"是个啥书？"

"大名叫《圣经》。"

"呀，你原先在念经啊。"孔力婴一把抢过卡油膝头上的小书，胡乱翻了翻。巴掌大的书，封皮封底装订了羊皮，膻腥气扑鼻，旧得若一张鞋垫。显然,这又是卡油从城隍庙里淘来的。字如蚊蝇大小,密密匝匝的,竖排,繁体。一下子让孔力婴头大。孔力婴扔还给卡油,卖弄道,"我知道这东西,说的是上帝的一些事情,顶如传说吧,里头还有亚当和夏娃啥的。"

"亏你还识货。"

"卡油,你真信了上帝?"

"读读罢了。我一个临洮的泥腿子,现在只不过是个吊车司机,信了也没多大的用。我不信上帝,但我知道他在,在云上,在天上。喏!"

孔力婴手搭凉棚,瞅了一大圈,"在哪,我咋看不见呢。"

"再看!"

"妈的,眼睛都望麻了,还是看不见他。"孔力婴痴呆呆的,在夕照下的天际线上一瞭再瞭。天空仿佛一块明净的瓦,滑溜溜的,谁也无法立足。孔力婴沮丧地说,"没上帝,根本没有。只有一大群破鸟,在黄河那边乱飞呢。"不待孔力婴再次拔颈仰首,卡油扑哧一笑。

"呆货!你要是能望见的话,他也就不叫上帝啦。"

孔力婴发了飙,"你要我呀。你不是刚才还口口声声说,你知道他在么。在哪,在哪呀?你指给我瞧瞧,让我开个眼,沾一点点福气呀。"

"信则在,不信则无。"

"你看你,你看你,鸡儿的嗓子老鼠的眼,吃不多来看不远。你又开始玩虚的这一套了,虚乎乎的。"

"鸟就是。"

孔力婴屁股一蹾,泄气地坐下,又吹起了瓶子。卡油不像是故意戏耍人的样子，严肃地说，"鸟在天上飞，最靠近上帝了。说不定呀，鸟就是他的化身，微服私访来了。"

"骗鬼去吧。"

"不信的话，你自己去问问鸟。"

"呵呵，照你的意思，上帝长了一身鸟毛？"孔力婴掰开一只卤鸡爪，不经意地捏起一根油腻腻的羽毛，"落地的凤凰不如鸡。喂，这一只是不是你的那个啥？你的上帝真长了毛，难看死了。"

卡油道，"他在高处。你肉眼凡胎的，睁眼瞎一个。"

"让他掉下来，我看看呀。"

"所有的上帝长羽毛。"

"呵呵，你这一说，我还真要去问问鸟们。"——孔力婴将鸡爪扔在嘴里，愤怒地咀嚼一番，又指着天边的鸟群，拔长了脖子。倏忽间，孔力婴想起了工地围墙外动物园的大鸟笼，一个灵感突地跳了出来。孔力婴说，"卡油，你敢不敢把我吊在砖笼里，让我去问问那一群长了羽毛的上帝？"

卡油说，"我不敢。"

"那你骗我。"

"我要对你负责，也对小冯负个责。"

孔力婴的呸字刚涌上了舌尖，却蓦地停顿下来，怔忡地望着卡油。卡油不理不睬，依旧嚼，继续吹瓶子，一切视而不见。孔力婴的眼圈泛了红，忆起和冯加芮在陆军医院楼顶上的情景，竟一时难以自持。往昔的场景历历在目，亦是在夏日的黄昏，头顶蓝天，身披落日，一番番耳鬓厮磨，近得能听见对方的心跳。但此刻，孔力婴在泪眼中抬望，冯加芮却如一只鸟，早已杳然无迹，不留痕印。孔力婴辨不清晰，那一只远逝的鸟，究竟是天鹅，还是仙鹤。

"卞哥，我信你的话了。"

"不意外。经上说了，太阳下面无新鲜事。"

孔力婴哽咽道，"加芮说过，她的前世一定是一只鸟，她一直想飞，去天上飞。怪我，我当时没听懂加芮的话，太愚蠢。"

"不要玩熟了自己手里的鸟。"

"我不懂你的话，卞哥。"

卡油扔下了瓶子，慨然道，"喂，你现在还敢不敢？"

"敢呀。"

"开始干。"卡油有点儿醉。

——事实上，这个故事现在才开始。

卡油坐在高高的塔楼上，开动了吊车，将长长的吊臂驶过来，落下了悬索。悬索的挂钩上吊着一只砖笼，卸载完毕，里头空空如也。孔力婴把住砖笼，在伸脚迈进的瞬间，又迟疑一番。孔力婴抬眼一望，塔楼如一架梯子，悬停在天际上。周围有一小片云，有几颗逗号一般的黑点，似风筝，又似早衰的秋叶，一动不动。孔力婴打开了对讲机，忐忑地说，"卡油，我要进去了。"线上传来嗡嗡的电流声，卡油嘱咐说，"记着，一定把砖笼的插销插好。呵呵，我带你去见上帝吧。"

"卞哥，这话难听，不吉利。"

"抱歉。"

"不过，我想你也是对的。所有的上帝长了羽毛，像鸟一样，知道人世上的大小事。妈的，我要去问问长羽毛的上帝，加芮飞到哪了，还爱不爱我。"

"要是他不告诉你呢？"

"等着瞧。"

悬索滚动了，将一只铁锈斑斑的砖笼捉起来，提升在半空中。脚下的砖笼嘎吱嘎吱作响。风忽地袭来，像一只手，牵拽着孔力婴，令他趔趄不已。孔力婴忙抓住铁栅，环视起四周。先是整个工地露出了样子，阒寂无人。工地上的钢筋和水泥柱子，像一大片夸张的芦苇丛，低低地倒伏着。又提升了一截儿，围墙渐渐矮下了身子，林木葱郁、绿意盎然的动物园铺陈眼前，仿佛一座沙盘。这时，离塔楼也近了许多，孔力婴招了招手，嘶喊道，"卡油，这个砖笼也像个小鸟笼，我其实也是一只鸟，被你提在手里玩呢。"卡油挺不客气，讥诮说，"喂，我站在你上边，站在云上。你瞧瞧，我是不是你的上帝呀。"孔力婴乐呵呵地说，"你长了羽毛的话，你就是。"

按照事先商议妥的，吊臂挥过去，直指园区内高大的鸟笼状建筑。悬索往吊臂尽头滑去，挂在了顶端。孔力婴俯瞰着脚下偌大的风景，斑马吃草，猴山沸腾，狒狒嘶叫，大象扇耳，狮子和老虎趴在夕照下打瞌睡，熊猫在玻璃幕墙内吹空调。唯有三匹长颈鹿伸直了弹簧般的颈子，木讷地盯视着这个不速之客，有些骇然。这时，动物园早闭馆了，人去园空，万木扶疏，蜿蜒的甬道上鲜有人迹。孔力婴欢欣雀跃，喜不自禁，先前一个小小的灵感，此刻居然梦想成真。渐渐的，孔力婴身上那种少年人具有的好奇、捣蛋、顽劣和毁坏的本性，一瞬间苏醒了。孔力婴命令卡油，"左，左，左，往前，往前一点点，再退一米，OK，耶。"

悬索又开始滚动了，挂钩将砖笼缓缓放下来，降在了大鸟笼的尖顶上（其实乃是一根避雷针），嘎吱一声，停下。

刹那间，成百上千的鸟炸开了，叫声四溅，沸反盈天。

这只大鸟笼是用拇指粗的钢筋焊制的，伞状，端坐在地上。均匀分布的铁栅上，分别刷着白、红、黄、黑的油漆，让人目眩。鸟笼若宫殿，穹顶约摸三层楼高，收束在一个金黄色的挂钩造型上，很是好看。

孔力婴居高临下，站在砖笼里，眼前忽忽闪逝的翅影和鸣叫，仿佛一大摊搅乱了的颜料水，遍流一地，色彩纷呈。再仔细瞧，孔力婴发现那其实是各色的羽毛，被抱头鼠窜的飞鸟们带到空中，交织着，篡改着，勾勒着，仿佛自己正在偷窥一只万花筒。这时，看不清具体是什么鸟，反正有许多个品种，好像全都码在货架上，层层叠叠，乱花迷眼。孔力婴站了一会儿，激动渐渐退了潮，有一种无从下手的挫败感。

"卡油，快把砖笼降下来，停在地面上。"

"做啥？"

"呵呵，不入虎穴，焉得虎子。我发现那边有一排小门，估计是饲养员进出的。我要进去，给你捉一只鸟。"鸟笼旁有一片空地，孔力婴指挥着，但卡油始终沉吟不语。孔力婴道，"没别的意思，我只站在一旁看看，决不打开门。"

卡油道，"黄昏了，倦鸟归林，鸟才懒得理你。"

"你看你，又用这个口气说话。"

"不信你去试试。"

悬索终于将砖笼停在了地上，孔力婴拔开插销，闪身出去，朝空中翘了翘大拇指。伞状的大鸟笼矗立眼前，比想象中的要巨大许多倍。穹顶的金挂钩熠熠闪光，似乎它就挂在天上，提在一个叫上帝的人手中。现在，笼中鸟消停了不少，三五成群地结队，叽叽喳喳的，对孔力婴充满了警惕。孔力婴平时口哨打得好，叫得响，遂嘬起嘴，嘹亮地打了几声。但群鸟对这个陌生人的讨好和献媚并不以为然，上千只黑葡萄一般的眼睛滴溜溜乱转，一直盯视着他，咕咕咕，唧唧唧，相互传递着鸡毛信。有一瞬，孔力婴还听见一只鸟在喊自己，咕里吟，孔力婴，咕里吟，孔力婴，发音一致。这让孔力婴倍感好玩，他不假思索，径自取下了小门上的挂锁，唐突而入。

群鸟即刻散开，那一拨在空中飞旋，这一拨举着翅膀，且战且退，弧形地拢住他。孔力婴怕惊吓了它们，便贴着身后的铁栅，慢慢在笼子里转了一遭。在另半边，孔力婴看见了一座人造的水塘，荷花点点，水草摇曳。波光潋滟的水面上，竟然浮游着两只白天鹅，一堆彩鸳鸯，一只红冠的仙鹤，还有几只不知其名的飞禽。孔力婴一下子晕了，觉得脊椎骨里渗出了一丝丝冷意，在抽搐，在咆哮。

加芮，天鹅多美呀，你干吗不想做天鹅。

孔力婴心说。

干脆，你做仙鹤也好，亭亭玉立的，红冠子，长腿，穿了一双高跟鞋似的，像一位公主。呃，要是生了我的气，你还可以用尖尖的嘴叨我，加芮。

加芮，我知道你就藏在里头。你长了羽毛，你在扮演上帝。其实，你根本不用作贱自己，你不用给自己长一身羽毛，你本来就是我的上帝嘛。

求求你，快出来吧。

醉意朦胧，孔力婴在心里嘶喊，几乎喊破了嗓子，也不见奇迹降临。相反，在水塘里优哉游哉的天鹅和仙鹤，用一种无动于衷的表情，消极地回应了孔力婴的哀求。头顶缭乱的翅声、鸣叫和剐擦，令孔力婴避之不及，忙护住了脸。有一只凶鸟还试图进攻，呼啸袭来，又擦着孔力婴的头皮掠过。甚至有一小滴鸟屎，恰好滴在了他的额头上，让孔力婴有中弹身亡的感觉。

忽然，孔力婴咯咯咯地大笑了起来，边笑，边走出了伞状的鸟笼，将一排小门悉数打开。

这还不算，孔力婴拾起一只大扫把，钻进笼子里，跳着脚，挥上舞下，开始驱赶所有的鸟。鸟群炸开了，翅膀密布，令天光一暗。孔力婴哦哦哦地尖叫，声音在前头引路，很亮，很远。

群鸟仿佛怔忡了一下。短暂的一瞬间，它们迅速明白了，默下声，首尾相牵着，亮翅而去，一飞冲天。孔力婴提着大扫把，将伞状鸟笼里的鸟驱赶得一干二净，连一只也没剩下。巨大的笼子登时空了。穹顶高耸，四壁沐浴在夕照中，像一座刚刚礼拜完毕的教堂一般，肃穆下来。

"卞哥，你看见了么，你的上帝都在飞。"

卞油道，"妈的，你大闹天宫了。"

"呵呵，保佑你吧。"

吊车再次启动，孔力婴站在提起来的砖笼里，悬停高空，望见黄河一侧的半边天都被鸟翅们占据了，渐渐暗沉下去。

七

黄河畔有一座亲水平台，是观鸟的好去处。

河水在这里甩下了一个弯，形成大片的湿地，林树茂密，芦荡深深。每年一入夏，北归的鸟群开始驻扎，便给城市带来一道壮丽的景观，令人遐想，流连不已。尤其近日，河面上忽然麋集了更多的鸟。除了天鹅和仙鹤外，有些还是很稀罕的来客，叫不上名字的鸟，花花绿绿地凫在水波光影中，昼夜啁啾。这个消息引发了连锁反应，市民们带着玉米粒、面包和自购的小鱼小虾，站在栏杆外喂鸟。一时间，群鸟像一片片铅灰的云，迎风舞蹈，盛况空前。

又恰逢高考季，考生们昏头涨脑了许久，需要放松下来，做做调整。于是，家长和子女们结队而来，在傍晚的天光下铺开塑料布，一家围坐，仰头看鸟。在父辈们的心目中，子女就是未来的天鹅或仙鹤，即将振翅高飞，翩然远行。所以说，观鸟也就成了一次祈福和沾吉的活动，人人心生向往。亲水平台上，兜售望远镜和鸟食的小贩们大声叫卖，闪光灯哗哗哗地闪烁不停，热闹极了。徐老太亦不例外。自打报纸和电视上连篇累牍地报道了此事后，她便嚷嚷着要来，今天可算遂愿了。

徐老太坐在轮椅上，望着十几级台阶下的亲水平台，想着心事。

或许，晚饭时自己的一点点不悦，让小丫头产生了误解。徐老太心说，又不是说你，你何必吃这个闷亏，难为自己呢。徐老太另有一个做饭洗衣的保姆，一日两课，只负责午餐和晚饭。最近，保姆一直央求着加薪，徐老太尚未拿定主意，保姆的气就撒在了饭食上。今晚的这顿饭，米饭夹生，菜和汤太咸，简直能打死卖盐的人。徐老太吃了几嘴，便扔下了筷子，拉下脸来，说胃口不佳。保姆倒也不在乎，拾掇完后，哼着小曲回家了，像故意使气。小丫头看了一会儿电视剧，见徐老太还绷着脸，遂蹑起脚，进了自己的卧房，不再言语。

"请你带我去亲水平台散散心吧，还可以看看鸟。"

小丫头出来说，"乖乖，那地方人杂，你又坐着轮椅，太不方便。喏，你要想看鸟，就在阳台上看一看吧。"

"太闷。你也别窝在家里，吹吹风去。"

"老太太，你干吗非要凑那个热闹，万一有事呢？其实，我根本不想见人，人多心慌。我陪着你，咱俩说说笑话，你也要早点上床歇息呀。"

"嗐，报纸上说，那可是一群稀罕的鸟，珍禽，从未见过的。一连几天了，我这个小小的要求难以启齿，劳驾你了，推我去河边一趟吧。"

小丫头道，"那你弹琴吧，我听。"

徐老太恼怒地说，"我弹了一辈子的钢琴，不缺今天的课。哦，你要是不去，那我给我儿子打电话，让他从新加坡飞回来，推我去看一看鸟，他得听我的。"

"好吧，你可真像个小姑娘，会发嗲，爱撒娇。"小丫头揶揄道。

小丫头是前一周雇下的，刚见面，徐老太就喜欢上了。按徐老太的话说，投不投缘，一对眼就知道。小丫头漂亮不说，还嘴甜，根本不把老太太当一个大病初愈的人，也不尽然看成长辈。有时摸一把她的脸，掐一下她的肉，假装呵斥一声，反倒令老太太觉得不生分。老太太寡居多年，儿子又在新加坡办公司，一直膝下无人。以前还行，偶尔会返聘到音乐学校，给一帮娃娃们授课，独自料理起居和一日三餐。健健朗朗的一个人，忽然就中了风，交给了轮椅，心里很是绝望了一阵子。儿子孝顺，前不久托了内地的同学，辗转雇下了这个小丫头来家里。事先说好了，一不做饭，二不洗衣，唯一的义务是陪老太太聊天，开心就好。

徐老太觉得，小丫头就像一块燃烧的炭，热力十足。

小丫头推着轮椅，走进了乌央乌央的人群。一到河边上，徐老太便乐颠颠起来，喜兴地说，"一年前，我还在亲水平台上做过老年合唱团的露天演出，三首曲子，效果棒极了。"小丫头不吱声，戴着大墨镜，小心规避着行人，一直走上了河岸。徐老太说，"你一个人不成，干脆请几个小伙子，把我抬下楼梯，去亲水平台上，靠近一些看鸟吧。"小丫头道，"越往人群里挤，你越看不见，现在视野多开阔呀，像宽银幕的电影一样。"徐老太撇了撇嘴，摸出相机来，对着天空狂拍一气，还一惊一乍的。

过了一会儿，徐老太扭头，发现小丫头不见了人影，猜想她去喂鸟了。又过了半小时，徐老太莫名地心慌起来，眼皮疯跳。

天逐渐暗了下来，落寒打在腿上，有一丝丝的不适。身后是滨河园林，轮椅停在一道土坎上，拉起了手闸。再仔细瞧，轮椅前头竟有一个长长的斜坡，一直斜入十几级台阶前，于是越发不祥起来。徐老太没了辙，调整焦距，在照相机里寻找小丫头。有一瞬，徐老太真地找见了小丫头，侧面，摇晃不定。又调了调焦距，再看时，小丫头便消失了。

无数的脖颈子拔长了，仰首问天。呈现在镜头中的，皆是一颗颗后脑勺，像不小心打翻的一瓶墨汁，晕染开来。奈何不得，徐老太也慢慢平复下来，追踪着天空中的一只红尾雉鸟。这时，镜头里出现了一个人。挺古怪的，他不看鸟，只端直地盯视着自己。徐老太放下相机，目光迎上去。

哦，也是个残疾人。

他一条腿上打了石膏，臂下拄着一根拐杖。问题是，他竟然骑在一辆单车上，单腿点地，痴傻傻地观察着自己，对头顶的鸟群丝毫不感兴趣。徐老太的心脏狂跳起来，脸发烫，忙低下了眉眼。

那个人有一把年纪了，胡子拉碴的，衣衫不整，连目光都如此放肆，一点也不含蓄。想了想，徐老太心里扑哧一笑，怪自己少见多怪。于是又拿起了相机，趁乱对着那人拍了几张，调出来，仔细检查了一下。不用说，徐老太认定，这人一准是乡下来的，服饰、姿势、发型和粗糙的表情，都告诉了她这个答案。与此同时，徐老太放松下来，升起一个隐秘的想法，想对那人打声招呼，喊他骑过来，一块儿聊聊天。这该多好呀。

残疾人对残疾人，自然多一份亲近，一番理解。像眼下的情景一样，自己的轮椅下不了亲水平台，他的单车也下不去，只能远远地观望，被众人隔离了似的。徐老太撩了撩头发，脊梁骨一挺，冲着那人招了招手，说道："嗨！您好。"

孰料，对方冷漠极了，坐在单车上，对徐老太的热情视而不见。徐老太又重复了几遍，手势告诉他，就是你，就跟你说话来着。但一腔心意，迅速如给佛头泼粪了一般。那人居然愤怒地掉转了车子，将拐杖横在车龙头上，屁股一扭，单脚踩着车子，扬长而去。虽说残了，但那人骑车的动作却很顺畅，一气呵成。

徐老太的胳膊僵在半空，四觑一番，幸亏无人目睹这一幕尴尬之事。心说，有什么了不起的，本来就不认得你么，瞎得意什么呀。徐老太调出刚才的相片来，就想一删了事，权当没这回事。

"奶奶，您风度太棒了，简直迷死人了。"

——声音来自身后。

徐老太挺受用的，奈何轮椅转不过来，急慌慌地后觑，应答说，"哦，不光你讲，人家都这么说我呢。其实呀，我在舞台上的风采更好，特迷人。可惜喽，你见不到了，我手脚不灵光了。"声音又赞美道，"您真像我奶奶。我奶奶在世时，也和您一样，头发雪白雪白的，气质优雅，不显老。"徐老太乐呵呵地说，"请你过来和我说话吧，我眼睛有点儿花，也不太方便么。"于是，那个声音挪了过来，蹲在徐老太眼前，一只手抚摩起徐老太的膝盖。

"我奶奶也坐过轮椅。见了您，我就想起了她。"

"你真孝顺，难为你了。对不起，我惹你伤感了。"徐老太的眼真的花了，倒不是因为天光，而是一颗泪的关系。朦胧中，徐老太看见一个大胖墩蹲在膝前，夸张的墨镜，厚厚的嘴唇，身后还跟着两个伙伴，一样的打扮。徐老太说，"孩子，你奶奶是做什么的？"

"教会学校毕业的，吃了一辈子粉笔。"

"哦，和我一个行当呀。"

"她教英文，还留过洋，在上海滩时也是一枝花。"大胖墩腼腆地说，"后来去了香港，嫁给了一个军官，才有了我爸。前几年，我奶奶还坐在轮椅上，回内地游山玩水，跑遍了大半个中国呢。我奶奶也是一头白发，像下了一场大雪。"

徐老太兴致勃发，探问道，"我猜，你奶奶一直穿旗袍？"

"对呀。我爸在上海的'龙凤旗袍'定做的。"

"哦，那可是一家老字号呀。我也有一件'龙凤旗袍'做的衣裳，怪好看的，十几年了样子不变，挺衬我的。不过，我平常舍不得穿，一直压在箱底里。只有演出时，我才拿出来，镇一镇观众。"徐老太攥住了对方的手，上下抚摸，谈兴甚浓，"闭上眼，我也能想象出你奶奶的优雅和风度。哦，旧年代也有旧年代的好处，比如礼仪呀，比如孝道呀，比如你，嘴这么乖，知道尊老。我想呀，你一定是遗传了你奶奶的品质，太稀罕了。"

对方说，"奶奶，不早了，那我推着您回家吧。"

"不了。我还要等小丫头呢。"

"您孙女吧？"

"比孙女还亲。"

"保姆？"

"不，算忘年交吧。小丫头喜欢陪我说笑，一天到晚，哄得我开心死了。"徐老太瞭了一眼，亲水平台上的女孩子们，似乎都像小丫头，喊也喊不回来，都忙着喂鸟观鸟了。"唉，小丫头是我的一根拐杖，我越发离不开她。"

对方道，"奶奶，您孙女叫冯加芮吧？"

"你认得她？"

"刚看见冯加芮，一眨眼就给跑了。"

"哦，我一直喊她小丫头。"

"有她电话么？我挂她，喊她一起回家去。"对方摸出了手机，屏幕烁闪。徐老太瞧见大胖墩的指根里，嵌着一枚硕大的宝石戒指，蓝幽幽的，是祖母绿无疑。徐老太呵呵一笑，警醒地说："一年多前，我半夜摔倒在卫生间里，中了风，脑子不灵了。死脑子，连一个简单的号码都记不住，真该死哇。"

"你一定记得。"

"我刚想起来，你一捣乱，嘻，又给忘了。"

对方一挥手，身后的两个帮手围拢过来，把住了轮椅。此时，徐老太反倒镇静了下来，笑吟吟地问，"你奶奶是哪个教会学校的，南京？还是上海？"

"她死了。"

"喂，这话有点儿冒犯，应该说仙逝才是。"

"快告诉我号码，别啰嗦。"

徐老太恍然道，"哦，想起来了，小丫头没手机，她不用这玩意儿。"

"妈的，老不死的。"

对方人多势众，控制住徐老太，嘴里喷吐着一阵阵酒气。徐老太瞅了个空隙，忽然做出个鬼脸，松开手闸，又猛地拨转了车轮。轮椅本来停在高坎上，忽然启动，于是沿着漫长的斜坡，冲刺而下。身后的三个人见状，不敢公然施暴，遂嗯哨一声，惶惶逃散。

徐老太坐在轮椅上，有一种下坠的感觉，吓得闭紧了眼睛，蜷成一团。十几级台阶陡峭地壁立，仿佛游移的悬崖。远处的天际线上，麇集了无数的飞鸟，叽叽喳喳，煞是热闹。

轮椅像一块滚石，疾速下行，离台阶咫尺之距时，蓦地停下了。

一阵眩晕过后，徐老太才惊颤地睁开眼，接过了一个陌生女人递来的湿巾。女人将轮椅靠背放倒，解开徐老太的衣领，捋了捋心口，掐了掐人中，又用一瓶矿泉水，敷在徐老太的额顶和太阳穴上，喂她喝了几口。终于，徐老太长吁一口气，醒转过来，连声说着谢谢，却兀自惊魂未定。女人料理完这些后，偎在轮椅一侧，观察着。

"吓着您了吧，阿姨。"

"吓一吓也好，我的病似乎好多了，身子轻了不少。"

女人道，"您放心吧，我老公去追那几个小痞子了，决饶不了他们。我老公是刑警。光天化日之下抢劫一个老太太，够他们喝一壶的。"

"你是护士？"

"哦？"

"刚才你救我时，手法娴熟精到，有板有眼。再说了，你身上有一股子浓浓的医院的味道。我才出院不久，熟悉这种味道。喂，你是哪家医院的？等我回家后，我给你写一封表扬信，贴在医院的光荣榜上。"

女人道，"您老没事儿就好，举手之劳么。"

"呵呵，我真没事儿，只要这双手安全无虞，我就宽心了。"徐老太重又恢复了幽默劲儿，比划说，"刚才我缩成了一团，把手抱在怀里，肉球一个。我想，要是我像一只刺猬那样滚下去的话，可千万别伤了十指。瞧瞧，你凑近一点瞧，摸一摸，像不像玉做的？"

"羊脂玉。"

"绝对。"

"喏，再遇到危险时，您老应该先护着头。"女人演示一番。

"不对。要是连手都坏掉了，我活着还有什么意思呢。呵呵，这双玉做的手，捧着怕碰了，含着怕化了，揣在兜里怕丢了，总之是我的命根子。"徐老太叉开十指，自恋地欣赏着，喃喃说，"即便脑袋摔碎了，我的手还在，我就坐在阎罗殿的舞台上，弹几支曲子，把阎王爷给弹瞌睡，忘了人世上的事儿。呵呵。"

女人恍悟，"您老是钢琴家？"

"钢琴教师。"

"真好呀。我婆婆要有您一半的乐观，想必早就康复了。"

"请她来我家做客，我开导她。"

"谢谢您。"

"我是诚心邀请的。"

女人低沉地说，"许多年了，我婆婆瘫痪在床，口齿不清，屎尿不能自理，还老害褥疮和疖子，小灾小病没断过。唉，家家有本难念的经，白天我在单位是护士，晚上回家又是儿媳，喘一口气都难。我老公是刑警，没白没黑，一接手案子，人就消失了。没办法，我感觉自己快撑不下去了。"

"喂，你带我去见见你婆婆，我想办法让她高兴起来。就现在，可以么？"

"她睡着了。"

徐老太道，"我可以等，反正我也闲着。"

"晚饭后，我婆婆吃了药睡下了。我和我老公才得了空，跑到这里来看鸟。我打小在黄河边长大，从没见过这么多漂亮的鸟，真壮观。"女人偎在徐老太身畔，指着天空，看图说话似的，"阿姨，那是一只天鹅。"

"喏，灰突突的，那是斑鸠。"

"快瞧，仙鹤过来啦。"

徐老太道，"像一首古典音乐。天空是五线谱，鸟是上帝写下的一粒粒音符哟。不错，上帝在演出。"

女人一愣。

"我眼花了，觉得天空就是一架三角钢琴呢。"

"阿姨，我喜欢您这样子讲话，特抒情，有诗意。不过呀，我还是要扫您的兴了。"女人停顿下来，又用了一种职业化的态度，认真地说，"这些鸟的确很漂亮，许多都是罕见的珍禽，给这座城市带来了生机。可是，鸟的来路不明呀。"

"鸟能有什么来路呢，鸟的故乡是天空。"

"不对。"

"有了鸟，这座城市才有了魂。"

"哦，您没看今天的晚报么？"女人丧气地说，"晚报的头版上有一幅照片，是一个外地游客用手机拍的。您猜怎么着，原来是一个小鬼踩在吊车的砖笼里，溜进了动物园，把所有的鸟给放跑了，才飞到黄河边来的。"

徐老太肯定地说，"呵呵，市政府该奖励这个小鬼头。山鸟飞来自飞去，春风吹落复吹开，鸟本来就不是关的，再说了，人也关不住鸟。"她的目光趸到了另一侧，见小丫头慢腾腾地踱上台阶，朝自己走来。

"他被抓了。"

"荒唐极了。哼，我要写一封抗议信，投给报社。"

女人道，"不打紧的，仅仅是行政拘留十五天。您老猜猜看，这个小鬼搞这么大的恶作剧，闹得满城风雨，他到底想干什么？"女人看见徐老太招了招手，似乎在给熟人打招呼，却没料到小丫头站在了自己身后。女人不待对方询问，径自说出了答案。女人道，"那个小鬼上房揭瓦，把动物园的鸟舍打开，轰跑了所有的鸟。警察抓了他，他竟然说，他的女朋友跑了，他要用这些鸟，去找见她。警察不明白什么意思，吓唬他。小鬼居然声称，他的女朋友前世是一只鸟，从他的手上飞走了，呵呵。"

徐老太指了指脑壳，"他这里有一点点麻烦吧。"

"或许吧。"女人附和道。

"这有啥稀奇的。我信，我自己就属鸟。"

冯加芮忽然站了出来，护士的脸上惊现出诧异，接着又白一阵、红一阵的，手足失措。冯加芮淡然地说，"我真的属鸟，信不信由你们。"

"小冯，没想到是你。"

女人伸出手，抚在了冯加芮肩上。

"姐，你也来看鸟么？"

"嗨，我刚才还看见你孔伯了。他的伤好多了，拆完线，自己办了出院手续。不过呀，"女人疼爱地拍了拍冯加芮，"不过你告诉他，他还没好彻底，叫他尽量别骑自行车，别运动，静养最好啦。"

冯加芮道："姐，借你的手机用一下。"

徐老太愣怔着，见女人掏出了手机，递给小丫头，心说，看样子，她俩早就熟识了，这么开门见山地说话，像一对亲姊妹似的。冯加芮大方地接过电话，拨了键，喂了一声，笃定地说："是110么？"

停顿一下，再道："我给你们说一件事，关于盛博珠宝金店的，是这样……"

八

凌晨四点，小太保被警察操进了号子里。

小太保骂骂咧咧的，一脸的不服气。刚才做完了笔录，警察又将他兜里的钥匙、手机、钱包、皮带和金项链都解了下来，塞进了一个塑料袋，让他签字画押。临进门时，警察及时发现了他指根上的那枚宝石戒指，命令他将下来，暂扣。戒指太细，小太保的手指又胖了一圈儿，很难将下来。警察比较老练，给小太保擦了几次肥皂水，终于成功地摘了出来。

此刻，小太保的酒醒了不少，但指根在隐隐作痛。

小太保颓丧地坐在地上，望着天花板上吊下的一盏白炽灯。灯光暗淡，比一支蜡烛强不了多少。忽然，小太保发现号子间里的铁栅上挂着一个人，像倒悬的蝙蝠一样，正嘿嘿嘿地痴笑着。

小太保惊了一跳，忙问："喂，鬼还是人？"

"你猜。"

"大侠，你飞檐走壁么。"小太保抱拳一揖，腰身像虾米。

"幸会！"

——孔力婴一个鹞子翻身，跳将下来。

三百瓦的微笑

一

这顿饭吃到后来，竟吃出了屈辱。

在饮食方面，赵能静一向大胆。天南地北的食材，她都敢一锅烩出来，再慢慢品味，鉴赏得失。最近，她又从姐妹们的嘴里听说了一道新鲜菜，叫霸道鱼，便起了尝试一番的心。可好，毛小星前两天挂来电话，周末要回家，还会带娇燕一同来。赵能静喜滋滋地想，呵呵，给你俩露一手吧。

事先，赵能静去了水产品市场，称了一条两斤半的活鱼，开膛刮鳞，拾掇停当了。又宰了一只鸡，打算煲汤。到了礼拜五，赵能静提前告退，赶回家里时，空气里弥漫着一股子浓香。汤煲了一夜，味道出来了。自动火，很好使。揭开锅盖后，汤面上浮着一层枸杞和姜片，油花朵朵，引人馋涎。偏不巧，刚刚还艳阳高照的天气，忽然阴霾四起，狂风大作。赵能静怕事情有变故，儿子的学校在黄河北岸，距家有两小时的车程，遂电话问询。毛小星说，别操心了，婆婆妈妈的，我会打车回去的。赵能静踏实了。又问，矫燕能不能吃辣？妈妈给你做一顿霸道鱼，可解恨了。儿子回说，四川人不怕辣，贵州人辣不怕，湖南人怕不辣。矫燕就好这一口，你说她是哪儿的公主？赵能静思忖一番，给了答案。

恭喜你，答对了！儿子道。

其实，霸道鱼做起来简单。赵能静凭着记忆，先将鱼腌制了一刻钟，再放进锡纸里。又切了一堆葱姜蒜末，拌上花椒粉和郫县豆瓣酱，塞进鱼膛里。这些都是辅料，起陪衬的，比较普通，主要是去烘托主角的威力。所谓霸道鱼，顶顶关键的是辣椒，犹如京戏里的花脸铜锤，所以在选材上，绝不能将就。赵能静采购的是美人椒，价钱贵，寸长，貌不惊人。应了武打片里的那句江湖行话，一寸短，一寸险。赵能静才切了几根，辣气冲天，眼泪都流出来了。

越刺眼熏人，赵能静越是喜兴，心知这一道主菜已然端倪初现，不会有大的问题。眼睛恍惚着，一粒粒蒸汽般的辣椒分子蓬勃发出，仿佛暗器，咄咄逼人。赵能静忽而有一个念想，觉得辣椒该是植物群里的磊落男子，行如风，立如松，卧如弓。还应该说一不二，掷地有声，有鼻子有脸才是。这么一揣摩，赵能静就想起了丈夫。可惜毛绚不在，很久没回过家了。

将美人椒的碎末装进鱼腹内，赵能静穿了针，开始缝起鱼肚来。针脚密密匝匝的，纫得很细，怕的是味道溢出来。这是小手艺，难不倒赵能静，在医院给患者手术时，她的针线活就有口皆碑么。后来，赵能静将一条看似囫囵的鱼裹在锡纸中，层层叠叠地包严了，才歇了口气。

毛小星率着矫燕进了门。赵能静忙说，快快快，上桌上桌！

当代中国最具实力中青年作家书系

窗外肆虐了一阵沙尘，铅云沉沉地堕下来，开始飘起了雨滴。赵能静将鱼盘里的锡纸包搁进微波炉，揿了低火，慢慢地转了起来。约摸需要二十分钟左右，方可以大功告成。客厅的餐桌上，早摆上了几个凉盘，另有饮料和红酒。毛小星开吃了。矫燕说，阿姨，你也一块儿来坐么？不了，我得伺候一下霸道鱼，不能烤煳了。说着话，赵能静给矫燕夹了菜，叫她别客气，遂转身进了厨房。矫燕气色不太好，嘴皮干燥，或许刚才被沙尘拂的。赵能静思量。

千炖豆腐万炖鱼。微波炉亦是这个道理。低火热着，锡纸里慢慢起了变化，膨胀开来。赵能静蹙住鼻子，搭在微波炉门缝上嗅，一股子鲜嫩的气息挤出来，沁人心脾。呵呵，等一下让毛小星和矫燕解解馋，吃了一礼拜学校的食堂，脸都塌下去了，补一补。这么想时，赵能静拧身觑了一眼客厅，吓呆了。

——毛小星正跪在地上，搂住矫燕的腿弯，乞求着。

隔得远，也听不明白在说些什么，但毛小星的态度像是告饶，也像赎罪。矫燕站在地上，抵挡着，还抽腿踢一下毛小星，很不耐烦似的。赵能静进也不是，退也不是，巴兮兮地打望着，想知道究竟。虎背熊腰的儿子，跪下来时，仿佛被抽掉了脊梁骨，沥青似的黏在矫燕身上，又是弯腰，又是作揖。赵能静气馁了半截儿，心想，杀人不过头点地，矫燕何以不依不饶呀。

定时钟蜂鸣一声，毛小星和矫燕迅速分开了。

剖开锡纸，鱼已经色香味齐全了，扑鼻的辣味，让鼻息一爽。赵能静择出线头，一抽。坏了，鱼肚被拆垮了，里头的内容泄下来，红红绿绿的——知道这是手上有了气，否则，按赵能静的业务水平，鱼也会含笑九泉的。端进客厅时，赵能静没说话，毛小星和矫燕却换了一副口气，齐声赞美霸道鱼的咂舌美味。毛小星说，妈，你也坐下吃吧。不了，妈有点儿不舒服，你们慢慢吃，全归你们了。

进了卧室，锁上门，赵能静站在窗前，左思右想起来。

雨水落下来，将玻璃都打毛了。远山一线，遮蔽在漫天漶地的雾气中，有一丝坠落，有一丝腾升，竟也无从把握。

二

一连挂了许多次电话，也接不通毛绚。

毛绚在市辖的一个郊县里挂职，主管文教卫生，也进了后备干部人才库。必须经此一关，方能进步。后来将电话打给了办公室，赵能静留了言，声言家里有急事，要毛绚赶紧回话。同样的话也说给了毛小星。为增加一点紧迫感，赵能静还特地强调说，咋搞的，妈妈忽然吐了一口血，眼底发黑，晕了几次。

毛绚的声音终于来了，咋回事？

不及开口，赵能静先哽咽起来，絮絮叨叨地讲了那天儿子的惊天一跪。我真的没想到，我居然生了这么一个软骨头，天生缺钙，扶不起的阿斗嘛。

别上纲上线！兴许，闹着玩的。毛绚大咧咧地说。

玩？玩能玩成那个孬种样儿么，不是乞怜，就是哀求，恨不得把自己的膝盖骨挖下来献给人家，让人家蘸着酱吃，还抵不上我那一盘子霸道鱼呢。赵能静觉得身体软绵绵的，无人援手，四顾茫然。再说了，她矫燕配不配受此一礼？人长得黑，脾气又这么倔，竟让我儿子下跪，受她捉弄。凭什么？

有个强势的女孩子管束他，那是你我的福分，别像个怨妇似的。

哼！她也就是个小辣椒。

毛绚说，上礼拜我去城里开会，顾不上回家。但路过学校时，特意请儿子和矫燕吃了一顿饭。我觉得他俩挺亲昵的，没什么异常呀。咋会风云突变，让你这个佘太君哭哭啼啼的。你跟小星谈一谈吧。

咋谈？

大禹治水么，宜疏，不宜堵。

告诉你毛绚，我是个母亲，我才不会低声下气的，求儿子硬朗一些，阳刚一点。赵能静火了。你是他爸爸，你该教毛小星如何做个铁汉子。

开玩笑吧？

哼，我笑得还不够么？

你的瓦数还不够，要三百瓦的笑，晒晒他的身体，补补钙。毛绚说。

正好相反，赵能静开始了怠工。那天吃完的脏乱杯盘，统统砌在水池子里。家也懒得收拾，乱糟糟的，像被贼劫掠了一般。这和赵能静往日的风格大相径庭。平时，她是个有洁癖的女人，见到地上有一根毛发，也要立刻捡起来。个人形象更是无可挑剔。因了天生丽质，每次出门，她总是光光鲜鲜，衣服也搭配得恰到好处。医院里的姐妹们经常向她取经，但弄出来的效果差强人意，离赵能静总有一段距离。周围人低劣的审美，令赵能静像一只骄傲的仙鹤，在单位里很是出众。加之丈夫仕途看好，儿子刚考入大学，眼前的路繁花似锦。但乱了，现在心里塞了一团麻。赵能静吃了几天方便面，可毛小星一直没回家，好像母亲吐了血，跟他毫不相干。本地有一句土话，父母的心在儿女上，儿女的心在石头上。此刻，赵能静宁愿相信，毛小星被矫燕勾死了，沆瀣一气，才这么没心没肺的。

第一眼开始，赵能静就觉得矫燕怪怪的。据说，矫燕的上一辈有异族血统，遗传下来，在矫燕的五官上留下了证据——高鼻深目，头发淡黄，一副典型的混血儿模样。矫燕是毛小星的中学同学，同桌的她。高中那阵儿，就开始三天两头地往家里跑，说是互帮互学。儿子的成绩在中下游徘徊，与沪深股市差不多，一抓就上去了，稍一懈怠，又一落千丈，惨不忍睹。而矫燕在班上前十名左右，学起来跟玩似的。每次开家长会，毛绚推托忙，赵能静如赴法庭，脸上总臊得慌，躲在后边旁听，会后也跟班主任不交流，惶惶而走。既然矫燕如此热心，赵能静也就睁眼闭眼的，暗自企盼着毛小星早些开窍，把高考这一关对付过去。

会不会早恋呀？赵能静私下里问过毛绚。

看成绩！

万一恋上了，岂不是悔之晚矣么。

成绩才是硬道理。其他的，统统扯淡！毛绚老到地说。

结果，毛小星给了父母一个特大惊喜，一矢中的，二本考取了本地的院校。毛绚摆了几桌，宴请亲朋好友，特地让毛小星将矫燕喊上，尊为上宾。一问矫燕的去向，赵能静才知道她和毛小星同校，在录取分数线更高的另一个专业。不管咋说，赵能静都将矫燕看作是儿子的一只稳压器，会镇住他，比自己和毛绚强。转眼大一快结束了，儿子周末回家时，常带矫燕来。赵能静好吃好喝好招待，勤快得像一只工蜂，把厨艺发挥到了极致。光菜谱都买了不少，技艺精进。但心里总觉得堵得慌，原因是矫燕的肤色略黑，身材也是瘦削的，始终长不起来。问过儿子，你是在跟矫燕处朋友么？毛小星回说，咋了，我现在是成人了，恕不奉告。究问了几次，赵能静也就懒得再问，觉得自己是一根松弛下来的弓弦，箭已飞，儿大不由娘嘛。有一次，赵能静对毛绚说，不是太理想，尤其长相。

毛绚嘿嘿说，头发长，见识短，这才是进化论。杂交，给咱家送来了新鲜血液，强强联手。说不定，以后咱们家里添丁进口，会多几个洋娃娃呢。比不上安吉丽娜·茱莉，至少也比章子怡漂亮。

还黑！

过了青春期，女孩子都是煮熟的鸡蛋，一剥开，满眼是羊脂玉。毛绚色迷迷地说，忘了？你那时候也平平塌塌的，是我含辛茹苦，养得你如此温润呀。

——可好，现在鸡蛋剥了皮，不是一块温润的羊脂玉，却是刚孵出来的小恐龙或小鳄鱼，一面世就咬人，竟让儿子下跪。赵能静连着几天，都觉得颜面无光。昔日的自信和骄傲一扫而空，感觉赤条条的，当众让人羞辱了似的。儿子的懦弱尚可操控，可以慢慢调教。但恐龙和鳄鱼的天性却不易改变，越长，越会吃人的。吃完了小的，家里还有两堆老骨头，照旧吞吃不误吧。念想及此，赵能静便觉得这是一桩十万火急的事情，该出手时要出手，未雨绸缪，防患于未然。否则，赵能静其实不敢去想"否则"以后的事儿。一想，就心惊肉跳，失魂落魄。

想起丈夫的话，赵能静站在镜子前，校正自己的笑。

刚和毛绚谈对象时，毛绚就说过，是赵能静的笑容战胜了他，让他举手投的降。的确，赵能静有一口珠贝般的牙齿，天生爱笑，乐天派。咧嘴一笑时，犹如月牙挂在头顶，灿然生辉，令人一暖。再说了，世道也怪，现在有什么手模、发模、臀模、胸模、腿模。毛绚说赵能静要是去参赛，绝对是国字第一号的牙模，可惜明珠暗投喽。校正了半小时，赵能静终于将嘴咧到了理想的程度，恢复了先前的那种灿烂。可第二天早起，腮帮子疼得抽搐。

笑是一种最好的武器，笑是感化剂，丈夫叮嘱说，你一笑，儿子就高下立判了，还补钙，有营养。

三

孰料，毛小星是后半夜归家的。

天亮时，赵能静进了客厅，才发现儿子蜷缩在沙发上，浑身酒气。忙煮了醒酒汤，催儿子喝。肚子里的气渐渐积攒，待儿子又和衣而卧时，赵能静揪住毛小星的耳朵，拽进了厨房。指着水池子里的杯盘说，你把它们洗干净，这是你和矫燕祸害下的。毛小星迷迷瞪瞪的，开始洗刷起来，动作生疏，弄得一片狼藉，不解地盯视了一眼妈妈。赵能静恨铁不成钢地抓住他，揉进了客厅。

告诉我，你干吗给矫燕下跪？

别瞎编！

听到儿子犟嘴，赵能静哆嗦起来，将一只靠垫掷在毛小星脸上，愠怒地说，妈妈吐了血，你不闻不问，却紧着去巴结一个女生。好！你翅膀硬了，投其所好也行，但你怎么可以下跪呢？你一跪，妈妈都快疯了。

那你说，我该怎么办？

赵能静烈火烹油地着了，怎么办？我要是你，一个耳光扇出去，滚蛋！我家里不缺她，你也不缺。天涯何处无芳草，非一棵树上吊死么。

毛小星乜斜地说，矫燕没什么错，错的是我，我凭什么扇她的耳光？赵能静哑然了，冰凉的目光在儿子身上捋了几遍，心里揣了一枚锥了似的，隐隐作痛。离家一年多，除了节假日偶尔回家，赵能静鲜有跟儿子单独交流的机会。岂想，这一次对话却是针尖对麦芒，毛小星没有一丝礼让的意思。赵能静痴痴地笑了一声，虚弱地说，好！你特横，敢对妈妈咬牙切齿了。你有种，对矫燕去使呀，别对我下手。

你也别无缘无故找茬儿。

小星，妈妈在笑，在对你掏心掏肺。

你笑得太恐怖！

赵能静恨不得扑上前，去撕他的嘴。但心有怜爱，只能静下来，和风细雨地说，小星，你知道不，男儿膝下有黄金。那一块看不见的金子，其实就是一个男人的骨气和血性，是一个人的气概。除了跪天、跪地、跪父母外，是谁也不能让你那么窝囊一跪的，砍头也不能答应，更别说对个小女生了。小星，你知道都什么人跪下不起么？是秦桧、吴三桂、汪精卫这些阴鸷小人，一朝失德，至今还在下跪，给历史谢罪呢。

别逗了，我就是这专业的。

那你干吗不从书本里补补钙，汲取一些营养呢？赵能静遭了抢白，收不住泪水，嗓音湿漉漉地说，仅此一次，下不为例！你一旦跪惯了，膝盖就会得软骨病，挺不起腰杆子。那以后你还怎么能硬邦起来，磊落干练，去社会上闯呢。再说了，矫燕这个小辣椒心思缜密，绝不是省油的灯。你跪吧，跪惯了，与奴才和长工有什么区别，在一个小女子跟前都抬不起头来。妈妈求你了。

嘛！

毛小星居然像个清臣，扑通跪下，行了一礼，又迅速起身，跑进了自己的卧室。赵能静戳在地上，觉得自己是一根温度计，水银流泻，即刻掉到了零度以下，遍体冰冷，手足失措。几乎有半小时，毛小星进进出出，翻箱倒柜地忙个不停，只字不语，对赵能静也视若无物。安静了片刻，毛小星又背起挎包，吹着口哨，在门厅里换了鞋，摔门而去。

哐啷一声。赵能静醒转了不少，有一种被打入冷宫的绝望感。

胃不太平静，酸液时时往上涌，赵能静呕了几次，星点内容也没有。心想，莫非真的要吐血？一句吓唬儿子的话，可千万不要一语成谶呀。再或许，方便面吃多了，垃圾食品，果真名不虚传——赵能静噙着泪，系上了围裙，开始打扫每个房间。说来说去，乱七八糟的家务还得靠自己收拾，重整河山。旁的人别想指望，门儿都没有。毛绚是神仙，天上游，把家里当客栈。毛小星先前是少东家，此刻又添上另一重身份，成了敌人。手上一忙，心酸或许会少掉一点儿吧。

可当赵能静站在水池子前，洗刷那些碗碟时，泪更汹涌了。

一副完整的鱼骨，横亘在碟子里。周围是一堆堆变了色的调料，粘连得很紧，几乎浸住了。想起风雨交加的那天，自己认认真真做的一顿霸道鱼，没讨来一番感激，却吃出了一种屈辱，情何以堪？朦胧中，赵能静捡起几根美人椒，丢进了嘴里，恶狠狠地嚼着，竟没觉出一丝一毫的辛辣之气来，味同嚼蜡。

手浸在污水里，细部被放大了，皱巴巴的，煞是丑陋。原先可不是这样。赵能静以前有一双修长的手，葱白，细腻，挺括。

指甲皮也是粉红色的，带着火柴头大小的弯月弧。查过一本相书，说类似的手无腌臜之气，不染尘俗，适合在云端里看厮杀——但记不起从哪时候开始，自己对手放弃了呵护，使它现在如一对动物标本似的，血色全无，毛刺横生，干巴巴的瘦骨嶙峋。瞧瞧，它和洗洁精、饭渣子、油腻以及各味调料泡在水池子里，像一位家道中落的公主，流落街头，被人奚落，遭人戏弄一般。手一委屈，眼泪滂沱而下。

　　上班前，赵能静认真擦了护手霜，仍感觉手不是自己的，动作发僵。

　　临近中午时，赵能静消停下来，坐在办公室窗台下，愣神地盯着一棵椿树。椿树有上百年了，阔大，茂密，树荫无边无涯。总有黄河边飞来的水鸟，栖息其上，躲避夏日的炎热。水鸟大多有鲜艳的羽毛，五色纷呈，个个花团锦簇，好像树冠是一座 T 台，可以秀一秀。一别头，赵能静发现门小萌以手支颐，一动不动地在观察自己。忙放松下来，嗔道，你个死丫头，吓人一跳。门小萌心生感慨地说，能静姐，我特爱看你的侧面，有棱有角，像一尊女神的雕塑。雕塑有什么好？冷冰冰的，失了灵魂，一辈子待在黑暗的博物馆里，我才不想那样子。赵能静道。

　　你最近特爱笑，挺生动。

　　我呀？赵能静一头雾水，一只手牵住门小萌的胳膊，愀然说，没什么苦愁，无病无灾，也没人疼没人爱的。笑一笑，还不是给自己打气嘛。

　　患者们一直都在夸你，说赵大夫表情最灿烂，微笑天使。

　　呵呵，我可戴着口罩呢。

　　门小萌不以为然地说，笑能感觉到。能静姐，你是不是最近有一堆好事？

换了班，门小萌邀赵能静去逛街。女人的那套方式，恨不能变成一只鼹鼠，将每个犄角旮旯搜罗上一遍，方可解恨。门小萌硕士生毕业。前三年分到了这个科室，赵能静还带过她一段时间。这丫头，说不上多漂亮，但时尚，风雅，气质华贵，一直颇合赵能静的口味。赵能静说，你呀，你就像年轻时代的我。门小萌在校时谈过一个朋友，可分配不理想，至今还在地县的一家民营医院里，关系若即若离，淡得快断了。途中，两个人吃了快餐，又逛了半条街。门小萌忽然说，能静姐，你陪我去取鞋，我请你蒸一蒸？

敢情好！

那是一家手工鞋作坊，门脸不大，却名气不小。赵能静听说过，于是起了好奇心。作坊专门承接特制的订单，对象是白领阶层，自然价格不菲。门小萌也是从一本时尚杂志上看到的图片，略加修改，下了单子。赵能静安静地坐在旁边，见作坊的老师傅取出一双半成品的皮凉鞋，递给了门小萌。丑哟！除了鞋底有样子外，剩下的皆是一根根牛皮细带子，约摸有几十根，分不出头绪来。带子是熟牛皮的，褐色，四棱形。鞋底下钉着高跟，圆锥形，V字形地悬立着。门小萌试穿上，果然合脚，又将几十根密密麻麻的带子绑在脚面和踝关节上，等于穿上了一双咧嘴开口的破靴子。赵能静失笑开来，呵呵地说，什么古董呀，和草鞋一个样儿。

点绛唇！

赵能静狐疑地问，点什么来着？

词牌名，点绛唇。

赵能静即刻严肃了下来，偎上前去，开始观摩。作坊师傅将鞋戳在楦头上，在 V 字形的鞋尖底部挖了个小坑，将一枚白石子抹了胶水，嵌进去。另一只，嵌上的是黑石子。赵能静捂住嘴，讶异了半天，终于忍不住说，这不是围棋的棋子么，镶在鞋跟上了？门小萌说，这是特地买的棋子，上好的云子。赵能静少见多怪地说，起什么作用，一踩就碎了。门小萌回应说，点——绛——唇，就这么"点"的，这双凉鞋最炫的就是一黑一白的云子，羡慕死她们。

临走前，门小萌结了账，统共是三千块。

门小萌直接穿上脚，咯噔咯噔地走在街上。空气里弥漫着一丝若有若无的石子咬啮声，引人觑望。山人不识韵，千年古藤权为琴。细听时，仿如远天僻地的山野中，两位高手在品茗落子，坐观云起云落。赵能静走在一旁，心里快快的，却仍保持着一种积极的笑，为门小萌高兴。"点绛唇"招摇不已，也在赵能静的脑海里落下了两枚棋子，一忽儿亮了，一忽儿灭了，烁闪无定。门小萌说，改天我替你设计一双，叫蝶恋花如何？不了，小萌你年轻，穿上比较衬，我一个老太婆的，不比你。门小萌掐一下赵能静，瞎说，能静姐你的长相本来就青春，加上你的笑，一口洁白的牙齿，会迷死不少的男人哟。

原来，这都是你给命名的？

门小萌说，喜欢这样子胡诌，靠一本唐诗宋词就可以了，什么沁园春，什么蝶恋花，什么清平乐，什么卜算子，随自己高兴。一说词牌，会唬住一大帮人，让她们抓瞎。不过这么一搞怪，全天下仅此一双，别无分号。

三千块，太贵了。

呵呵，能静姐，先前还交了两千的押金呢。

下午时，门小萌将赵能静领进了五星级宾馆内，刷完卡，直接点了鸳鸯池。赵能静悻悻地坐在地热水里，局促不安。见门小萌四仰八叉地躺着，身体轻飘飘地浮在水面上，耻骨间的毛发若水草一般摇荡，真不知羞臊。赵能静夹紧腿，有一搭没一搭地洗着，和受罪没什么两样。鸳鸯池是个封闭的空间，另有一间蒸房，专为情侣们开设的。赵能静是头一次这么奢侈，半是好奇，半是焦灼。门小萌眯缝着眼，能静姐，让你猜猜一种动物，说遍体通红之时，即是它们的罹难之日？虾子！赵能静脱口而出。对于精于厨艺的赵能静来讲，这一点小常识难不倒她。心说，我油盐酱醋、蓬头垢面地忙乎了十几年，尽管问吧。门小萌却说，对！先仔细泡泡，把皮肤泡得发红发胀了，再蒸一蒸，体内的毒素也就逼出来了。

蒸房里水汽缭绕，几欲令人喘息不得。门小萌还在浇炭，手艺熟稔。

过了半程，门小萌叫来了冰镇饮料，和赵能静坐在蒸房里，有一搭没一搭地说起了闲话。门小萌啧啧地咂着嘴，能静姐，你可真是一个尤物啊，哪像四十出头的女人，皮肤嫩得和婴儿一样，忒有型了。赵能静很受用。门小萌是个大大咧咧的女孩子，一向心无城府，自然率性。小萌，你才是真真正正的美人呢，令人羡慕，怪不得医院里那么多男人往科室里跑，其实都是来一睹芳容的吧。门小萌喊了一声，不屑地说，男医生都是小变态分子，没一个正点的，建议换成佛教徒才好。赵能静哈哈大笑。这番奇谈怪论，让门小萌的五官拧成了一团，比咸菜疙瘩还难看。门小萌倦怠地说，能静姐，我不长了，我就停在这个年龄，等你家毛小

当代中国最具实力中青年作家书系

星长大了，我给你做儿媳妇吧。

小萌，他配不上你。

哟！干吗当庭驳回呀？

小萌你太优秀了，那个软骨头配不上，那个低三下四的东西——饮料流在身上，赵能静一激灵，将憋屈在心里的浊气，一五一十地抖搂了出来。赵能静嗑着牙齿说，他把我的脸丢尽了。他居然给矫燕下跪，当着我的面，被人侮辱。

双膝跪地？

对！就像电视上演的清宫戏，五体投地的那种，撅着屁股。

门小萌乐翻了天，笑得捂住了肚子，眼泪也呛了出来。赵能静犹在恼恨中，一对乳颤巍巍的，比炸药包还危险。笑毕，门小萌贴着赵能静坐下，生疑地望了望后者，表情渐渐开了花。

封建！现在看你能静姐，咋看咋像个水米不进的地主婆。

小萌你？

喂，我就不信你能静姐历史清白，从没受过那么一拜？门小萌拷问说，你和毛绚谈恋爱时，光顾着展望好日子，憧憬未来，就没一点儿私下里的勾当。接过吻吧？互摸过吧？冲动过吧？然后懵懂无知地破了瓜，成了女人吧？

没有！

门小萌蹙了蹙鼻子。

呃，也可能有，但绝没有让毛绚给我下过跪！

赵能静忽而有些乱，心里腾起一股广袤的无助来，比蒸房里的雾气更缥缈无尽。门小萌有点儿得理不饶人的架势，虎视着她，非要逼问出答案来似的。赵能静嗫嚅说，一个男人下了跪，问题绝对出在女人身上。

咋讲？

男人怎么能给女人下跪，除了天地父母外？

门小萌又痴痴地蹙了蹙鼻子，将一瓢冷水泼在赵能静身上，浇熄了她的怨怼。老皇历，脑子是榆木疙瘩呀？我告诉你能静姐，男人给我门某人跪得多了，我才不稀罕哩。别说下跪，有的男人还吮我的脚丫什么的，跟吸海洛因一样上瘾呢。

什么，还吮你的脚？

老土！

门小萌泼了水，炭火上腾起岩浆般的蒸汽，塞满了蒸房。赵能静左张右看了半天，竟没认出门小萌的人影儿来。稍后，门小萌的声音从雾气里飘过来，懒散地说，能静姐，别大惊小怪的了，现在的男人个个下作，有肉也啃，没肉了也愿意吮一嘴。女人么，只管享受得了，还问张瘸子、李麻子，是哪个屠夫来宰自己的么？依我看，小星这孩子将来有出息，柔中带刚，会软硬兼施。

他属羊的！

赵能静闷闷地说。

傍晚时，门小萌打了车，顺路将赵能静丢在了小区门口，然后绝尘而去。赵能静不急于回家，坐在花坛外的马路牙子上，一个人恍惚地发愣。夕阳渐渐地暗下来，倦鸟归林，街上的路人们面孔莫辨。赵能静抬头一眺，看见太阳温吞吞的，一寸寸地落下了山。

四

后半夜时，毛绚打来了电话。

下去挂职的毛绚，好比一条放了生的鱼，游进了大海。赵能静去探过亲，见毛绚一改过去邋里邋遢的样子，收拾得比较体面。县上的电视新闻里，毛绚常露脸。和一帮子土八路相比，一眼就能认出毛绚来自大城市，新潮，洋派，肚子里有墨水。毛绚的毛病是不爱着家，即便进城办事，也是匆匆打一声招呼，连妻子做的饭也顾不上吃一口，匆匆离去。毛绚解释说，现在招商引资，每个领导头上都有指标，和政绩挂了钩。完不成任务，我还咋进步？赵能静体谅毛绚的苦衷，明白他四处烧香，求爷爷告奶奶的，将项目往县上带。奈何？赵能静只能时常叮嘱说，政绩是别人看的，胃是自己的，别糟蹋坏了，也替我想想。

　　县上领导为照顾毛绚，没让他住在大院的单身宿舍，而是长包了宾馆的一个商务套间，连衣服和袜子也不用自己洗。要命的是一日三餐。赵能静鞭长莫及，总央求毛绚，说你应酬多，晚上回房间后，一定喝碗粥什么的。最不济，也得啃个馒头吧。毛绚的电话往往是半夜时分打来的，人软得像根面条，腹内却空空如也，醉话连篇的。今天还好，没糊涂。

　　老婆，挺想你的。咱有半年没见了吧？毛绚刚进门。赵能静猜得出来，衣服扔了一地，袜子脱成了包心菜的样儿，臭烘烘的。忙哄他，快睡吧，把窗户打开，通通风。夜里凉，盖好被子哦。打火机的声音，毛绚点了烟，喷着烟雾说，什么东西，让老子说了半天的好话，竟然还不松口。看那个熊样儿，尖声尖气的，和太监差不太多，我真怀疑他是同治年间走失的一个阉官，妈的！赵能静知道丈夫惹了火，气还没消。毛绚说，这活儿真不是人干的，天天装孙子，低声下气的，老子恨不得挂冠而去，做一介草民——丈夫是个驴脾气，赵能静只能顺着摸，紧着安慰说，你是去挂职的，别太较真。等市上的调令一下，你就回来了。

老婆高明，机会真的来了。

赵能静忙问，组织上找你谈话了么？

你猜，毛绚此刻准保跷着腿，眉飞色舞，一副踌躇满志的样子。赵能静喜欢丈夫这样意气风发，有决断，有担当。龙从云，虎随风，谁肯向章台走马？毛绚喜滋滋地说，老爷子要来县上过八十大寿了，四大班子都在筹划，打算给他一个结结实实的惊喜。我是他的门生，自然不能掉以轻心了。

老爷子干吗跑那儿去过寿？

祖籍！

哦。

人之将亡，或许是想叶落归根吧，就想在老家办一个风风光光的寿宴。毛绚踌躇满志地说，古人云，富贵不还乡，犹如衣锦夜行。

赵能静听不大懂毛绚的理论，但对丈夫一向深信不疑。她长舒一口气，拉开了灯，起身站在了夜风习习的窗口，睡意全无。毛绚，那你想送一件什么礼物？我在城里买。西洋参，或者深海鱼油？名人字画，还是限量发行的纪念币？

太俗！老爷子什么没见过，还稀罕那个？不丢进垃圾桶才怪。毛绚顿了顿，想得太费劲，有些斟酌不定。在赵能静的想象中，这一瞬间，丈夫的脑细胞都耗损了不少，忙惜疼地说，别着急，慢慢再想，总之一定得是独特的，让人爱不释手的，让老人家一眼忘不掉的礼物才行。毛绚忽然说，本托最近在么？

哦，他昨天还来各科室检查工作了，想必在吧。赵能静似乎想起了什么，忙说，刘本托气色不错，看起来从哀痛里走了出来，真替他高兴。

你告诉刘本托，叫他做好准备，还有你。

干什么？

毛绚喉咙里一阵响，一准儿牛饮了大杯的水。接着说道，别给单位讲，就你和本托组成一个医疗小组。下礼拜，老爷子下来时，你们不离左右地照看着他，怕有个万一。毕竟八十岁的人了，病病歪歪的，不能不防着一手。毛绚斩钉截铁的态度，不容置疑。说明他心里早就筹划好了，吩咐下来，只等着测试别人的执行力。赵能静在脑子里记录完毕，见毛绚也没多余的话了，忙催促他赶紧上床睡觉，早起一定要吃早餐。毛绚却变了声调，黏糊糊地说，长夜漫漫，挺想你的。

我也是！

毛绚捏紧嗓子说，老婆，我想和你电话做爱！

瞎讲！

赵能静知道自己脸红了，忙关上玻璃窗，又催促毛绚一遍。毛绚说，夜里真难熬，傻小子睡凉炕，全凭热劲夯。我已经半年多没碰过老婆一指头了，啥滋味都快忘记喽。老婆，你在床上？赵能静哄着说，在！还抱着你的枕头，能嗅到你的味道呢。

那，我和你来个电话做爱？

赵能静忽然愤怒地说，咋回事毛绚，你是不是变态啊。电话那么大，又不是你的器官，干么羞辱我呢？在黑暗的客厅里，赵能静觉得有一种蚁痒，浮上了前心后背，在攫取自己缄默的身体。但毛绚的话，分明是在轻贱自己，不见一丝一毫的柔情蜜意。毛绚听了，不耐烦地说，挂了啊！

离天亮尚有一大截儿，赵能静再也睡不着了，也为刚才的粗暴内疚不已。丈夫在外奔波，看人脸色，还不是为了一个好前程么，真是难为了他。赵能静明白，男人在这方面都有动物性，赤裸裸的，一点儿遮掩也没有。况且是丈夫。但自己又何尝不是呢？那么宽大的床，夜里滚来滚去，几乎快擦出了火花。

但毛绚的话，又带来了另一种期冀。

下礼拜的寿宴，距今天也不过才几天，再忍忍，就能和丈夫温存一番了。一念想，赵能静觉得身体里湿漉漉的，春暖花开一般。前半夜擦出的火花，在冥冥之中熄灭了。每次去探亲时，毛绚都喜出望外，仿佛中了举人的范进，巴不得跑上街去，狠狠地昭告一番，晓谕众人——小别之后的亲热，其实比新婚还美妙许多，令人贪婪，让人不知饥饱。因为各自的身体是熟悉的，有一种失而复得的快意。毛绚体魄强健，一次次发起冲锋时，赵能静都尽力迎合，心花灿烂。然后看见丈夫像垮塌了的水库那样，将自己一片漫灌，堕入梦中。

白天里，毛绚往往挂着一夜鏖战后的骄傲感，笑眯眯地领着妻子，在街上转悠。吃吃风味特色，跑跑山野景点，听听戏楼上的吼唱，买一点儿民俗剪纸。然后回到房间里，激情重燃。赵能静也去参观了毛绚的单位。在政府大院走过时，同事们远远地和毛绚打招呼，谦卑，恭顺，礼数有加。往往，毛绚将胳膊抚在赵能静的肩上，操在前头，满足地介绍说，我太太！

对方常有一种不解和愣怔。毛绚忙改了口，用当地人熟知的名词说，哦！应该是老婆，我老婆。

当然，赵能静也从大家的眼底里，发现了自己的不一样。她高挑，脖颈颀长，肤如凝脂，散发出一种淡淡的雍容气质。在那个小地方，自然是十分惹眼，引人侧目。可回到城里，陷在满大街乌央乌央的人群里，赵能静反而觉得失分不少。光身上那一股厨房的油烟味，就得花上一块舒肤佳和半瓶洗浴香波，方能解决。下礼拜顶多是一眨眼的事儿，赵能静掐算了几下，开始笑。

无疑，这一份秘密的激动，得归功于老爷子。

在市上的政坛，老爷子是一个身份显赫之人，至今仍发挥余热，影响力无处不在。他在十多年前担任过一把手，退下来后，并不含饴弄孙，侍花弄草，而是常以顾问的角色出现。再说了，现任的几大班子的主要负责人，都跟他有瓜葛，非门下弟子，便是仰慕者、追随者。遇上重大问题，大家都会问计于他，以免越雷池一步。私下里，大家都喊他"老爷子"，是对他的一份尊敬和爱戴。

毛绚大学毕业后，被分配到了一家职业学院任教。却不甘于平淡，吃一辈子粉笔灰，托了好多门路调动工作，钱花了不少，又每每无果。有一次，晚报刊登了征文启事，是由市委和市政府组织的，征求对政务公开的看法。毛绚来了劲，像一个揭黑记者那样，跑遍了下面的各个处局，掌握了第一手的材料。从公务员的着装、办事态度及效率、环境卫生、市长热线等方面入手，鞭辟入里地做了阐述。赵能静记得，光草稿，毛绚就大刀阔斧地修改了四五遍。还去几座高校拜访了专家教授，听取意见。那一阶段，毛绚瘦了很多，人也晒得黝黑。赵能静心存疑虑地问，会不会走过场呀？你费那么大的劲，别让人当成一卷手纸，看也不看。这句话惹恼了丈夫，毛绚生气地说，国家者，我们的国家！兴衰存亡，匹夫当尽责。即便是擦了屁股，我也当成是一次社会实践。

赵能静就欣赏毛绚的这股劲，以书生之气，指点万古江山。认识了毛绚，挑明了关系，去他家做客时，未来的公公就幽默地说，在下免贵姓毛，欢迎你加入国字姓的家庭。其实，他家是本地的土著，与湘潭扯不上什么干系。

天遂人愿，毛绚的论文获了奖。晚报公布了名单，毛绚位列第一。

颁奖仪式在民族会堂里举行，场面煞是隆重，鼓乐喧天。毛绚从老爷子的手里接过了奖牌，礼仪小姐献上了鲜花，还代表所有的获奖者发表了感言。在和市上领导集体合影时，毛绚恰巧站在老爷子身后，仿佛集万千宠爱于一身，倍感尊荣——毛绚的命运就在那一刻发生了转折。老爷子侧转过身，特地留下了毛绚，略一寒暄，便邀请他去办公室里再聊聊。那天，老爷子的心情也蛮好，据说他终于抱上了孙子，有七斤四两。

一个月后，毛绚上调，给老爷子做了秘书。

待老人家功成身退，到了所谓的二线时，将自己带过的人马逐一做了安排，算是对历史的一个交代。毛绚先在市府的某个处室做副职，吊儿郎当了三年多，困死了，始终扶不了正，开始有些心灰意懒。过端午节时，毛绚带着妻子去拜望老爷子，吐了吐苦水。老爷子一语指点了毛绚的迷津，走为上！

去地县挂职，曲线报国。

有了老爷子暗中襄助，毛绚好歹熬出了头。一纸调令下来，毛绚暂且落户在了市辖的这个郊县。虽说不是一言九鼎的书记，至少还能独当一面。人有了热情，工作也风生水起，口碑甚佳。只是有一次，毛绚神神道道地告诉赵能静，老爷子的这手棋真妙啊，一般人撑死算计到三步以后，老人家却是九步之外，姜还是老的辣。赵能静不解，愿闻其详。毛绚说，这里是老人家的祖籍，胎衣和父母的尸骨都埋在青山绿水间。非心腹之人，老爷子能外派到这里，做家乡的父母官么？赵能静一知半解地听着，懵懂了许久，也渐渐地忘却了这一码子事。

现在好了。刚才毛绚的话，使这个疙瘩迎刃而解，豁然开朗。老爷子去下面做寿，即是谜底。一念想不久后，自己就可以和丈夫团聚了，赵能静像充了电的一块电池，双目炯然，连空气都能被擦出火来。

死毛绚！刚才嘴坏，居然想出那么古怪的法子，一准儿是渴极了，才发癔症，胡言乱语的。赵能静半是嗔怪，半是惜疼，却不敢去看桌上的电话机。身体的沟壑间，却早已腾起了思念的雾霾，心神游移不定。呵呵，等见了面，非让你毛绚好好涝一把不可，一次性补上亏欠。

不敢多想。

于是跑进儿子的卧室，开始收拾起来。毛小星比他爸还邋遢，屋子脏得堪比猪窝。毛小星在家时，赵能静前一秒钟拾掇干净，后一秒钟又恢复了一片狼藉，让她一刻不得闲。赵能静洁癖使然，眼里搁不住一点儿脏乱，不收拾利落，饭吃不香，觉睡不甜。赵能静捡出几双匡威鞋，十几双脏袜子，另有一堆衣裤，扔进了卫生间，准备仔细洗干净。她又掀开床头，见柜子里塞满了毛小星的七八个裤头，异味扑鼻。

赵能静摸了摸，裤头硬邦邦的，攥成了荷叶饼的形状。展开一瞧，斑斑痕迹，像打翻了稀饭碗，溅了一块块黏糊的粥汁。此刻的赵能静不再是医生，只是一位刚刚发现了真相的母亲，将几只裤头搭在鼻尖上，嗅出了精液的咸腥气。赵能静的脸开始热辣辣地烧烫起来，有一丝莫名的骄傲，又有一份忐忑的忧心。遗精？应该是吧，儿子也大了么。

可在整理儿子的一条牛仔裤时，赵能静摸出了半盒保险套。杜蕾斯。

赵能静炸了。在想象中，杜蕾斯不再是一个品牌，一种避孕工具，而是小辣椒，是矫燕的代名词。不久前的那一幅画面，又闪现在赵能静的脑海里——下跪，哀告，言听计从。一个堂堂七尺高的汉子，却被揉搓成了一个熊包、软蛋。如果不是小辣椒矫燕从中怂恿，借毛小星一百个狗胆，也不会去买这号见不得人的东西。保险套少了一半，分明是使过了，罪证昭然。

拎着剪子，赵能静跑进了厨房，蹲在垃圾桶前，将剩余的杜蕾斯铰成了碎片。犹不解恨，赵能静冲进客厅，惶恐地抱住电话，挂给了毛绚。

你歇歇吧！幸亏小星有措施。否则，你的头早该大了。

他才二十岁，这么早就开窍，会伤了身子骨的。赵能静不依不饶地说，谁也不能怪，只能怪矫燕那个小妖精纵容，拉他下水。现在的女孩子，都和门小萌一个样，没规没矩，只贪恋感官享受，没一点儿贞操。

你入了佛门，当了尼姑？

赵能静恨恨地说，不行，我得去学校一趟，找儿子谈谈。

哦，忘了告诉你了。毛绚在那头哈欠四起，消极地说，小星和矫燕放了暑假，两个人一同去敦煌、柴达木盆地和青海湖一带旅游了。怕你反对，只给我打了声招呼。我赞助的。青海长云暗雪山，孤城遥望玉门关，见见大自然也好。

我呢？

求求你，不折腾好么？！

毛绚挂了线。赵能静抱住电话，痴呆呆坐着，生疑地盯看着它，仿佛里头埋着一种不为人知的秘密机关。

五

刘本托的办公室里闹。门大敞，喧哗声不断。

见赵能静在门口闪了闪，刘本托赶忙出来，喊住了她。哦，没什么事，去财务科路过这里。赵能静掩饰道。刘本托不穿白大褂时，身材便显得臃肿，肚腩从衣扣里挤出来，发福不少。毛绚回来过么？兔崽子，他要是回家的话，能静你提前告我一声，我摆一桌，趁机扯扯闲话，怪想他的。刘本托见赵能静兀自笑着，疑惑地打量了一下前后左右，又拍了拍衣服。咋了？赵能静回说，本托，你下班没应酬的话，就来家里串串门，我给你做顿家常便饭，别老在外边吃，一没营养，二也不干净。刘本托忽然扶住了墙，怔忡一番。

哦，谢谢你。

赵能静说，你能缓过来，恢复得这么快，我和毛绚都高兴。

你笑得真好看，能静。

是呀！反正笑一笑也不上税，干吗苦哈哈的呢。

本来偷了空，专门去行政楼一趟，是为转告毛绚的计划，却不承想唠了那么几句废话。但刘本托的言词，使赵能静有意外之喜。有什么比夸赞一个女人的笑，更能令她神采飞扬呢？医院广场上人影稀少，本来这就不是一个疾病高发的季节。天空晴好，日头独霸一方，早起就泼下炽烈的焰火，布上了一层灼热的气息，一根火柴就会点燃似的。赵能静在日光中一直微笑，发自内心的那种。越笑，觉得身体内越是清凉，脚步轻盈欲飞，能举步迈上高空一般。路遇的熟人们都在点头致意，赵大夫好！赵大夫忙啊！赵能静回报以笑，像以往每次那样。只不过，唯有她知道，自己悄悄地调高了笑的瓦数，为刘本托。

半年多了，他们两口子一直在担心刘本托，怕他深陷悲苦，不能自拔。

王菲的一句歌词，恰好是几个人的写照：有生之年，狭路相逢，终不能幸免。刘本托是毛绚的发小，二人父母是同事，又在一条街上长大。及至上了学，也有几年在同班为伴，关系腻得像一对双生子。考完学，毛绚选择了心理学，刘本托却学了医学专业。又都在同一个城市里就读，彼此欣赏有加，仿佛都有天纵之才。其间，刘本托出洋留学，拿了一张博士文凭回来，被现在的单位青眼有加。不仅为他设置了专门的研究室，还在行政级别上三级跳，目前担任着主管业务的副院长。刘本托在临床上更不含糊，声名远播。沿海的大医院一直高薪聘请，想挖走他，至今仍不死心。那一段时间，毛绚落魄到了一家末流学院，额顶眉角挂满了粉笔灰，事业也陷入了低谷。好在有刘本托在一旁鼓劲打气，呐喊加油，毛绚也终究没有放弃自己。

但在感情上，毛绚又领先了一步。

刚将赵能静介绍给刘本托时，毛绚就隐匿不报，故意逗他。刘本托抠着头皮说，像在哪里见过似的，记忆深刻，她这种生动的笑，让人一眼会认出来。哀求了半天，赵能静有点儿不忍，喊了一声刘院长。刘本托如梦方醒，罚毛绚摆了一桌，当时就以娘家大舅哥的角色登场，难为了一番毛绚。或许是忙，也或者是生性挑剔，刘本托自己的个人问题始终是个老大难，一直被人惦记着。医院的女孩子多，穿白大褂的媒人更多。刘本托熬到了钻石级，走在路上，都会有女孩子冷不丁堵截住他，直突突地提要求。那时候，刘本托的口头禅是，对不起全国妇联，太对不起了，请多多包涵。

成了家，赵能静经常会在餐桌上多添一双筷子，等着刘本托来蹭饭。刘本托也不客气，熟门熟路的，和毛绚碰着酒，纵论一番时局。说古道今，仿佛天下才华共一斗，让他俩彻底瓜分完了。然后双双酩酊而卧，从不生分。待到毛小星出世时，夫妇俩办了满月酒，刘本托以舅舅的身份，抱着一大堆玩具来祝贺时，碰上了杜红——不知谁说过，婚姻不能找，要等，等下去。洵不虚言。

刘本托对上了眼，私下里央毛绚介绍一下。

杜红是赵能静的远房表妹，还在读研一，年纪也跟刘本托差好多，几乎不是一辈人。但拗不过刘本托的死缠硬磨，赵能静坐完月子后，设了一场鸿门宴，将表妹推荐给了刘本托。一个是郎才，另一个是女貌，接下来的事情就水到渠成。因了一层亲戚关系，双方的年龄也就隐而不宣，且瞒过了女方家长。待到杜红硕博连读完，工作也进入正轨后，毛小星已上了幼儿园。

去年夏天，杜红终于怀了孕。

那一阵子，刘本托着了魔，天天捧着相书，琢磨孩子的未来。预产期在二月，估计是水瓶座。刘本托有了学习心得，跑来对毛绚和赵能静讲，知道什么是水瓶座的人么？浪漫，不羁，想象力丰富，富于艺术气质，犹如一匹旷野上驰骋的马，乃是特点。杜红也闲不住，查找了属于这一星座的古今名人，有林肯，有达尔文，有歌德什么的。唯一丧气的是，陈水扁也是这个星座上的，可以忽略不计他。毛绚从地县捎来各种土特产，让杜红加强营养。赵能静也时常跑过去，给表妹传授一些生育经验。两家人都为未来的孩子祈祷，喜兴溢于言表。连毛小星也不示弱，给弟弟或妹妹取了一个不堪的绰号：托儿。

孰料，风云难测，一场灾变横空而降。

去年的第一场雪下了两三天，地上布满了冰辙。杜红去刘本托自己的医院检查完，想等丈夫下班后一起回家。恰巧刘本托接待一个评估组，中午有饭局，脱不开身。杜红又想起家里的炉灶上坐着一锅炖羊肉，怕是快熬干了，惊出了冷汗。匆忙中，杜红打了出租车，急急往回赶。司机是个新手，不认得路，加之主干道上严重塞车。杜红就指了路，想找一条胡同抄过去。车速太快。刚拐过一个弯道，碰上热力公司开挖的壕沟。车子打了滑，司机控制不住了，一头栽进了四米多深的沟壑里——等120就近将杜红送进刘本托的医院时，杜红已不治身亡。要命的是，一尸双命，只把刘本托孤零零地留在了人世上。

刘本托疯了，当场将司机的门牙打了下来，被人拉住了。葬礼那天，是刘本托亲手抱着杜红，送进火化炉的。整整半个月，刘本托自闭在家里，电话不接，门也不开，独自一人借酒浇愁。再出来时，人瘦得脱了形，头发稀落，胡子拉碴的。有次接了一台手术，刚做到一半，刘本托自己先晕倒了，抢救了一番才醒过来。赵能静急在心里，却爱莫能助，只能偶尔做一顿饭，要么送上门去，要么喊刘本托来吃。尽说一些单位和社会上的事儿，转移一下他的注意力。毛绚进城开会时，使了蛮力，硬将刘本托塞进车里，拉到了挂职的那个县，让他玩了一个礼拜。没别的法子，刘本托脸上的阴霾仍在，挥之不去。

不久，事故的责任认定也下来了。司机负全责，出租车公司和保险公司累计赔付了十二万元。钱拿到刘本托办公室时，走廊里传出一阵野兽般的嚎叫。

半年多了，像夏天和那个惨烈的冬天之间，隔着一季温煦的春天一样，刘本托渐渐走了出来。虽说风采不改，人却沉默了许多，上下班时寥落无比，让人揪心。毛绚说过，时间是一剂药，会让刘本托伤口愈合的，所以赵能静今天见刘本托开心，甚至还由衷地赞美自己，就没理由不去笑。笑得炽热，仿佛身体里接通了一道极强的电流，在日光下发亮。

三伏天的酷热，晒得狗也吐不动舌头了。

礼拜五下午，赵能静酿好了一坛浆水，打算送给刘本托。浆水是本地的特色，在澄清的面汤里放上酵母，加上蔬菜。慢慢发酵之后，汤水开始泛酸，酸中带甜。手艺好的主妇再用调料炝一炝，晾凉后，则是绝佳的饮品。清凉消暑，异常解渴，且富含氨基酸，天然卫生。赵能静做得更细，去市场上买了沙漠地带生长的野葱、野花椒和野蒜，炝了浆水。味道更鲜，一捧雪似的，直沁人心。还带了一包手工的细面条，心想，刘本托吃面或喝汤，随他自己。唉，落了单的孤雁，除了哀鸣，顶多是舔舐伤口罢了。赵能静端着一锅浆水，穿过小区，往刘本托家里送去时，蓦地想起了表妹。杜红怀孕时，赵能静亦是如此，只不过锅子里盛的是枸杞鸡汤。一念及此，不由得鼻子酸了酸，好一阵唏嘘。

出了电梯口，站在门前，赵能静的胳膊已经发紧，遂给刘本托家里挂电话。怎么，今天回来得蛮早哦。刘本托回说，哎呀，好不容易逮住一个周末，还不赶紧回家歇歇呀，人困马乏的，快散了架。你呢，毛绚来和你度周末了吧？赵能静听出了别的意味，说，快点儿开门，给你送晚餐来了。

能静，我这就要出去。哦，有一个饭局，催了几次。刘本托阻止道。

别犟了，我在门口。

磨蹭了许久，刘本托才打开房门，一副讪讪的表情。赵能静端锅进屋，冷气足，刷的一下凉快下来。刘本托悻悻地跟在赵能静屁股后边，刚穿戴完毕，真像出门赴宴的样子。见赵能静坐下来，丝毫没有离开的迹象，刘本托虚虚地笑了笑，竟没什么话可说，直搓手指头，汗也下来了。你呀，刚还说人困马乏的，想歇歇，现在就耐不住寂寞，又去喝。赵能静拧身进了厨房，烧了一锅水，等滚开以后下面条。本托，别着急，我先给你煮了面条，吃饱了再去喝酒，起码不伤胃。你和毛绚一个毛病，都爱空腹喝酒，该改改了。

那是，那是！

赵能静说，毛绚来电话了，说下礼拜老爷子要去县上过八十大寿，怕老人家出什么意外，吩咐你和我一同去，也好有个应急，怕万一呀。

哦，锵锵二人行。这下是政治任务了。

你比我忙，事先把工作安排好，可能需要三两天吧。为强调此行的严肃性，赵能静说，你是知道的，老爷子对毛绚有知遇之恩，非报答不可。再说，毛绚挂完职，还不是得靠老人家开开金口，才能择个要害部门么。

犬马之劳，应该的。

刘本托坐在客厅里，捧着一大盆面条，吃得狼吞虎咽。脊背上的衬衫湿了一大块，沾在身上，犹如一块隐秘不宣的地图。慢慢吃，别给噎着了，不够的话，我再给你煮一点儿？刘本托鼓着腮帮子，摇手拒绝。房间里是一阵嘹亮的呼噜声，赵能静坐在沙发上，百无聊赖，遂打开了电视，刚巧是新闻联播节目。

看了几秒钟，赵能静别头时，从刘本托的背影里，瞧出了一丝异常。

衬衣的后襟上翘着，左右裤兜里塞了什么物件，鼓囊囊的，却瞧不周详。不像皮带上的手机套，更不是地下党员别的驳壳枪。刘本托吃得很投入，尽量在赶时间。赵能静悄悄掀起衣服后襟，见刘本托的裤兜里，各插着一只鞋子，两侧对称。或许是太大的缘故，女式的尖脚高跟挂在外边，塞不进去。

——皮凉鞋。

尖脚鞋跟下，各嵌着一枚云子，黑白分明。牛皮细带子如一团乱麻，从裤兜里垂下来，枝枝蔓蔓的。

赵能静的心沉了沉，目光瞥向了卧室的门。门是锁闭的，法兰西式的木格雕饰，厚重而神秘。刘本托浑然不觉，仰起脖子喝汤，吃得一干二净——八辈子没吃过饭的架势，饿死鬼转世似的。刘本托再仰头时，裤兜里的鞋子险些掉下来，吓得赵能静忙捂住了嘴巴，倒像自己来路不正一般。

饱了！彻底饱了。刘本托打着饱嗝道。

问你件事儿？

说吧！吃了人的嘴软，你别那么现世报，我可刚丢下饭碗哦。刘本托仍是昔日的风格，咄咄逼人。能静，毛绚吩咐的事儿记住了，你说时间，随时可以动身。

我问你，墙上挂的杜红的彩照呢，干吗摘了？

刘本托略一怔忡，迅速堆满了笑，贴近了赵能静，左张右看了一番赵能静的脸，抽着冷气说，瞧你，前一阵儿还阳光灿烂，转眼就黑云压城了，又咋得罪你了？乖乖，不就是一张照片么，回头我再挂上去，不惹表姐你生气。

不是照片的问题，是你心里有鬼。

天可怜见！

刘本托一叫，展了展手，做出一副极无辜的表情。能静，事情都过去了，日子还得继续，忘是忘不掉的。但我总不能天天晚上，拖着疲倦的身体一回到家，就对着杜红的笑容，睹物伤神，面壁思过吧？

才半年呀！

刘本托双手合十，汗颜地说，我错了，明天再挂上行不？

我没别的要求，就这一点。别让我的浆水喂了猪。

赵能静抱起饭锅，拧身欲走。刘本托送到了门厅里，在塑料垫子上换了鞋，也打算下楼赴宴。赵能静话里有话，指着满地的脏乱说，你拾掇利落些，一堆臭烘烘的烂鞋子，该扔就扔，别藏污纳垢的。杜红在世时，哪容许你这么逍遥呀。站在电梯间，赵能静从壁上的镜子里，看见刘本托的腰间鼓突突的，仿佛挂了两颗手榴弹。忽然一怒，手击打了一下锅盖，发出一声空洞的响。

我去车库，你呢？

赵能静思忖一下，冷冷地说，我回家去，去读一本宋词。

赵能静其实没离开。十分钟后，她站在楼角，借着一片密匝匝的树荫，见刘本托从夕照里转了回来。肚腩挺立着，有一丝骄傲，亦有一份轻快，手里拎着一双"点绛唇"，踅了进去。

六

坐在车上，赵能静也懒得搭理刘本托，一直阴着脸。倒是刘本托一路上喜兴，巴兮兮地和赵能静说话。赵能静心绪缥缈，随意敷衍几句，更多的时候却在闭目养神。车队刚出发时，赵能静觉得有必要告知刘本托，就说，喂，这一趟可是素差，先申明，别完了再抱怨我和毛绚。

我是给毛绚做贡献，筑桥铺路，荤素都不吃，刘本托更豪爽。二人像打哑语，彼此都心知肚明。近乡情更怯，能静你是不是特激动呀？

瞎掰！

哦！想起来了，咱俩的锵锵二人行，已经有大半年没活动了吧？刘本托在后边拍了拍副驾驶座上的赵能静，想不想再重新恢复，隔三岔五出来放放风呀？

恐怕，你是身不由己吧？

嗽！我那个弼马温的小位子，才不稀罕呢。刘本托摘下墨镜，窗外的疾风吹乱了头发，感慨地说，我是一搞业务出身的，弄行政，等于赶鸭子上架嘛。

你现在是枯木逢春吧？

刘本托狐疑地问，咿呀，能静你怎么说话阴阳怪气的，句句都带着刺儿，我没惹你吧？手刚搭上赵能静的肩膀，却被对方及时地卸了下来。一上高速路，赵能静径自拧开了音响，是刀郎的歌，《2002年的第一场雪》。歌声中落下的那一场遥远的雪花，竟与窗外的夏日显得格格不入。

杜红出事前，几乎有三四年的时光，刘本托常和赵能静一块儿出外巡诊。

　　省里下辖着十来个地州，约摸上百个县，星散在省城的四面八方。那些经济发达、生活富裕的地县，常常给刘本托发帖子，邀他前去讲课。讲课是虚的，不外是头头脑脑或他们的家属有了病，又懒得路上颠簸，才使出这么一招。刘本托是省上挂牌的专家，又是洋博士，名头响，自然是不二人选。去了几次，摸着门道后，刘本托觉得是肥差，就喊上了赵能静。一来让她增加些收入，二者有个熟人说说话，免得路上孤寂。

　　私下里，他们将这种外出命名为"锵锵二人行"。短则一天，长则三两天，大多安排在双休日。车接车送，往来迅速，一切都弄得滴水不漏。巡诊完，回到家里后，刘本托会当面将红包拿出来，二一添作五，一人一半均分。刚开始赵能静还多少有些难为情，说人家是冲着你刘本托的名头给的，我只不过打了打下手，装模作样罢了，哪能多吃多占呢？刘本托却很执拗，说羊毛出在羊身上，事主也不会自己掏腰包，都是按讲课的名义，国家埋单的。那时候真爽，穿州走府，披星戴月，有一番快意在里面。刘本托往往挂个电话，通知赵能静一声，说明天有一道荤菜，准备好。其实没什么可准备的，地县的医院里都有设备，借来一用而已。及至出了城，赵能静也不知道这一趟驶向哪里，东南西北莫辨。反正跟上刘本托就行了，何乐而不为。

　　红包也很肥实。三四千，或者五六千，大多是这个价码。

　　此刻，刘本托在身后哑默着，让音乐显得更空旷，更萧索。赵能静心里还惦记着那天晚上的事情，想了好几天，竟没想出个眉目来。但刘本托那时的仓皇和狼狈，历历在目，所以心里的怨怼犹在。只是不便发作而已。

司机是个小伙子，板寸，五官标致，戴着一双白手套，清清爽爽的。

早起，前往祝寿的车辆都停靠在了黄河岸边，清一色的高档车，一眼望不到头。毛绚早安排妥了。赵能静按照车牌号码，找见了司机，才发现是专为他俩定的，很宽敞。十点来钟，老爷子的奥迪 A6 到了，现任的几大班子的领导们都拥上前去，作揖鞠躬，给老爷子祝福。老爷子一头白雪，红光满面，腰板也很硬朗，谈笑风生。赵能静远远觑望着，心里涌上来一股暖流，由衷地想，老爷子长命百岁，对我家毛绚来讲，将是多大的恩赐啊。

车队上了路，警车开道。警笛声也不那么刺耳，更像是一挂挂鞭炮，噼啪炸响。阵势挺大，仿佛一位外国元首莅临此地，引得车辆避让，路人纷纷侧目。早晨的太阳像一块绚烂的大蛋糕，蓬蓬松松，奶油味十足。

同时，赵能静也对丈夫的周密计划感到高兴，毛绚终于出息了。

有了刘本托和赵能静在一旁照应，老爷子的安全便有了保证。俗话说，八十不留宿，九十不留饭。谁都是血肉之身，旦夕之间，说不上有个什么祸福之变。锵锵二人行，这次算是派上了真正的用场。念想至此，赵能静又心生不忍，觉得对刘本托太过分了。回头一觑，却发现刘本托在吞声而泣。

怎么了你？

没事儿，让我安静一会儿吧。

赵能静拧过身，拽住刘本托的胳膊，好端端的，你咋抹眼泪呢？这是去奔喜宴，又不是去送葬，你哭的是哪门子呀？

唉！听见这首歌，我就想起了杜红和孩子。该死的雪，该死的刀郎。一场雪让我家破人亡，万劫不复，有什么可讴歌它的。刘本托控制不住，浑身颤抖着，情难自禁。没关系，我哭上一两嗓子就好了。能静，别干扰司机的视线。

别哭了！你的心思，杜红一定听见了。

幸亏车程不长。车队驶入政府大院时，刘本托及时收住了眼泪和哽咽。赵能静一眼看见了毛绚，吹过头，定了型，一根鲜红的领带显得煞是夺目。毛绚也望见了妻子，点点头而已，忙跑上前去迎接老爷子。日程表内容详细，人手一份，不仅告知了晚间宴会的地点和时间，也将每个人入住的房号打印其上。赵能静替刘本托领了门卡，催促他上去先洗漱一下，休息休息。刘本托问，工作呢？咱是是来伺候人的，别光等着吃席呀。

待命吧。

这家宾馆没安排赵能静的住宿，因为她在这儿有个家。毛绚事前就挂来电话，让她随便吃点儿，先回家歇息——赵能静喜欢"家"这个说法。城里的家是个空巢，尤其在丈夫挂职、儿子住校后，那里的天花板下塞满了冷清与寂寞。宴会定在了傍晚七点半，时间充裕，四乡八邻的头面人物正在往这儿赶。下午还很漫长，老爷子需要接见乡下的亲戚们，共话桑麻，抚今追昔。人逢喜事精神爽，老爷子的气色那么好，刚才几乎是从车里跳下来的，像个老顽童似的。应该没什么意外吧，赵能静想。

赵能静进了房间，长舒一口气。哦，到家了。

商务套间，一天一清扫，犄角旮旯儿都收拾得洁净。地板更是打了蜡，擦得光滑，会映出人的脸来。赵能静什么都不想，钻进了卧室，一头扑倒在床上，身心彻底安妥了，有一种倦鸟归林的满足感。床单白雪雪的，沾着几根毛发，一瞧就知道是毛绚遗落的。赵能静抱上枕头，松软，厚实，宽大，是一只双人使用的。她前心后背地拍打着，嗅闻着，样子很贪婪，恨不得吃进嘴里。不用说，是毛绚熟悉的体香慢慢逸了出来，有一种荷尔蒙的气息，有一种头油的味道，混杂缭乱，使赵能静心有所想，一阵冲动。

浴室里挂着两套睡衣。其中一件是天蓝色的，绣满了紫罗兰，暴露性感。上次赵能静来探亲时，毛绚带她去商场里买的，只穿过几夜。显然，早起时毛绚特意挂在显眼处，提醒着什么。赵能静将随身带来的洗浴香波、毛巾和换洗内衣统统拿出来，试了试水，准备先冲个澡。

冲了澡，赵能静慢慢晾着头发。

县里的日光瀑布般地流淌下来，比城里更亮，纤尘未染。如同刚才赵能静被水洗过的那样，通透，妖娆，绽放。甚至，光线里藏着一种罕见的虫子，沾在皮肤上，迅即起了化学反应，撩拨得赵能静有点儿心猿意马。窗外行人寥落，几只野狗在广场上撕扯，猖猖吠叫。也许是一路上的疲倦，赵能静躺在床上，慢慢地睡着了。

下午五点多，毛绚推开了卧室的门，眼睛一亮。

朦胧中，赵能静觉得身上一阵子发烫，一激灵坐起。睁眼再瞧时，见毛绚高高大大地站在床前，正眨巴着眼，左端右详地打量自己。赵能静忙团起了身子，抱紧了腿。干吗这样看我，跟个色鬼似的？毛绚喜滋滋地说，跟老婆不色，还让我出去犯错误么？说着话，毛绚搂住了赵能静的头，往怀里送。

不等丈夫动作，赵能静猛地坐起来，一下子抱住了毛绚。心里有一包浓浓的蜜汁，忽地磕破了，洇满了身心。赵能静闭了眼，很快找见了丈夫的嘴，将舌头塞了进去。与此同时，她的一只手开始剥毛绚身上的衣服。领带系得死，手比较孤单，势单力薄极了，怎么也剥离不下来。毛绚有了响应，卡住赵能静的髋部，径直将妻子横抱了起来，在空中打了几个旋子。弄得赵能静头很晕，有一丝过山车的陶醉感。末了，毛绚将赵能静款款放在床上，又开始挑逗地盯看起来。紫罗兰的睡衣早就滑脱了，赵能静的半个胸脯袒露着，有一层青花瓷似的晕彩。

现在！毛绚，就现在！

不成！

求求你，快点儿！

——毛绚始终不肯行动。赵能静有点儿惊惶，知道再迟的话，心里的那一汪蜜汁会流失殆尽，自己也将变成一片荒芜的沙漠，令两人不堪。恰在这个节骨眼上，毛绚身上嗡嗡嘤嘤地响了，仿佛他肚子里装着一座电台，嘈杂，神经，喋喋不休地嗡鸣。赵能静泄了气，瘫在床上，两条腿无辜地叉开，开始慢慢僵硬。

毛绚撩开衣襟，原来皮带上挂着一只对讲机。哦哦哦，毛绚和对方通着话，都是宴会上一些细枝末节的内容，连桌上的名签怎么摆这类小事儿，都叮嘱得一清二楚。二组，三组，七组，若何若何的，毛绚也不放过，一再落实。对方是一大群人，仿佛在开空中办公会，对毛绚言听计从，语气里带着恭维和顺服。收了线，兜里的手机又叫了，一只三星，一只诺基亚，毛绚挨个儿接听着，左右耳轮番上阵——赵能静一下子就原谅了丈夫刚才的冷漠，身不由己嘛。毛绚指挥若定的气度，果真有一番气派。假如时光回转的话，指不定毛绚就是另一个独立团的团长，可以亮剑，可以谈笑间樯橹灰飞烟灭。赵能静带着一丝感慨，将心底里渐渐流失的蜜汁归拢回来，储藏在一起。等着恰当的时间里，让毛绚亲自将它磕破，让他慢慢品味，然后喊甜。

消停下来，毛绚将对讲机挂在皮带上，又将两只手机别在另一侧的套子里。动作干练潇洒，一气呵成，就像别好了子弹袋。临走前，毛绚摸了摸赵能静的下巴，说晚上吧，晚上是第三次世界大战爆发，和你。现在得去解决一次局部战争了，对付这帮子乡村游击队，练练手。毛绚幽默了几句，刚系上扣子，挺括的西装衣摆下，登时鼓囊囊的，很不绅士。但赵能静来不及纠正丈夫，忽然想起了什么，忙拽住毛绚。

喂！要是我死了，你会不会很快再续个弦，很快找？

毛绚微一怔忡，迅速将脸拉下来，日光那么亮，你怎么说黑夜里的话？好端端的，你活蹦乱跳，却无缘无故地说丧气话。郁闷！

赵能静觉得丈夫误会了，忙解释说，不是我，毛绚。我是想告诉你，刘本托就很快找了一个续弦，叫门小萌，和我是一个科室的，你想必也见过她。那天，我去他家里送浆水面条，才发现他俩早就同居了，只不过瞒着大家罢了。

好呀！我替狗东西高兴，敲他一桌。

赵能静心知没把话讲透，嗳嚅地说，可杜红才死了半年，半年呀，尸骨未寒，眼睛还没闭上呢，他怎么可以。单位里，大家都对刘本托抱着同情心。没承想，他脸上的悲伤却是装的。小戏子，应该跟冯小刚去拍电影才对。

他有他的难处嘛。

这还不算！赵能静觉得该跟丈夫知无不言，言无不尽。遂说，更恶心的事儿还在后头呢，我听门小萌亲口讲的，刘本托居然在那样的时候，还吮门小萌的脚趾头，含在嘴里吮。真的，想想都恶心。一个大男人本该顶天立地，怎么能够那么堕落，那么恬不知耻的。真糟蹋了我那一顿浆水饭，可惜。

嘻嘻！那有什么，晚上我也吮吮你，一寸也不放过。毛绚嬉皮笑脸道。

毛绚，我不允许你侮辱我，也侮辱自己。赵能静挣起身子，义正词严地呵斥道。毛绚稍稍有些发窘，脚步迟疑，但对讲机又开始鸣叫起来，呼唤领导。赵能静一委顿，忙堆起笑，你还没回答我的问题，我要是死了，你是不是三个月，或者半年内再给小星找一个后妈？

不！我给你一辈子守贞。

真的？

活是你的人，死是你的鬼。这总可以了吧？

赵能静喜兴地说，虽说是假话，彻头彻尾的假话，但我爱听，爱相信你胡诌。毛绚，我就喜欢你这样子。

门咣唧摔上了，走廊里响起了毛绚风风火火的脚步声。在赵能静心里，那些脚步声仿佛一簇簇鲜花，哗啦哗啦打开了自己，竞相绽开。

七

老爷子认得人，不糊涂，心里装着本花名册一样。在宴会正式开始前，先在休息室里接见了部分群众。赵能静刚一露面，老爷子一把捉住她的胳膊，你是毛绚臭小子的媳妇，呵呵，可便宜他了，卖油郎独占花魁么。赵能静感激地扶他坐下，先祝了寿。又恭维说，您老能活一百多，创吉尼斯世界纪录啊。

老爷子摆手说，不想，压根儿不想活那么久，太烦人了。人

当代中国最具实力中青年作家书系

生一逆旅，本无金石固。你应该说那句话，叫什么来着，尔墓之木拱矣。

喜日子，可不许说这话。

寿深则辱呀。

老爷子的乐观和超脱，一时感染了在场的许多人，人们纷纷赞美他。但老爷子对其他人不理不睬，只拉住赵能静，开始探讨一些养生之道。我的零件不行了，高血压，心律不齐，再加上早些年参加革命时落下的关节风湿，总之是不灵光了。边说，老爷子边拭着嘴角的涎水，一嘴的假牙，竟比真的还白亮。赵能静说，有我在呢，您就放宽心，等一会儿做了寿星，戴上寿星帽，可别忘了给我一块蛋糕，沾沾您的吉啊。老爷子说，哦，我还有糖尿病呢，不能进糖分。

按中医的说法，不是糖过了量，而是消化吸收系统的功能下降了，才显得糖分多。器官都有平衡作用，此消彼长，日月互补啊。

呵呵，我已经交代过了，等我烧成了骨灰，丢进马桶里，哗啦一响，全都冲进黄河里去。你们大家可都来啊，做个见证。老爷子挺亢奋，一副纵横捭阖的神态。我干了一辈子革命工作，是彻底的唯物主义者，不信神鬼，蔑视佛道。人死如灯灭，有什么好怕的。

哪里话！身体有大药，会调和好的，您老就安享清福吧。赵能静道。

生日快乐的乐曲响起了，人们窸窸窣窣地站起来，恭迎老爷子登场。宴会厅在二楼，两个花枝招展的女服务员抢上前来，一左一右扶起了老爷子，往电梯里送。女服务员穿着艳丽的旗袍，开衩很高，个个凸凹有致，貌若天仙。据说是从省城拉来的模特队，有几位还做过影视演员，出场费自然不菲。赵能静不想和老爷子挤一台电梯，忙喊上刘本托，绕道楼梯，快速进入了宴会大厅。毛绚曾叮嘱说，你们先别入席，要时刻盯住老爷子的动静，严防死守。

随车带来的急救药品和器械，早就偷偷藏在了二楼的办公室里，秘不示人。赵能静和刘本托也没敢穿白大褂，只着便装混在人群里。这么大喜的日子，白色让人过敏。赵能静和刘本托刚上了楼，气息未定，电梯门刷地开了。

长长的走廊，已被各色花篮装饰了。掌声热烈，彩色气球忽东忽西，在空气里跳跃，仿佛下凡来进贡仙桃的童子。分列两厢的大多是从省城赶来，或是本地的要员，按照职务和级别依次排列。赵能静拔长脖颈，四下里逡巡一圈，才看见毛绚站在中不溜儿的位置上。老爷子被女模特们叉住胳膊，左一下右一下地跟嘉宾们握手，颤颤巍巍的。

老爷子挪一米，赵能静和刘本托也跟着挪一米，始终将老人家纳入视线里，须臾不曾离开。领导们的贺词大多千篇一律，什么福如东海，寿比南山；什么德高望重，彪炳史册；什么桃李天下，硕果累累。套话不假，表情却诚恳，像一张划伤的碟片，在原地打转儿。赵能静的耳朵里快生出了一层茧子。但老爷子挺受用，淡然的目光从他们的脸上慢慢捋过，仿佛在细细地回忆生平，怀念昔日的战友与火红的岁月。

闪光灯太刺眼，晃得赵能静有点儿心虚。

她挤到了丈夫的身后，想听听毛绚怎么给老爷子祝寿。不知什么时候，毛绚换上了一件猩红色的西装，扎着领结，枪驳领，精神抖擞地站在那里。脊梁戳得像一杆标枪那样，英俊潇洒，年轻健硕，自上而下有一种赳赳然的劲头。太出挑了。赵能静暗猜，丈夫在心里一定摩拳擦掌、跃跃欲试了。只是，不清楚毛绚给老爷子预备了什么礼物，忘了问。赵能静忽然对自己生了些恼怒。这么大的事情，做妻子的，怎么可以疏忽呢？

寿星翩然驾临，走过了前一位，轮到了毛绚。

令赵能静猛然一惊的是，老爷子的手伸过来时，毛绚愣怔着，迟疑了一秒来钟，竟没迎上前去，很消极。人们兀自沸腾着，或者对这种短暂的冷场忽视不见。但在赵能静的眼底里，它是一截儿慢镜头，慢得能让一只骆驼从容地钻过针眼。老爷子弥勒佛般地笑着，不多不少，并没对门生表现出特别的偏爱。赵能静急了，想喊一声毛绚，叫他快快快，赶紧握住那一只知遇之手。但接下来的镜头，已完全不是一个妻子所能掌控的了。因为，她被罢黜了。

毛绚在众目睽睽之下，忽然一个正步出列，笔直地站在了老爷子三米之距的地方。老爷子的手撂了荒，晃晃悠悠的，被女模特及时捧住了。老爷子睁大了眼睛，一丝涎水挂在嘴角上，木然着。空气也冷了，大家忙拢了过来。

毛绚扑通一声跪下了，磕了三记响头。结结实实的。

咚。

—咚。

——咚。

照相机一片烁闪，比老爷子头顶的白雪还亮，还灿烂。

赵能静的眼底里一黑，心脏登时抽成一团，觉得自己矮了一大截儿。毛绚的惊世一跪，引得满堂喝彩，赞许连连。周围的领导们鼓起掌。掌声犹如一群惊飞的鸽子，在大厅里扇动着优美的翅膀。毛绚意犹未尽，从地上站起来，表情羞涩地说，老爷子，这三个头是敬献给您老的，请您笑纳！

有什么说法么？

寿星很幽默，不失时机地问。

毛绚腼腆地回答说，第一个头，祝您福如东海，寿比南山；第二个头，祝您老当益壮，返老还童；第三个头么，祝您年年有今日，岁岁有今朝。我没准备什么礼物孝敬您老，唯有这一份祝福，不成敬意。

小毛！

老爷子咳喘了一声，眼角渗出一滴液体来，斩钉截铁地说，我没看错你，小毛！你一向立场坚定，有激情，觉悟高，我早就了解你。这么些年来，你们这一茬年轻人也终于成熟了。政治上，业务上，经验上，哪方面都成熟了。呵呵，后继有人，事业如画，我心甚慰啊。我这一匹退了槽的马，不仅要活，还要好好活，给你毛绚，给你们大家打气助阵，多敲边鼓。边说，老爷子边环顾了一下周遭，见大家频频点头，方寸步前移，继续他的寿宴。

——刘本托环觑四周，竟没看见赵能静的人影儿。心说，太可惜了，错过了历史性的一幕。见旁边有人在录像，又纠正说，不要紧，明天请人刻录一张光盘，让赵能静重头温习一下吧。

八

赵能静坐在宾馆一楼大厅的茶室里，手里的一杯茶喝败了，寡淡到了极点。她不想上楼去，一直盯着落地的玻璃窗，想截住毛绚。夏夜的街道上行人寥寥，县城中心地带的那场宴会还在继续，有一种通宵达旦、不醉不罢休的疯狂劲儿。到了快十一点的时候，毛绚竟连一个电话也没挂来，似乎赵能静是一个可有可无的嘉宾，来去随便，无足轻重。赵能静看着手机的最后一格电耗光了，心里绷起的那一根弦也訇然断裂。恍惚中，心脏疼了一下。疼过之后，又泛起了一层广袤的麻木，手脚冰凉，眼神里也有了一层灰烬。

其实，赵能静没别的念想，就想截住毛绚，问一问傍晚的事情，让他给一个明晰的说法。在毛绚弯下身体，重重跪下的那一瞬，赵能静觉得丈夫的膝盖骨压在了自己脸上，几乎挤爆了自己的一对眼球，让她眼前一片漆黑。在亮若白昼的大厅里，赵能静差不多是摸黑走出来的，黑到了现在。

后来用了这一杯茶，想淘洗一下体内的墨汁，但茶比人先败。

刘本托也是如此靠不住，时至此刻竟没察觉出身边的搭档不在了，不问生死。什么锵锵二人行，狗屁！关键时刻就掉链子。男人啊！赵能静思忖了半天，终于找出了一句话可以概括。男人们，大多是狼和狈的关系，没了荤腥时，可以斗个你死我活，撕扯出一嘴的毛来；荤腥出现时，又能够勾结在一起，共同谋取。而这一切，看似与女人无涉，但女人偶尔也会成为荤腥之一。比如门小萌，点了男人们的绛唇，让人模狗样的他们啃咬，而后啗骨吸髓，舔着满嘴的血腥，四处炫耀。赵能静不想做这样的荤腥，决不！

刚付完账，抬起屁股欲走时，赵能静的胳膊被压住了。

雪亮的台布上，一只毛发浓密的手扔下了一包万宝路，又扔下一只打火机。手指粗短，指根上箍着一枚戒指，嵌着一块玻璃般的宝石。赵能静抬头，是一张陌生男人的脸，正露出鸡血似的牙花子，嘿嘿嘿地笑。鬼佬！五官像一张压扁的春饼，散发出一股子体臭和劣质香水的混合气息。赵能静无奈，沉默地坐下来，狐疑地盯视着他。鬼佬摸出一支烟，递给赵能静，见她无动于衷，忙衔在自己嘴角，咔嚓一声点着了——猴儿！还没进化完全的人猴，粗密的体毛让赵能静有点儿呕吐感。鬼佬吹了一口烟雾，居然用标准的汉语说，嗨！你对奥巴马当选美国总统怎么看？

赵能静迟疑一番，平淡地说，没什么意见！

我不这么认为！鬼佬耸了耸肩，双臂一抽，说，我觉得奥巴马要么能上天堂，要么堕入地狱。

别人家的事儿，我不了解。

不过，第一夫人米歇尔不错。

赵能静吞了声，木然。

鬼佬伸出手，仿佛戴了一只黑手套似的，高声地说，弗雷德，可以认识一下你么。如此美好漫长的夜晚，一个无所事事的人，也会让上帝抓狂的。上帝此刻也单身，嫉妒心强。嗨，我住在七〇八。当然，我可以付欧元或英镑，美元缩水了，华尔街搞的鬼，我不太看好他们。

赵能静痴痴地笑了笑，招了招手，似乎想对弗雷德耳语点儿什么。鬼佬乖乖俯下身，凑了过来。赵能静慢吞吞地举起一杯茶水，掀开他的领口，径直浇了下去。茶是凉的，却比这个夏夜的午时更烫一点儿。赵能静依旧微笑着，又将桌上的一包万宝路揉碎，扬起手，洒下了烟丝，有一种明亮的快意溢于言表。鬼佬拍打了一下身上的水渍，鸡血般的牙花子一咧，幽默地说，呵呵，你看过《杀死比尔》？

德性！

弗雷德巴兮兮地问，我可以喊你一声妈妈么？因为，你刚才替我施洗了。

狗娘养的！

赵能静在嗓眼里怒骂了一句，忙站起身来，努力镇定着，款步走出了茶室。鬼佬在后边吹了声口哨，并没追出来，像拴在桌脚的一只马戏团的猴儿。刚迈进宾馆大厅，赵能静忽地露了怯，吓得狂奔了起来。心怀忐忑地钻出了旋转门，站在台阶上大口大口地喘气。保安员在附近逡巡着，那一身制服，给了赵能静些许的安慰。在对面的山脊上，夜空如洗，挂着一条银河。河水里堆积了密密麻麻的宝石，撒播下一片迷人的微芒，照着空空荡荡的人世间。

好吧，既然无人对我问津，那我总得干点儿什么才对。赵能静想。

于是，赵能静上了楼，并没回毛绚的那个商务套间，而是按照日程表上的目录，找见了司机的房间。喂，你好！你还认得我么？司机瞪大了眼睛，将手里的烟掐灭了，懵懂地点了点头。认得啊，你是护士姐姐，来的路上听你们聊天呢。赵能静忽然亮起嗓门纠正说，不是护士，我是大夫。司机赶忙改口，对！你是大夫，专来陪护老爷子的医疗小组成员。赵能静说，天太热，这个破县城里蚊子又多，闹得一点儿瞌睡也没有。怎么样，你呢？司机顺水推舟地说，我也是！不沾酒，不喜热闹，吃了几口就回来了，在看电视。

哦，我有个不情之请，能答应么？

姐姐，你说吧！

送我回去，回省城。现在！

——直到驶出了县城二十里，拐弯准备上高速公路时，人世上的灯光才彻底熄灭了。窗外，迎面吹来的是急遽的夜风，忽冷忽热，不辨东西。赵能静的头发后拂着，像一股子黑烟，又像沉疴初愈后排出来的体内的毒素。赵能静暗夜疾行，先前的怨怼和愤怒一扫而空，渐渐滋生出一种叛逃的后快来。心想，毛绚你去满大街找我吧！刘本托，拜托了，你去侍候老爷子吧。这一切都与我无关。我来时是一枚棋子。可我走时却是一只清醒的鸽子，有星辰指引，我认得回家的路。

小兄弟，你这是什么车？

雅阁！

贵么？

一般般吧。

赵能静偶尔说几句，怕的是司机超速，有提醒的味道。司机很自觉，上车后再也没吸过一支烟。赵能静催他抽，说自己对烟味并不过敏，却没得到响应。路开始颠簸了。赵能静侧目望去时，有一丝欣赏的心情。小伙子戴着白手套，衬衣领煞是干净，系着一条领带，板寸，能看见青色的头皮。行有行规，现在，谁还见过如此整洁有礼的司机呢？赵能静衔了一支烟，点了火，递给了小伙子。小伙子接过后，只咂了一口，就果断地掷出了车窗。赵能静一笑。

天不遂人愿，车子踩了刹车，猛地顿住了。

在高速公路口的一个镇子上，忽然出现了成群结队出丧的人，披麻戴孝地行进着，哭声恣意，气氛鬼魅。赵能静吓地牵住了司机的胳膊，急问，干吗的，是不是在拍电影？咋和阴曹地府一样呀，太恐怖了。司机却很沉稳，见怪不怪地说，放天灯！在给亡人引路，怕亡灵找不见回家的路，下一世里往生不得。赵能静稍微平静了一会儿，抬抬腕子，后半夜了。

　　这里叫观音镇，民俗奇特，口音迥异。虽说距县城只短短一截儿路，却犹如化外之境。观音镇盛产水烟。据说三国时期的名相诸葛亮举兵南伐孟获时，兵士们常常被南蛮之地的瘴气所伤，折损大半。后来，一位天神托梦，告诉诸葛亮，只要兵士们嘴里含上一种叫蕿草的东西，即可免疫。这种蕿草的功效迅速得到了验证，并开始大规模地种植。再经过烘烤和焙干的工序，切成丝束，便成了后来的水烟。岂料，烟草种植业陆续北迁，落户在观音镇以后，因了日照时间长和气候干旱的缘故，质量更佳。过往的时光里，在海上讨生活的船夫们，为了防范水上的瘴气，经常重金购置水烟。遂使观音镇的这类产品不胫而走，名播遐迩，甚至在南洋一带也盛行一时。烟贩子们天南地北而来，麇集在观音镇左近，慢慢扎下了根，亦带来了一种殊为奇特的民俗。

　　一般来讲，放天灯的仪式在午夜开始。那时候天地昏蒙，阴阳两界互通，往生的道路门户大开，不会有什么意外。

　　在队列之前，有一挂风筝似的引魂幡指路，聘来的道士和僧侣们作着法，手里的唢呐和铙钹声声饮泣，弦音不断。事主家里的几辈子亲戚，上百口子人尾随其后，逐一在街角路口上点亮天灯，映照着世上的曲折小径。天灯是锯末做的，拌上了煤油和石蜡，这里一堆，那里一团。每一簇灯火大约相距一两米，仿佛一条流动的河。进入观音镇的三四台车辆都被堵下了，灭了车灯，让仪式继续，丝毫不受干扰——这是规矩，或者说是一种忌讳。

　　赵能静说，我瘆得慌，一分钟都待不下去了。

　　与人方便，自己方便嘛。

　　知道什么叫崩溃么？我现在就是崩溃。

小伙子俯下身来，叼上一支烟，打着了火。火苗并没去点烟头，而是伸了过来，左摇右晃，照着赵能静的脸。赵能静心惊肉跳的，早已花容失色，汗流浃背，额顶上布满了一层细密的汗珠。我真的害怕！对不起，我有点儿冷，冷得直打摆子呢。求你了，咱们绕道走吧。司机说，无路可走。你是大夫，难道还破不了这个迷障，看不透生死么？其实，这是个欢乐的场面，谁碰上，谁就会沾吉，常跑夜路的司机们巴不得碰上哪。赵能静的肩胛抖索不停，结结巴巴地说，对不起，或许我也不是害怕，我只是觉得冷，冷到了骨头缝里。

前面镇子上有旅馆，你要不要歇一歇？司机摘下了白手套，动作优雅。这仪式挺麻烦的，一时半会儿结束不了，最快也得到天亮前。

我会神经的，我发誓！

司机关闭引擎，摇上了车窗，又将赵能静的座椅放倒，似乎想让她暂时歇一下。赵能静摸索着，在黑暗中攥紧了司机的手，嗫嚅说，能再喊我一声姐么？

姐！

求求你，能抱一抱我？

剩下的事情，犹如一卷被曝光的胶片，彻底黑掉了。赵能静闭了眼，只觉得自己被抱在怀里，双手搂住了司机的颈项，轻飘飘地穿过了那一条诡异的街道。唢呐和铙钹的尖叫声，仿佛是从一座打铁铺子里传来的，星火四溅，炽烈炙人。锯末燃烧的味道，含有一股子松脂的清香气息，缭绕不绝。赵能静在上下左右的颠簸中，感觉到司机的一双臂膀格外有力，箍紧了她，像押解着一个俘虏那样。赵能静喜欢这种错觉，身心顿时缴械，彻底投了降。

后来，赵能静从声音里辨听出，司机的脚后跟磕了一下门。该是钢板的门扇吧，重重地碰上了，哐当巨响，犹如对世界掷出了一纸声明，就此和观音镇以及人间的一切隔绝。那一双臂膀松开后，赵能静知道自己躺在了床上，有棉花的松软，亦有被褥的陈旧气味。顿了顿，赵能静又嗅见了一股子烟熏的口气，似乎司机俯下身来，在凝视着自己。她的手摸了上去，贴在了司机的胸脯上，那么结实，那么宽厚，呼哧呼哧地喘息不定。赵能静伸出舌头去找，终于找见了，一边吻着他，一边挣扎着说，仔仔细细一些！我要你仔仔细细地对我一次。

她知道自己塌方了。

求你！仔仔细细对我。

司机并无回应。或者说，他用了一种强有力的粗蛮和野性，回应了赵能静的请求。赵能静觉得自己起了一场火灾，漫山遍野地燎原大作，势如一片过火的山林，不可遏止。但转瞬之间，天上下起了毛毛细雨，淅沥而来，又在浇透她，让她生出一片酥软的草地，发出新的枝丫。不用说，司机在吮她，一寸寸地漫溯上来，不肯错过指甲大小的一块皮肤，认真而又贪婪。赵能静蓦地想起了那两颗云子，一枚黑，一枚白，此刻恰在自己身体里跳跃着。

当司机的身体终于攻占了她时，赵能静睁开眼睛，咯咯咯地大笑起来。一直笑到了硝烟散尽，比一盏三百瓦的灯泡还亮，还耀眼——但房间里光线暗淡，一只简易的白炽灯挂在天花板上，形如感叹号。

给我一支烟！

赵能静妩媚道。这一刻，她觉得自己简直风骚极了，性感极了，有一种张曼玉般的轻狂，亦有一分巩俐式的嚣张。赵能静翘起的指尖上夹着烟卷，小吸一口，然后销魂地吐出去，吹在司机年轻的肉体上，像在给他消毒。司机斜倚在被子上，神情倦怠——任何男人在这样的时刻，恐怕都会感觉倦怠。忽然，赵能静站起来，甩胯越过司机，赤条条地靠在窗前，继续抽。

我特想一种食物。如果现在有，我会加倍快乐的。

说一遍，也可以解馋。

你说得没错！赵能静吐了一口烟，恍惚地说，往年的秋天，我和几个朋友都会去一趟祁连山，二阴山区，常长一些莫名其妙的低矮植物。有一种秋草，块茎特别大，枝条繁茂，我摘下来后带回家，越多越好。将它们剁碎后煮在锅里，熬上一夜，会熬出一层浓浓的汁液来。

遍尝百草呀？

闭嘴！别打岔，听我说。赵能静磕掉了一截儿烟灰，继续说道，将这种汁液盛在碗里，晾上一宿，它就成了凉粉那样的东西，半透明，软中带硬，晃晃悠悠的，比刚出笼的东坡肉还绵软。我会把它切成面条状，调上芥末油、辣椒水、蒜泥什么的，可解馋了。

挺生动的。你描述一遍，比我亲口吃还香。

当然，重要的是要放老陈醋，山西的最好。赵能静倚靠在窗台前，觑望了一眼房间，见墙壁慢慢亮了，有一片薄薄的红光。她怅惘地说，可惜了，秋天还早，那些秋草还在山里长。唉，谁都有谁的季节，不能催。

呵呵，我根本不催你。

我也是！离天亮还有一小会儿，这里的夜比城里的似乎更长。赵能静终于吸完了一支，又开始笑了，喂，以前咋没见过你？

刚复员。

你是专车司机？

哦！我给领导开车，他叫毛绚。你认得他么？

没听说过！

我也刚接上手，还没摸熟领导的脾气。司机翻了翻身，床架发出一种朽木才有的咯吱声，似乎随时会垮塌下来。稍后，声音停止了，司机的鼻息渐渐粗重，差不多快接近鼾声。赵能静扔掉烟蒂，想起了什么似的。

喂，你的车是什么牌子的？

雅阁，新车。

贵么？

一般般吧。

赵能静忽然闪开了身，扑在窗沿上，望着夜空下漫天的火光，对着身后的那个陌生人说，他妈的！刚才只顾着说话，忘了告诉你，你的车被天灯点着了，快烧成了一块铁壳。风太大，没办法了。

九

半个月后，赵能静下班回家，一开门，看见了儿子。

毛小星忙喊来矫燕，给赵能静打了招呼。本来攒了一肚子的气，被他们轻轻一戳，就瘪掉了。赵能静大度地说，咦，你们从敦煌、青海湖玩回来了？毛小星回说，中午就到家了，矫燕忙碌了一下午，给你做了一桌子菜。现在请上席！赵能静被推推搡搡地坐上去，举起了筷子。毛小星拦挡住她，嗔怪说，妈，你把墨镜摘下来再吃呀，像女特务。

赵能静说，别！先让我黑灯瞎火地吃一口，看看盐淡盐浓。

斯德哥尔摩效应

见小东西走过来，我失笑，决定再施舍一块钱。

他更贼，脚下顿了顿，和身边一帮课桌高矮的同学们说话，还撇过头去，佯装一番。我想我更老练，靠在河岸边的桥栏上，袖手钓他。小东西，该属核桃吧，天生是砸了吃的。其实，我兜里早预备了一块钱，等他开口来哀求。我的镇定压垮了他。小东西忽然面露喜色，迅速摘下红领巾，塞进书包，松松垮垮地走过来。那一瞬，我差点儿失笑，但勉强忍住。

不知咋的，我在这小东西跟前，总有一种乏力的感觉。他冲我笑了笑，双臂一撑，骑坐在桥栏上，长吁一口气。春晖小学在马路对过，铜质门徽，在夕光下熠熠反射。此刻校门大启，先出来两溜儿小黄帽，一左一右，在街上拉起了布标，让车辆停行，留下一孔通道。接着，孩子们像鱼群似的涌出来，乌央乌央的，漫漶在傍晚的光线中，噪声大作。连着几天，小东西都是率先奔出校门的。我估计，成绩也好不到哪里去。——我要是他爹，会在教室里钉一枚特大号的钉子，挂住他。

"晕！女巫婆来了。"

小东西赶忙躲在我身后，搂住肩，脸和我腻了腻。我像肩了一只猴，看见班主任老师走过来，拎着一袋芹菜，又蓦地直角转身，钻入了河畔的林荫道上。女巫婆是他的叫法。天热，我嗅出了他身上的一股汗腥气，忙卸下他。小东西豁开嘴，坏坏地伸出手，支在我眼前："我知道你看得起我，借三块钱吧！"

"翻了天呀，昨天一块，前天一块，现在变本加厉了？"我沉下脸。他却浑然不觉，鼻翼上孵出密密匝匝的汗珠来，"怎么，你妈妈今天又没来接你？"

小东西顽劣道，"别提我妈了。借三块钱，就三块，行不行？"

"不行！"

"那，一块一块借，借三次，等于把过几天的也借了？"

我攥住兜里的一张零钞，停了几秒。

——说白了，我是这座城市的过客，犯不着和人瓜葛，包括小东西。影视公司在河畔的百合花宾馆包了套房，让我改本子。制片和导演扔下我，去了景泰黄河石林选景，一天数个电话，教诲我赶快吃草，多多挤奶。我改了几句，便和安妮爆发了一场小规模战争，心情糟透。那天，我站在窗口远眺黄河，才发觉三伏天到来了，漫山遍野的酷热。岸边的林荫下，吼秦腔的、跳三步的、玩箜篌的、发呆的、叫卖的，一应俱全。日光如织，鸥鸟翔集，我想我不能浪费生命吧。于是下了楼，靠在桥栏上，没心没肺地晒着，晒得无欲则刚，晒得天远地偏，在陌生的城市里有了一丝丝安全感。晒老阳的感觉如醉酒，越晒越瘫。堤岸下是个景点，头戴白号帽的回民汉子边放羊皮筏子，边漫唱"花儿"。我闭目，徜徉在粗粝的音乐中，隐约听懂了这么几句：身背了长枪的赵子

龙 / 刘爷结拜的弟兄 / 好抱个身子（么）难保个心 / 出一趟远门 / 回去了治你的良心。——我心里发慌，拼命将安妮这个名字挤出去。我不能亵渎说它像个疥疮，但至少是根小刺，让我如鲠在喉。

叔叔，你咋了？头晕，还是中暑？

小东西是那种年画上才会见到的小子，团脸，浓眉，鼻直口阔，一身的喜兴气。他搡了搡我，想学雷锋。夕光落下了，河面上铺满了碎金，我想自己睡着了吧，回报给他一个微笑。小东西并不走，将书包里的半瓶冰镇绿茶递给我，硬要我笑纳。我抿了抿，他似乎找到了理由，骑坐在桥栏上。小东西见面熟，手开始不老实，拨弄起我的头发，说，叔叔，我能猜准你是做什么的，你不是流浪的犀利哥，你一定是个艺术家，画家，诗人也说不定呢。——我的头发一尺长，没别的，懒的。我掐了烟，有点讶异，定睛打量起他。人小鬼大，眼睛里嵌着两小粒来历不明的物质，嬉皮笑脸的。按规律，开场白一完，这个小东西就要上房揭瓦了。

借，借我一块钱，咋样？

想吃雪糕？

小东西拉下脸，道，我 IC 卡刷光了，我妈说好来接我，连毛也不见。

我掏兜，摸出一大把零钞，问说，一块够不够，回家几站路？小东西伸出指尖，只捡了一元，款款揣进口袋。临别了，我忽然喊他回来，在冷饮摊上买了一支伊利雪糕，撕开，交在他手里。很快，我就忘了这茬儿，忘得像我小时候吃糕点时，嘴角上沾的那一粒芝麻。次日，我照旧待在春晖小学对面的河岸边晒，小东西驾轻就熟地摸过来，坐我身边。我问说，你妈妈今天又爽约了，卡还没充钱吧？他回道，我妈挺忙的，嗐，现在的公务员都忙，一不留神，就得靠边站了。我妈要那样子，我就得去喝西北风，喝风屙屁，臭死半条街。我怔了怔，说，你个坏小子，从哪儿学的这一套乱七八糟的玩意儿，你能不能单纯点儿，孩子气一些？小东西吐了吐舌头，古怪一笑。——我的乏力感诞生了。我说，你赶紧坐公交回家，省得大人们操心，一块够不够？小东西腼腆，又只拿了一元，不贪。我说，再添一块，你买个雪糕吧。小东西回说，谢谢叔叔的慷慨大方，今天不用吃，说不定以后会大大地麻烦你的。我噎了噎，见他撒丫子跑进了光影中。

"就三块！"现在，他伸出三根指头。

"喂，你小子，把叔叔当成 ATM 机了？"我乜斜一眼，心生不悦，"给你钱，你要进了网吧，或者干了别的，我可担待不起呀。再说，你谁家的小屁孩儿呀，连你名字也不知道，就施舍你？"

小东西张嘴道，"我叫孟起凡，我妈叫孟柯。"

"你的确不凡！"

"叔叔，我错了，我向你赔情道歉吧，我说了谎。"孟起凡忽然抽起鼻子，眼泪汪汪地道，"我骗了你，昨天和前天都骗了。我要一块钱，不是为坐车，是为了匹诺曹。"——匹诺曹是条小狗。孟起凡含含混混叙说着，无缘无故地落了泪，引得路人纷纷侧目，在我的脸上寻求答案。原来，失了家的小狗匹诺曹再遭不幸，被车撞破了鼻子，蜷缩在校门口，被孟起凡和同学们给救了。救也就救了，但匹诺曹在课桌里苏醒过来时，发声狂叫，把一堂语文课给搅黄了。老师勃然大怒，勒令几个肇事者赶紧把它处理掉，要么扔围墙外头去，要么扔对过的黄河里，否则请家长来谈心。校门外有个小卖铺，店员是乡下来的一个姐姐，同学们经常去买零嘴，孟起凡也认识。无奈之下，孟起凡央了姐姐许多遍，好歹才将匹诺曹寄养在那里，一下课便结伴同学去照料。店员姐姐还派了任务，要一帮孩子天天上贡，每人交一块钱，说要给匹诺曹贴膏药，喂跌打丸，还得加强营养。营养是双汇肉肠，捣碎了，一匙一匙喂。喂不完的，大多进了姐姐的嘴巴，谁也不敢提意见。今天孟起凡没交，姐姐拉下脸，连门也不让进。"叔叔，我太想匹诺曹了，今天没看见它，连它的叫声也没听到。它没妈妈，也没家，怪可怜的。"我一下子释然了，又忙掏出一把零钞来，多塞了他几张。孟起凡破涕为笑，黏糊道，"叔叔，你最好了，我早知道你瞧得起我。"

"别像个大人那么世故，好不好？"

孟起凡道，"等匹诺曹好了，我让它给你三鞠躬，喊你叔叔，咋样？"

"你小子，脑子里都是弯弯绕。"

"有恩必报嘛。"

"去去去！少给我嘴上抹蜜，半大小子，咋学得这么贫嘴滑舌，我可真不喜欢这样子。"我搡开他，点了烟，但他执拗地拢过来，狗屁膏药似的。"快去吧，该吃晚饭了，匹诺曹的肚子一定饿扁了。"

孟起凡唏嘘道，"唉，人在江湖漂，谁能不挨刀。"

——说着话，他迈起马步，以臂作刀，在虚空里左砍右砍，一步一步挪远。我缓过神来，既为孟起凡的幼稚失笑，又替他那种破绽百出的老练罪过不已。夜落了下来，仿佛一块刚刚淬过火的生铁，连空气也是烫的。我思忖，饱餐一顿后，趁着夜晚开始凉爽，可以赶本子了。其实，剧本都是这样攒出来的，在万家灯火时，一个居心叵测的家伙藏在暗处，非要狼心狗肺，给生活勾兑一些你死我活的元素：纵火，离间，挑唆。这就像让一只篮球钻过吹管一样，看你怎么个吹法了。刚矗摸开，我蓦地一低头，发现孟起凡的书包就在脚下。

小东西！

一个黑心的好莱坞大佬曾说，一部戏制胜的第一大秘密就是编剧，第二大秘密，则是不要把这个秘密告诉编剧。狗娘养的！因了这句阴暗的真理，我不得不向制片和导演妥协，一改再改，改得一片狼藉，面目全非，直到老婆的肚子怀上了别人的孩子。妥协的另一层意思，是你的银联卡会渐渐膨胀起来，出现一根心跳怦然的曲线，命犯金银，九死不悔。

我的套房不像宾馆，更像一家街边的小碟片店。刚入住不久，我就去了一趟文化市场，抱回来一台影碟机，淘了一蛇皮袋的盗版碟，没白没黑地观摩，还顺手记下了一些细节和小启发，打算羼杂在我的本子里。一张张打开的碟片扔满各处，在薄暗里幽幽反光，挺鬼祟的。离子夜尚远，再看看一部叫《放大》的片子吧，写一个摄影家与一桩没有尸体的谋杀案，中文字幕。在北京时，建外 SOHO 我们公司的那帮子鸟写手们挺推崇它。我倒不以为然，只对片尾那一段打网球的哑剧感兴趣，觉得带劲儿。

刚看不久，我思想就抛了锚，盯住了小东西的书包。

双肩包，像百衲衣，红一块，绿一块，糊了许多贴纸，不外是变形金刚、恐龙和未来警察，等等。我抬脚，将茶几上的书包够过来，抱在怀里。——丢了书包，等于俗话所说的战士丢了手中的钢枪一样，我比小东西还急。傍晚那阵儿，我横竖等不来他，便在学校周围远兜近转了好几圈，也没揪住他。后来，我想到了匹诺曹，挨家挨户掀开小卖铺的门帘，想找狗叫声，却也无果。

店主大多是老头老太，痴呆呆的，一问三不知，况鲜有顾客。校门紧闭，我敲了敲，想将书包托给门房，次日再转交给失主。门房出来说话时，我却改变了主意，怕班主任握了把柄，去收拾一个孩子。贪玩，乃孩子的共性，犯不上让女巫婆上纲上线。我拎回了宾馆，计划明早在校门口堵住小东西，挂他脖子上。

我拉开拉链，将包里的东西倒在茶几上，异味扑鼻。除了书本外，另有半包粉末状的薯片，一盒果冻，一条红领巾，创可贴，餐巾纸，半拉馒头和几根秃画笔。书包的夹层里，居然藏着一双破袜子，熏人。课本和字典呈卷心菜状，胡乱涂画一气，封皮上还贴着胶布。当时想，我要是他爹，我非得扒掉他的裤子，抽他屁股，揍不成面包算我白痴。——但我的恶劣印象迅速改变了，待我拿起各科的作业本，逐页翻看时，我开始佩服起小东西了。几乎每一页，或者说每道习题下，都被老师画满了红色的"√"。——我想，这种激动人心的符号，不管在股市、存款数额、银行利率或小学生身上，均有完全相同的价值，令人乐而忘忧。我收拾好书包，暗忖道，等天亮时见了他，多给他一点儿零钱，算是奖赏吧。我对成绩好的孩子，一般都有天然的好感。

双肩包蹾在茶几上，像那个陌生的小东西，不多嘴，不讨嫌，一直缄默着。凑巧，我发现了背带上拴着的一块小铜片，像美国大兵脖颈子上的身份牌，想必是当地学校的一种安全举措吧。我解下来，看见铜片上刻着两行小字：

春晖小学　孟起凡

家长：孟柯　联系号码：139××××5088

——真该死！这才想起我的手机来，难怪一下午耳根清净，无人叨扰。我在卧室里翻，又在浴室里找，原来手机掉在了沙发夹缝里。一共有四十来个未接电话，安妮疯了，又追发过来十几条短信，质问，恐吓，咒骂，附带了一堆很囧的表情。仿佛她摸着了电门，头发乱爹，歇斯底里。最后一条，安妮冷静下来，用她一贯的职业口吻叮嘱道，寻欢时，别忘了保险措施，检查一下 TT 有无漏点，千万别把那艾什么带回首都北京来，德行！——我猜，那一刻，安妮恐怕有点儿气绝身亡的表现，一定拔下了一缕青丝，以备日后作呈堂证供，向我反扑。

安妮有这个怪癖，喜欢拔头发，高兴时一根一根拔，恼怒中一缕一缕地往下揪。仿佛她的脑壳是一片韭菜田，取之不尽，拔之不竭。更离奇的是，她将每次揪下来的头发装进信封里，按时间排序，分门别类的，写清每一次怄气或发作的原因，矛头基本指向了我。那些信封插在书架上，齐刷刷的，昭示着我该千刀万剐，有负于她。有一次，安妮躺在我怀里温存时，伴着高潮，又开始拔，飘了我一脸。我的幻觉出现了，想象着一根根头发连皮带肉地拱了出来，汹满了血水和枯枝败叶，像一部鬼片。我当时就馁了，半途而废。安妮却娇嗔道，王家安，哪天你要是不爱我，我真去死，叫你内疚一辈子。但看在还有过一场情分的薄面上，拜托你，将这些青丝和我一块儿火化掉，骨灰交给我爹妈吧。身体发肤，受之父母，对他们也是一个交代哟。

这么说，其实有点儿过分，属于腹诽。

说了或许没人信，安妮的头发像吸血鬼，越拔越多，呈几何级数地增长。我想，这和一个人的遗传有关吧。安妮有一头浓密的长发，营养饱满，发质清爽，像天天刷了一遍清漆，上了光。

糟糕的是安妮在一家医院当护士，白大褂一穿，就得盘起秀发，戴上一顶瓦片样的帽子，再别上几枚发卡，敛起无尽春色。这影响了安妮的心情，也是职业性的欠缺，二者不可兼得也。每次，屏幕里出现一百年润发的广告时，我就为安妮鸣冤叫屈，说一些彼可取而代之的话，哄骗她高兴。再瞧她在客厅里旋身几遭，长发若一阵飘荡的黑烟，久久不散。有一回，我碰巧见到了刘德华他们公司的女助理，心里试探着，想将安妮作为"发模"推荐出去。临了，自己打了退堂鼓。说给安妮听时，安妮不仅不曲意迎合，反倒挖苦我，问我是不是玩腻了，耍阴谋设计，想卑鄙地甩了她。我苦笑，一再赌咒说，以后只赞美她的青丝，决不做进一步的开发。即便她有个三长两短（该打），我也会违誓，将她遗留的那一束束秀发交给毛笔厂，做一杆小号拂尘，挂在我的书桌前，驱女邪，避情祸，日夜祷告，四季上香，当她还活在这个可贵的人世间，我将终身不娶。安妮扑哧笑了，拧住我的耳朵说，不对，我在天堂也会指定一个女人缠住你的，让你一辈子不得安生。——妇唱夫随，那以后，我也留起了头发，不是和安妮竞秀，纯粹懒惰所致。

看看表，安妮正在班上，此刻正是查房换药的时间，接不了电话。

未接号码里有制片的，我忙挂了过去。——景泰石林靠近宁夏中卫，北毗腾格里沙漠，南接绿洲，黄河像一条游龙似的潜卧其间，一路风尘仆仆，留下一处处鬼斧神工的地貌，原始，荒凉，可以随便折腾。近些年，银川张贤亮的镇北堡影视基地渐渐荒了，石林却火得不成。《神话》呀，《天下粮仓》呀，《大敦煌》（顺便自夸一下，这名字还是编剧老张向我借的，出自我青年时代的一本小诗集）呀；冯小刚呀，何平呀，张艺谋呀；大多在这里取景。我这个本子写唐朝的一伙儿刀客和马帮，让他们护送几大箱敦煌的佛经雕版，沿途打打杀杀地运往长安，进贡给皇帝老儿，谋取功名。制片和导演看中了石林，租了一辆八缸的越野去选景。临别时，制片絮叨说，一定要互动，互动知道么，就是根据前方的景点，该删的删，该添的添。反正都是你点点鼠标的事儿，费不了太多工夫。第一笔款尚未打齐，我不能怠工，只得吞下草，听命挤自己的奶水。果然，这家伙一开口便嚷嚷道："停下！赶紧停下来，人物得动一动了。"

我沮丧地说，"失身事小，失节乃大啊。"

"听我说，石林这地儿整个一原始社会的风景，焦山渴水，遍地赤野，戏又在八月的暑天里开场。你让一帮糙老爷们儿在漫漫长路上赶脚，晒得晕头八脑儿的，挺没劲的。干脆，你先写内讧吧，你让班头把金左手给杀了，来点儿血腥，刺激。"——金左手使刀，见血封喉，例不虚发。是戏里的一个要角儿，朝廷密探，身负使命打入了马帮，暗中护佑着几箱子财富。没了金左手，等于一场猝然中断的性事，两面不讨好。我怎能俯首帖耳，挥刀自宫？我想象得出，制片正甩着一嘴的大龅牙，名曰讨论，实则派活儿，"杀了！先给丫儿杀了，暗杀最好，让他们内部先人人自危起来，拉帮派，搞斗争。"

"破山中贼易，破心中贼，巨难。"

"一内讧，就有戏了。"

"黑泽明早写了，别罗生门呀。"

制片挺不待见我的咬文嚼字。他的原则就是编剧本像揉一团橡皮泥，该咋捏，完全掌控在他手里。臭老丫儿的。大龅牙说，

"反正不费吹灰之力，你点点鼠标，把金左手给灭了。要么，你让金左手把班头给灭了，抢班夺权，让他率领这哨人马，往长安城里赶。"

"老板，他本来就是大内密探，别掉链子哟。"

"王家安！"

"听着呢。"

"那，那你说咋办？一帮子糙老爷们儿拽着骆驼牵着马，懒洋洋地走在石林里，兔子懒得拉屎的地儿，赤日炎炎，不发生点儿啥的，观众不啐唾沫淹死你才怪呢。拜托，这可不是公路片，有速度，有风景，有岔路口，可以忽悠住。你得做一包猛料出来，喷人一鼻子一脸呀。"——靠！我接这单活儿时，就想写一帮古代浪荡汉子们的侠义心肠，他们为了一堆西土的佛经雕版，以命相搏、一诺千金的事。不说惊天地，至少也能泣一泣鬼神吧。现在就动刀子砍人，相当于抽了砖基，一座积木塔訇然倒下，势必就在眼前。这绝对属于非法拆迁。再说，先期的故事梗概就这么个路数，论证了，报批了，盖章了。此刻改弦易辙，恐怕迟了又迟吧。大龅牙还在举一反三，错着牙叫，像一辆重型挖掘机渐渐逼近，要拆迁我。我听出了一脑门子的疙瘩，连自焚的心都有了。"拜托了，王家安，你孙子不是号称王家卫失散多年的弟弟么，你就使你的如椽之笔，给丫儿金左手来个痛快的，一了百了。"

我妥协道，"别！还是让他们继续喘口气儿吧。干脆，设计一个雨夜，去投宿客栈，滞留他们几日。"

"龙门客栈？"

"去工商局，改改执照吧。"

大龅牙沉吟道，"咦！这是条捷径。对对对，让他们困在客栈里，下几天淫雨，下霉他们，再赶他们上路。你按你的思路弄，我不干涉艺术。"

艺术是个屁。艺术就是一块里脊肉，手起刀落，可以随便剁馅儿。

——我体无完肤，我口干舌燥，我在这座百合花宾馆内像一只困兽。当初签约时，我是带安妮一块儿去的，制片的饭局。合同只是个形式，填上名字，拿到第一笔定金，开工就是了。安妮知道我出息了，举止间登时妩媚起来，将胸器挺得老高，跃跃欲试，还不停地撩着头发。这怪不了她。我和安妮同居了一载有余，租住在五环外的一间顶层，与一个安徽妞儿合租，杂物房，临时改建的。夏季时，燠热难挨，安妮浑身是一层蟹红，刚出锅的样子；一入冬，安妮时时虾米在被窝里，让我焐脚。要命的是，安妮的单位距此处尚远，一东一西，单程得花两个多钟头。安妮喜欢坐在地铁上数地上的风景，喔，大望路过去了，呀，建国门过去了，啊，东单过去了，哦，天安门过去了，呵呵，军博也过去了……娘的，终于到了！安妮爱发知音体的感慨，常说，北京的夜晚啊，我站在顶楼上，何时能收回一双流浪的翅膀；或者说，与地铁相伴，我鼹鼠般黑暗的心，比眼睛明亮。有一次，我不小心走火，安妮去做了人流，条件之一便是改善居住环境。在安妮的撺掇下，我和她勘察了医院周边的大小中介，终于挑中了个一室一厅，砖混结构，陈年老宅，月租两千五，须预付一年。——安妮的喜悦是由衷的，频频给制片敬酒，后来又玩起了小蜜蜂，输多赢寡。制片说，女孩儿就别喝了，输了，我就摸一摸你的头发吧。安妮真把脑壳支了过去，左甩右甩，将一阵乌黑的浓烟，泻在大龅牙的指缝中间。

席间，我心明眼醉，瞧见制片的手，像一小股地主武装，盘踞在安妮的大腿上。安妮也佯装不知。后来，安妮去了一趟洗手间，说要补妆。制片也捂住肚子，连称尿急，疾疾而走。安妮很快回来了，搂着我说，老公，明天就给搬家公司打电话吧，我等不及了。我斩钉截铁道，今天就搬，当天吃的，当天就屙出来，决不过夜。大龅牙坐我对面时，我诧异地发现他鼻子破了，鼻血淌满了衣襟，状如蚯蚓。我问，怎么了，摔了？大龅牙舔舔嘴巴，道，不小心磕的，这酒有问题，一定有问题。安妮递去几张餐巾纸，一脸的坏笑。制片没接。事后，安妮也没帮着搬家，袖手一旁，兀自活动着手关节，伤得不轻。

绝对的草台班子。

当天晚上，我抱着安妮，在这套逼仄阴湿的房间里，持续了很久。我同安妮有异议。我说，隔山的金子，不如到手的铜，有一笔，算一笔吧。

唉，野鸡没名，草鞋没号，反正你做枪手的，来钱就行。

我嗔怪道，什么话！上次跟邹静之老、刘恒老，还有张国立他们一块儿吃涮羊肉，央了我好几回，我硬是没接那一单大活儿。我有自己的规则。

吹吧你！你的规则还能硬么？

怎么？

老公，安妮道，求求你，再潜我一回吧。

……撂下电话，我忙打开了笔记本，将几个关键词敲上去，备忘。大龅牙称，他和导演还得数天，才能走完黄河石林。我的时间充裕。他还说，等他回来时，希望能看见一篇清晰的大纲，在一座客栈里把戏给做足了。我想，我已被篡改。《放大》已播了一半，傻小子在那座阒寂的公园里寻觅，却始终没找见照片上的那一具死尸。我咯咯咯笑出声来，暗忖道，没了尸体的谋杀案，也类似于一场猝然中断的性事，评说两端了，像此刻的我。听见门口窸窸窣窣的响动，我按下了静音，果真听见一种啄木鸟叩树的声音。拉开门，我顿时失笑。——小东西像个小泥猴儿，除了牙白，浑身上下沾满了泥巴，腥气十足。

"叔叔，我来投奔你了。"小东西泥偶一般，怪瘆人的。

"嗨！快半夜了。"

"我丢了家里的钥匙，回不去。"

一把拽进门内，我搡他进了浴室，扔进了浴缸里。我举起蓬头，劈头盖脸地冲洗他，好像盗墓分子在冲洗一只刚挖掘出的青铜器。冲完了烂泥，又勒令他脱下衣服，光屁股站着，给他打了几遍浴液后，才算恢复了人样儿。"小东西，你咋摸到我这儿的，跟屁虫吧？"小东西弓起身子，钻进我撑开的浴袍里，缩作一团，蜷在了沙发上。"咦！原来我的书包在这儿呀。"他扑上去，有一番光溜溜的快意。

"小间谍，还没回答我呢。"

"别怪我，怪就怪匹诺曹吧。它在小卖铺关了好几天，发脾气，姐姐说要去河边遛狗，结果匹诺曹掉在水里了。我去救它，我也栽水里了。幸亏一个路过的叔叔把我给捞了出来。要不然，我妈会哭死的。"——小东西做了几下狗刨的泳姿，动作夸张，小团脸渐渐展开，有了血色。稍停，他的目光盯在了吧台上，跳将上去，将水果、碗装面、小点心、饼干什么的都揽在怀里，忙不迭地往嘴里塞。看他饿死鬼转世的模样，我哭笑不得，匆忙挂个电话，让客房部取走了一堆湿塌塌的衣服。特地加急，让赶紧洗净烘干了送来。小东西噎得直拔脖颈子，自己去倒了一杯果汁，又兑了凉白开，牛饮一气。我坐在地毯上，戏谑地看他。他只手护着小鸡鸡，腰弯成了一把折尺，臊红了脸。

"真羞！"

"才不羞呢，大人们也有。"

"我不是大人，是个陌生人。你就这么胆大，敢来找我？"

"你面善，不像个坏人。"小东西挺老练的，话也受用。

——原来，下午在河畔我给他掏钱时，房卡掉在了地上。他帮我捡起来，一下子记住了宾馆和房号。伸手不打上门人，况是一个稚童。恰恰相反，我对他夜半三更的叨扰，竟有点儿莫名的喜出望外。我曾经读过一部经。经上说，别辜负了投靠你的乞丐和孩童，那是我在试探你，那人，其实是我。一念若此，我便放松下来，启了瓶啤酒。刚搭嘴边，小东西竟然来碰杯，念叨了一句"切丝"。我不忍，又将浴袍裹在他身上，打开门端的冰箱，取出一罐可乐，交给他。小东西笑眯眯的，打了个嗝，环望一遭。"叔叔，你家里可真奢侈呀，太豪华了，像电视剧上的别野（墅）一样。"我及时纠正了这个词，发音给他听，念"shù"，不念"yě"。小东西道，"可语文老师就是这么念的呀，你比老师还聪明么？"我不好往下深入，逗乐说，"那，你们语文老师是二百五喽。"小东西诧异道，"你认识我们老师么？他不叫二百五，他叫齐柏午，整齐的齐，柏树的柏，中午的午。"我笑喷了，伸手挠了他的胳肢窝。小东西乐得倒在了沙发上，四脚朝天。

我说，"这不是叔叔的家，这是宾馆，出差住的。"我刚拈起烟，他急忙捧过来打火机，掌心里跳出一簇火苗，慢慢喂我。我说，"你跟我认识三天了，还没说过你家呢。你丢了钥匙，就不敢回家了？"

"叔叔，不谈这事儿，好不好？"

"也好！"我假装起身，拿起座机拨号，"我让服务生把你的衣服送来，给你钱打车，或者我直接送你回去，免得你爸妈操心，深更半夜在街上喊孟起凡回家吃饭。"我的话吓怕了他。他迅即努起了嘴，抽搐几下，生疑地盯视我。

"我有妈妈，但没家。"

我攥住了书包上的那枚铜片，想发火。——一个孩子的辩解，差不多像窗外的如渊夜色，令人莫辨真伪。

"我知道，你想问我爸爸。"机灵鬼，见我头上冒火，开始妥协，说，"可我爸爸去了美国。我三岁时，我爸爸去加州大学洛杉矶分校读博士了，从没回来过。他现在在一家跨国公司上班，每个月寄点儿'玛尼'，我的生活费嘛。"

我说，"那你该寄张照片给他，毕竟是爸爸嘛。"

"他有新太太了，新加坡人。"

"傻瓜！自己的妈妈在哪儿，家就在哪儿。"我有点儿乏力，也有些懵懂。我想，理屈词穷这个成语，多半是为我发明的。

"关键是——"呵呵，他耸了耸肩，居然用了"关键"这个词，来给我强调重要性。小东西眨着眼睛，像在课堂上回答提问，"关键是妈妈在哪儿，我也不知道。昨天还把钥匙给丢了。好几天了，妈妈都没来学校接过我。"

他哆嗦一下，很短暂。

忽然，小东西起身，赤条条地跨过沙发扶手，抱住了我的脑袋。小东西，叽里咕噜说了半天，我竟连一个字也没懂。我将他按在我腿上，揩了他的鼻涕，让他大胆讲。他搭在我耳朵上，诡秘地说："你先说保密！"

我举起右手，宣誓。

"我妈妈叫孟柯。我知道，她现在恋爱了，才不爱管我。"

什么话！我扳住他的胳膊，铅笔一样细的胳膊，想笑，却被他塌方似的表情制止了。我想，这或者是可能的，大人们的生活逻辑，要么是一包乱麻，千头万绪；要么则是一个神话，天方夜谭而已。当然不能与孩子道哉。——我捏了捏他的脸蛋，捏出一丝狰狞的笑纹来，哄他说："你个小鬼，你咋知道妈妈恋爱了？举例说明。"

"多了去了！"

"说说看。"

小东西眼底里的两小粒不明物质亮了亮，倏忽间，又灭了。他打了一个长长的哈欠，撇下我，偎在了沙发角落中，闷声不言。我彷徨起来，一时间举棋不定，不知该咋样处置他。我抛了抛瓶盖，心说，反面，就立刻送他回家，实在不行，或交给学校的门房，或推给派出所去处理，免得嫌疑。正面的话，我乐意赌一赌，将他抱在卧室的大床上，盖上棉被，送他入梦。

——正面！

我坦白，那一刻，我还真想再喝几瓶。起风了，我关了窗子，拉紧窗帘，也将电视关了。小东西在半梦半醒中磨牙，声音像一群小鼠，蹑手蹑脚地穿行在空气中。我的忐忑是多余的，小东西忽然愣怔地说："叔叔，你干脆爱一次我妈妈吧。她挺漂亮，你一定会喜欢上她的。"

我无语。

"你爱上我妈妈，她就不会这么不管我。"

"我想和你谈谈。不！是你儿子的事儿。"

"哦，现在不行。"

"他情况不妙，得送医院。你得把手头的事儿丢下。我在你单位门口。"

孟柯道，"谢谢你。不过没关系，他老是这样子。"

——我开门见山，先简略介绍了自己，又说了孟起凡的现状。她是孟起凡的妈妈，这没错。她也一口承认了。但她的态度匪夷所思，公事公办的口气。我再次强调了发烧的严重性，39℃，可别把脑子给烧坏了。还在线上，孟柯嗫嚅了一番，悄声道，"市长来检查工作，正开会，我在做记录。拜托你，先用冷水毛巾敷一敷他的额头，这法子对他最管用了。"她字正腔圆，一板一眼地教我如何如何，仿佛我在打一个求助电话。我火了，挂了线。

我逡巡了几圈，门口的武警冷眼相向，腰板挺得像一根标枪。我不得门而入。

黎明时，我一翻身，觉得自己掉在了泳池里，一下子被激醒了。小东西四仰八叉地躺着，早蹬掉了被子，尿了一床。也难怪，他昨晚报销了不少的果汁和可乐。半夜时，我在沙发上无法入睡，便斜在卧室床上，等于傍着一座微型水库。我抱起他，转送到沙发上，垫好了枕头，又盖上另一条毯子。我很消沉，睡意全无，坐在地上看胡蝶的《朝闻天下》。小东西仍在磨牙，将窗外的夜色，一寸寸地磨成齑粉，淌出豆浆色的天光来。后来，见他呼吸一阵阵急促，一摸额顶，才知道发了高烧。

楼外不远的操场上，陆续挤满了小学生，喇叭里开始响起运动操的乐曲。我不忍喊他，却也无计可施。见他的小脸蛋越来越垮，垮成了一摊，仿佛打破的鸡蛋，孵出一层异样的蟹红，让我想起夏夜里一丝不挂的安妮来。——我明白，这是高烧所致。忙跑到客房部，借了一支体温计，量了量。

我摇醒他，逼他喝下去一大杯凉白开，想尽量排排毒，让体温降下来。没准儿，第一堂课早开始了，老师在点他的名呢。孰料，小东西根本不以为然，松松垮垮地靠在扶手上，浅浅地坏笑。衣服已干洗好了，我扔在他怀里，催他赶紧起床，别迟到。这个小东西，忙用炭火般的手攥住我，不哀求，却喜兴四射地说，以往我发了烧，妈妈就会给老师请假，决不撵我去上学的。

你妈妈在哪儿？我也想知道。

小东西道，叔叔，求一下你行么。你要是爱上了我妈妈，她就要听你的，来和你一块儿照顾我。我妈妈可漂亮了，说不定你也认识的，她像一个人。

像谁呀？

汤唯！

我瞠目结舌，手停在了半空中，没扇在他脑袋上。我问，小东西，你还知道汤唯呀，你知道汤唯是做什么的么？

喏！

小东西侧转身子，从茶几上的一堆碟片里，拿起了《色·戒》，眯缝起眼睛，似乎一肚子的鬼秘密。碟片没启封，汤唯和梁朝伟的剧情照赫然其上，有碍观瞻，少儿不宜。我情急之下抢过来，掰成两半，扔进了垃圾筒。我的恶毒眼神并未吓退他。小东西舌头一弹，懒洋洋地说，别骗人，你其实是个导演。说不定呀，汤唯是你的演员。

你还知道什么？

小东西道，妈妈来开家长会，连女巫婆和老师们都说，妈妈简直和汤唯是一个模子里倒出来的，姊妹俩。不过，我才不稀罕什么破汤唯呢，我妈妈比她漂亮八百倍。叔叔，等你见了我妈妈，你就相信了。

我现在就相信。她在哪儿？

——我的乏力感开始了，从脚踝一厘米一厘米地往上升，通体弥漫，但绝不是睡眠不足的缘故。我不再理他，下楼买了退烧药，催他服下。小东西吃了药，又昏昏沉沉地睡着了。春晖小学的铃声响起了，明摆着，小东西缺了堂。那一刻，我对自己也心生疑惑，不知哪根线搭错了。脑子如一台坏掉的稳压器，蜂鸣不止。我按照铜片上的号码，试探着给孟柯挂了电话，每次都是"不方便接听"。于是，我按小东西提供的线索，直接打车找到了她的单位，却碰了一鼻子冷灰。

我站在路边拦车，心里思忖，等中午小东西的病情稍好后，我干脆送他进学校，交给班主任得了。——非亲非故，我干嘛狗揽八泡屎，多此一举呢。就在这时，孟柯发来一则短信：请在单位对面拐角处的茶楼等我，半小时后，咱们面议。我有点儿恶心，怒目金刚地给她回复了一条：一刻钟内！否则，你就收尸吧。

喝败了一杯茶，我的耐心终于少了起来。

二十四小时营业的茶楼，一地的果皮纸屑和散落的扑克牌。服务生正趴在桌上打呼噜，连空气也锈迹斑斑，带着宿醉与茫然。刚走了一拨玩通宵的客人。我不知和黑夜一起遁形的这伙人是谁，也无心去猜。反正，他妈的我没喝过如此早的茶，没干过这么蠢的事。我冲了一杯水，啐着茶梗，肚子里翻江倒海一般。此刻，我不想让人打扰，安妮却见缝插针。

"王家安，检查写好了么？"

我道，"保重吧！你刚下夜班，又来查这边的岗。"

"少嬉皮笑脸的，问你话呢。"我猜，安妮刚进家，连鞋也懒得脱，径直栽在了床上，却扑了个空。往常，我就是这么被扑醒的。安妮说，"咋样，小姐的服务到位么，爽不爽？我建议，多给人一点儿小费，谁都不容易，挺难的。"——茶楼的音箱好像破了，萦回着一种喜洋洋的背景音乐，这和我的作息时间严重不符。我撒谎道，"刚从黄河边跑步回来，神清气爽呀。"

安妮问，"下雨了？"

"你咋知道？下了，毛毛雨，忒凉爽。"我不由自主地探身窗外，见天空如一座高炉，泼下炽烈的炭火，晃得人头晕。茶楼隔壁挂着一块巨大的广告牌，全聚德。一种油腻腻的气息掠过，更晕。安妮道，"天气预报说的。怪了，你出差到哪儿，我就特关注那个城市的天气。"——我暗忖，天气预报也是狗娘养的，公然在天空做假。

"妮儿，你要来就好了，我可以和你一起在黄河边散步，在毛毛雨中。"

"晚了！"

我觉得这话突兀，精神消极。

安妮道，"真的，一切都太晚了。我怀疑自己现在还有没有浪漫的能力，还敢不敢在雨中去散步，去疯一把。扩大点儿说，我还怀疑自己会不会爱，去爱人，去爱陌生人。我觉得，我的这个功能像一截儿阑尾，也快退化光了。"

"我没踩你呀。"

"对呀，我正惶惑呢。你谁呀，是我的谁？"

当代中国最具实力中青年作家书系

——这个早上乱象丛生，千头百绪，令我揣了一肚子乱麻似的。安妮的口气渐渐低沉下来，絮叨不止，总之不明白她在嘀咕些什么。我赶忙忏悔，说昨天之所以没接电话，是忘了带手机，云云。孰料，安妮根本不顾及我的辩词，自顾自地低语着，鼻子抽吸，声音也湿了。我哄她，夜班真不是人上的，像慢性毒药，毁了女人的容颜不说，还会把脑子给搞坏掉，颠倒黑白。安妮嘤嘤地哭了出来，有一种轮胎慢撒气的拟音效果。

"我还在医院。我，我在卫生间跟你说话哪。"

我一惊，"你又给病人挂错水了？"

"错你个头！你闭嘴，最好听我说。今儿早上冯晓媛来接班，但我主动提议顶她一个白班。我想完完整整地过一个大白天，看看早上有多长，中午究竟有多热，我想看看人。我自愿的。"安妮擤了下鼻涕，从线上响亮地传过来，但轮胎撒气声依旧。我猜，这多半是落单的缘故，少了我，她游魂似的，自己打发自己。这也好。就在这时，安妮却哭了出来，很放肆地哭。——哭声像湍急的河水。安妮又说，"你没见到他，你要是看见那个老头儿的话，你一定会同意我说的。"

"谁惹了你？"

"其实，我挺后悔的。当初我回家奔丧，看见妈妈被推进了火化室，我愣是没哭出声来，即便心里悲哀，悲哀到了世界末日。我还天真地以为，不哭出来才是真实的，才最悲哀呢。我连那么一次哭的机会，都给错过了，真可怜。"——半年前，安妮回了一趟山东，料理母亲的后事。那天，我去西客站接她。她扭扭捏捏地出来，将行李掷在我身上，大庭广众之下跳到我背上。现在，安妮却将哭当成了一种奢侈的权利，布道一般，听得我一脑门子的疙瘩。她说，"哭多好呀，哭才灿烂，哭才让一个人生动起来。"

我哑然。

"你在听么？哦！"——似乎来了人，安妮收敛起来，但语气低沉，"大概，后半夜吧，急救车送来了一位老太太，比祖母还老的老太太，一头银发。我值班，恰巧安排在我的病房，我按常规做完了一切。那个老头儿，也一脸的枯树皮，在走廊里堵住我，一个劲儿地询问病情，问有没有救了。当然，我要安慰他。老头儿握着拳，一直在砸自己的太阳穴，自责说，老太太去起夜，晕倒在了卫生间里。约莫有三个钟头，就那么躺在水泥地上，没被发现。老头儿嘀咕说，怪我，全都怪我，本来当天是老太太的生日，晚餐时，他贪了杯，结果睡得昏昏沉沉，连一点儿响动都没察觉，硬是给耽搁了。"——我面前的那杯茶继续败下去。败到了尽头时，一枚枚叶片会竖立起来，踮着脚尖，荡来荡去。安妮说，"几次去换药，我看见老头儿坐在小马扎上，偷偷地哭，不敢出声。我不会阻止他，病人家属都这个心情，谁都会遇上这个坎儿的。"

我续了一杯温水，让茶叶继续跳舞。

"有一回，我进了病房，看见老头儿搓完掌心，热热地敷在老太太的双颊上。小心翼翼，搓了有许多遍，边搓，边流眼泪。老太太凉透了，体征特弱，能不能救活还是两说。等我再进去时，忽然发现老头儿趴在床尾，一动不动。我喊了几声，没能叫醒他。家安，这事儿发生过，一方垂危了，另一方也没了指望。于是自行了断，用尽各种办法。生同衾，死同穴。我以前只听说过，可没见过。我慌了，又搡了搡他，原来他睡死了。迷迷瞪瞪醒来时，我才知道他解开了扣子，将老太太的一双小脚塞进了怀里，一直在煨。

"好让人心疼的一双袖珍小脚啊。像老玉，老得有好些个年头了。

"……天亮了，老头儿的子女们纷纷赶过来，想替换一下他，连拽带拉，让他回家去歇歇。老头儿没什么顾忌，照样在子女们跟前哭，哭得像个三岁的孩子，一把鼻涕一把眼泪的。也难怪，一场夫妻活下来，总会有一个人抬脚先走。那一脚，谁也不忍心迈。我一旁帮腔说，您回去吧，我会尽心照顾您太太的。

"一下子，老头儿给愣住了。

"愣了愣，他居然笑了一下，很短，很顽皮。

"老头儿说，错啦，错大发啦！她不是我老伴儿，躺床上的这位神仙奶奶，这位老祖宗，是我妈妈。我是他儿子，整七十一岁的儿子。家安，我窘死了，我不知该怎么道歉。老头儿忽然捂住我的嘴，说闺女，什么也甭说，听我说。你给好好地救一救老太太吧，我求你了，我不想当一个没娘的孤儿。

"他号啕说，他不想做一个孤儿。

"——真的！家安你听听，他四世同堂吧，他竟然当着一屋子子女的面，膝盖一软，想跪下求我。他哭得特厉害，生离死别的那种。子女们劝他，我也拽住他，央求他别那样，可他还是哭。他说，他不想做一个孤儿。"

安妮道，"他是孤儿么？我当时想，没了老太太，他可不就是嘛。

"我也是孤儿。

"事实上，谁都是孤儿。我是，王家安你也是，大家都是。只不过，一个人冷了，去爱另一个人，想烤烤火，煨煨脚，怕给冻死，才感觉不到自己其实是个孤儿。"安妮吸着鼻子，低声道，"所以，我顶了冯晓媛的班，我想看着老太太自个儿活过来，吃上一口饭，说上一句话，别让她儿子失望。"

我心里很软，想安慰她。我说，"妮儿，那你的头发咋办？你老毛病了，天天早上要洗一下的，医院不方便吧。"

"它们白了该多好呀！"

"会白的。"

"喂，家安，你真想不出老太太的白发多漂亮，一捧雪似的，不会融化掉。老头儿也是。现在，他还守在病房门口，寸步不离。"安妮唠叨说。线上传来冲厕所的声音。"你继续写吧，不打扰了。我该去换药了。"我挂了线，拍了拍桌子，喊道，"换茶！来一杯铁观音。"

该怎样形容孟柯呢，我想，还是使用比喻吧。虽然比喻大多很烂俗，这里不妨再用一次。她坐了下来，一双多汁的小腿修长生动，简直无可挑剔。我觉得她很像一块高级的瑞士腕表，有一套自己的系统，精准，优雅，气质不凡。她坐得很端庄，职业裙装，小翻领，手抚在膝头上。——没错，她应该是孟柯，比汤唯还像汤唯的孟柯。

"这事儿必须了结，就现在。"她说。

我说，"是呀，就现在。"

"我反复说过几次了，哀求过，道过歉，也想给一些赔偿。但你们出尔反尔，现在竟然食言，干出这样下三滥的事。"她突然发难，游丝乱了似的，有一种隐秘的咆哮。"我孩子是无辜的。他还小。他才上小学，成绩也蛮好。他和这件事没关系，太没关系了。

当代中国最具实力中青年作家书系

这事儿必须了结，就现在。"她说。

"拜托，别用在单位的口气说话。"

"我自己来的，没别人。"她说道。

——我晕菜了。听她不动声色的威胁，字正腔圆的发音，不知她唱的是哪一出。她换了个姿势，跷起二郎腿，冷硬地逼视着我。"你单位门口有武警战士，你应该喊过来一个排，叫大家给评评理。"我说。孟柯鄙夷地哼了一声，头发甩了甩，一脸的不屑。

"我遵守诺言，没报警，连报警的念头都没有过。我发誓。"她说道。

我说，"那我来拨110。"

"你们也要守承诺，别让我看不起。"她说道。孟柯从包里取出一块纸巾，擦了擦手心。能看出来，她的手心里沁出了很多汗，额头上也是，连脖颈里也密密地孵了一层。她团起湿纸巾，搁在桌子一角。"当初解决这事儿时，你们也答应了，绝不报警。我信任你们。毕竟，你们是男人，该一诺千金吧。"

"喂，你是叫孟柯么？"我问。

"当然！"

"小东西，不，孟起凡是你儿子吧？"

她抽了抽嘴角，"是的。"

"他现在高烧不退，连学校也没去，旷了课。我早上量过他体温，39℃，我怕把他的脑子给烧坏了。"我猜，她压根儿就没打算听进去，对孩子现下的处境也很漠然。我说，"女士，你得去瞧瞧。孟起凡是你儿子，可不是我大爷，轮不上我去求医问诊。"这一刻，我嗓子快哑了，带着祈求。

孟柯道，"你新手吧。干这行多久了？"

我无语。

"看得出来，你才入这一行当，新手。那好，我奉劝你一句。"

我恼怒道，"是你儿子找到我的。"

"那好，长话短说。反正，孩子在你手上，你们开个条件吧。"孟柯一把拽过包，窝在怀里，像抱着一种来历不明的信心。"但丑话说在前头，我的事儿是一码，孩子的事儿是另一码，你要挟不了我。要是我儿子有个三长两短的话，我也不怕身败名裂，我警告你们。"

说这话时，她的指甲皮掐了一下胳膊上的肉，像在鼓舞自己。

——我的头肿了一圈。我想起那天下午，在黄河边听到的一句秦腔唱词，估计是本地的俗语吧。大意是：我说的是东门上的楼子，你说的是西门上的猴子。两岔了，我猜。谁都知道，好男不和女斗，面对一位神经兮兮、心怀偏见的女人，最妥当的法子，乃是避其锋芒。我说了声对不起，径直钻进了洗手间，将积攒了一夜的宿酒和陈尿排空，心里蓦地升起一种深沉的虚无感。心里连连哀告说，何苦来哉，何苦来哉。

我捧起水，净了面，才发现镜子里的自己仓皇，狼狈，脸色茫然。

我在外地一般都丢三落四，对自己网开一面，得过且过。忘了给飞利浦充电，下巴上的胡茬儿繁茂如草，像一只用旧的猪鬃板刷。要命的是脖子上的长发，满是锈色，油腻不堪。安妮是个干净人儿，挺不待见我的这种邋遢相。安妮说过，别以为长发的就是艺术家，动物园的狮子毛发也挺长的，孔雀还顶着几根彩色的翎子呢。安妮又说，你看人家外国男人的长发，小贝，《燃情岁月》里的老二布拉德·皮特，丝是丝缕是缕的，干干净净，飘飘洒洒。这说明一个问题，中国不缺水，缺的是一种素质。那以后，安妮也催逼我天天洗头，挠起满头的泡沫，仿佛一门课业。——我趴在龙头下，美美地搓了几把，使了台子上的洗手液。

"咋样，合计好了吧。"孟柯冷然问。

我说，"不懂你的意思。"

"别装蒜了。说合计，是给你一个台阶下。说不好听，你是去密谋了。"孟柯粉颈拔得老高，恢复了瑞士腕表的那种精准劲儿。我头发湿奔奔地，坐在她跟前，一副破败相。"你老大怎么说？电话沟通好了吧，我听着呢。"孟柯下巴扬得很高，像仙鹤的样子，将包上的拉链划过来，划过去。我觉得自己被那条拉链夹住了，哑口无言。孟柯说，"小弟不好当。你老大训你了吧？"

"我老大谁呀？"

"划不来！再说了，也挣不了几个小钱嘛。"

我哀求道，"姐姐，拜托了。"

"快点儿吧，我还有个会，不能不参加。"

"是这样！我从北京来，是一家影视公司的，双手沾满了万恶的墨水。来这里出差，赶一部戏。"我想，我应该理一理思路，将自己和盘托出才是。"小东西，不，你儿子孟起凡和我是忘年交，在学校门口认识了。他丢了家里的钥匙。你一直在加班，也没去接他。他在我房间借宿了一夜，着了凉，在发高烧。我是来通知你的，别无目的。"

孟柯道，"有点儿拙劣。是不是？"

"这是事实。"

——她抬了抬屁股，意欲走人的架势。转瞬间，她又坐了下来，只为了不弄皱她的裙装。然后，她细细地端详我，眼睛眨得像瑞士腕表的指针，分秒不差。我想为她点一杯茶，再开诚布公地谈一谈，却被她拒绝了。孟柯道，"人质在你们手上。你们当然有一大套的说辞。"

"我和谁呀？"

"现在，身份变了。先前你们是合法商人，但现在成了绑匪。"孟柯道，"知道绑架坐几年牢么？告诉你，要是我儿子受了伤，只一点点伤，"她扳起手指，用指甲皮形容了一下大小，"起码，你在号子里要蹲几年的。别忘了，还有上限，上限是死刑。我希望你能理智一些。"

"我在帮你，帮你儿子，姐姐。"

"我奉劝你，别再执迷不悟了。你被你老大洗了脑，受了他的蛊惑。"孟柯很执拗，手势频仍，一点儿不容我插嘴辩解，"你把儿子交给我，咱们私了吧。说不定，我会给你一笔钱的。"

"你别策反了，我是在帮你。"

"你的短信还在，"孟柯忽然摸出一只红色的诺基亚，调出来，支在我眼前，"要不要看看？你刚才还威胁我，要我收什么来着？"

"那是气话。"

"哼，你老大派你来，和我谈判的吧？"

我忽然笑了，说，"你真像那个王佳芝，但我不是易先生。"

"你是说汤唯么？"

"你儿子这么描述你的，说你就是汤唯，一个模子里倒出来的。你儿子是我小朋友，聊得很好。他还说，连女巫婆和老师们也这么讲你，女巫婆是他的班主任，这你知道。"她一惊，表情有了缓和的样子。我觉得这是个契机，忙道，"不过，孟起凡还说，你比汤唯要漂亮八百倍。"——这不是戏，我没背台词，我也无心

当代中国最具实力中青年作家书系

继续下去。

孟柯一瞬间赧然，"儿子是这么讲过。"

"他有一条小狗，叫匹诺曹。"

"不！"孟柯断然道，"我讨厌宠物，更不会在家里养狗的。儿子以前央求过，但我始终也没答应。"

我又说，"昨晚上，我还给他冲了澡。你听听看。他的右半拉屁股上有一块青斑，巴掌大，八成像古代说的那种貔貅。貔貅，是一种辟邪的动物，特吉祥（书上读来的，特唬人）。他的肚脐旁有一颗痦子，草莓色，米粒大小。另外，对了，他头顶上有两个旋儿，上下排列。"

"这不难掌握。"

"他的作业本上全是红'√'。课本封皮撕破了，粘了几条胶布，估计是你补的吧。对了，他的袜子也穿破了，塞进书包里，臭不可闻。他喜欢吃薯片。他还有尿床的习惯，昨晚上一泡尿浇醒了我。够不够？"我怒目金刚起来，想赶紧了结了这桩破事儿，抽身出门。我翻脸说，"女士，不是我讲的够不够多，是你做母亲够不够格的问题。这是原则，不能混淆。"

孟柯抽起了嘴角，脖子弯了下去，仿佛天鹅的颈子。

"你不要儿子，那好，我直接送派出所。"

"别这样。"

她哀求。

"好心当成了驴肝肺，真是的。"

"请千万别这样说，拜托了。我，我和你们老大是有约定的。"孟柯说。

我惶惑道，"姐姐，我只是个过客，孤家寡人一个。我叫王家安，名正言顺地住在百合花宾馆里。我有我的工作。但现在，我被你和你儿子给绑架了，生活乱成了一锅粥。我没别的法子。我不是绑匪，也不要一分钱的赎金。"

"我能跟儿子通个电话吧。"

孟柯伸出手，乞怜似的，喉咙里也发出了悲切声。——他妈的，我真犯浑，只顾着自己絮絮叨叨过嘴瘾，忘了快刀斩乱麻，让她直接和小东西说话了。孟柯嘟哝说，"儿子要是还好好的，我就答应你们的条件。"

"无条件。"

"请别这样啊。我很抱歉，刚才冒犯了你。"事已至此，她还保持着一种 Office Lady 的小小矜持，恰到好处地说话，拿捏分寸地含胸。"请让我和孩子说句话，了解一下他的处境。拜托了。"

——我将电话挂给宾馆总机，转接到了房间。房间有两部座机，一个客厅，一个卧室。我猜，此时一定会铃声大作，小东西保准儿会爬起来接听的。但挂了数次，居然无人应答。为取得孟柯的信任，我让她用自己的机子打，结果一致。我尴尬地红了脸，不敢对视她的眼神。

"打给学校吧。你问问女巫婆，他是不是去上课了。"

孟柯道，"不行。这事儿和学校没丁点儿关系，我不想让太多的人知道。"

"烧糊涂了，一定是这样的。"

孟柯道，"孩子都很皮，装不出病。不过，他以前的确没烧过39℃这么高。我记得，还在他小时候，三岁吧，倒是有过一回。"

"在他爸爸去洛杉矶读博士前？"

"你说什么？"

“我知道。”

“你，你这是在恐吓。”

孟柯的目光霎时一散，若一枚磕破的蛋，锋芒不再。头也深埋下，空虚地停顿了一阵儿。我像个救援队员，信心满满，等着她全面垮塌、彻底崩溃的一刻。甚至，我还蹩脚地暗自设计，她会夸张地当庭下跪，弄乱衣服，披头散发，露出一个女人寻死觅活的泼辣劲儿来。孰料，孟柯摸出一只化妆盒，猛地扬起脸来，对着小镜子开始补妆。描完了嘴唇，又给腮上扑了扑粉，双唇一抿。孟柯招了招手，递给服务生一张百元的钞票，淡然地说，“谢谢你，不用找零了。”在她腾身站起时，还不忘将桌角上的一块脏纸巾捏在手里，料理后事似的。孟柯说，“谢谢你。你虽是个新手，却无江湖匪气。”

我无语。

“对了，告诉你老大，我答应他，愿意跟他合作。条件是，他必须在晚上八点之前，放了我儿子。晚上招待会一结束，我必须见到儿子。”孟柯起身，恢复了机关里那种一成不变的姿态，高高挑挑地站着，双腿如并拢的铅笔般笔直。她说，“对不起，我得去开一个要紧的会。我分身乏术，得去汇报工作，没办法。”

她耸了耸肩。小翻领里的锁骨，仿佛两尾深嵌下去的青鱼的背脊。一切，真像没办法的样子，随着她高跟鞋的笃笃声，湮灭在了门外。

我木然地趴在窗口，脑子一团糨糊。

该死的女人，算你狠！我走投无路般地咒骂她，也有恨不能将自己五马分尸的懊恼。仿佛好莱坞的某些肥皂剧一样，我和她似乎在谈抚养费、监护权的问题。谈崩了，一方拖上了油瓶，另一方负气而走，只好法庭上见。——何苦来哉。我觉得我被莫须有了，我想退出这个无聊的游戏，恢复我本来的自由身。这时，我才发现孟柯在哭。

——她一手挎着包，一手捂住嘴巴，抽泣着，斜穿过车水马龙的长街，往对过的机关大院里走去。光线太强，这不是拍片的最佳时间，也没哪个傻×导演会这么差劲儿。孟柯的步态也挺汤唯的，除了没有故事中的一袭旗袍，她完全像在赴易先生的约会途中，颓丧地走在十里洋场。只不过，易先生是谁，我无从得知。

我心说，她在哭，她居然还会哭？

打车到了百合花宾馆门口，付完钱，迎面碰上了春晖小学的女巫婆。她勾着头，拎了一大袋子的中药，颤颤而去，显然是提前离校。我有些冲动，想喊住她，问一问孟起凡同学的情况。刚举步，想法却转瞬熄灭。我从女巫婆的脸上，看出了一种旷日持久的浮肿，心说，不是糖尿病，一定就是肾衰竭。日光很好，附近的居民们像一本本打开的书，各念各的经文，各怀各的心事。

此时，制片又挂来了电话。

大龅牙未及开口，兀自狂笑了一阵儿，中了头彩似的。大龅牙道，"家安，哎呀好哥们儿，我有预感，这部戏绝对能冲进'亿元俱乐部'，想印多少钞票，就印多少吧。天下之大，别光让小刚、凯歌和老谋子他们玩儿，特腻。咱不但要给丫儿卸了磨，还得抓紧杀了这群驴，我等要粉墨登场一回。"我不明白他喜从何来。大龅牙说，"家安呀，我今世投胎，遇上你这么一个好哥们儿，真三生有幸了。我现在撮土为香，天空当幔，大地作帐，烧你一炷高香吧。我瘆得慌。"我说，"你这是同志的信任呢？还是即将作别清贫的祖国，一个人驾鹤西游，永不转世？"

"陷了！"

"什么？"

"他妈的！车子陷沙窝里了，满目皆是唐朝的风景，一派荒凉。"他道。

原来，制片和导演凌晨出了门，摸到了腾格里沙漠一带选景。不小心，八缸的越野陷了进去。沙漠是个大小通吃的玩意儿。它八辈子坐庄，你越挣扎，陷得越深。没了辙，制片忙叫雇来的司机和导演徒步去县城，买一些铁锹、麻袋片和草席子，欲将车顺出来。实在不行，就雇几辆农民的手扶拖拉机前来驰援。人走了约莫一个钟头，制片坐在车顶上，举目四望，天玄地黄，发一发感慨也在情理之中。我问，"离县城有多远？"大龅牙呵呵一乐，"百八十公里吧，路上没碰见半拉活的，真是山高皇帝远，兔子不拉屎啊。"我说，"走到天黑，估计唐朝街上的那些小商小贩们早就打了烊，问城管也没用，城管也下班了。"大龅牙说，"这样也好，让老铁走，暴走一遭，才有体验，才会把戏导精彩嘛。"

老铁指的是导演。

"家安，不能再赞美了。再赞的话，我的牙会甜掉的。"线上传来呼啦呼啦的风声，仿佛时光隧道，令我恍惚看见了一片戏中的风景，很确切。制片说，"旷世奇景，就像为你的本子天造地设的一般。肯定火，你不火不答应。你要不火，绝对是天要诛你、地也要灭你个丫挺的。"——我肤浅，我经不起怂恿。我想，我也会像希区柯克，在镜头中闪一把，手搭凉棚，瞭望一队古代的马帮，穿行在漠漠无涯的烟尘古道上。制片说，"别写淫雨了。这地儿太旱，火星表面一样，消防车也不好请。家安，干脆来一场沙尘暴，在客栈里困死英雄好汉们。"

我说，"这容易，让鼓风机吹，沙子免费嘛。"

"另外，金左手不能灭。你有道理，人家好歹是一大内高手，皇上的带刀侍卫，肯定有级别和待遇，千万不能给横死了。还是给戏里留点儿包袱吧。"大龅牙道，"你给设计一位老板娘，别卖人肉包子，卖风骚吧。"

"张曼玉？"

"丫儿过时了。"

"愿闻其详。"

"你吧，就照着杜拉拉写，弄一唐朝的职场，让丫儿在客栈和一帮子糙爷们儿死磕，玩感情，玩死一个算一个。对，这样才出戏。"我猜，大龅牙坐在车顶上，一定让风吹痛了脑袋瓜。大龅牙说，"把客栈弄成一职场，室内剧，还省不少的钱呢。"声音乐陶陶的，中了风似的。

我沮丧透顶，"拜托，这本来是个纯爷们儿的戏，不能拧巴了，注水鸡呀。"

"废话太多你。"

"干脆，你送我一根绳子，勒死我得了。"

大龅牙痴呆呆地说，"勒死你，我那算是为民除害，清除视觉污染，净化银屏。你呀，你一个双手沾满墨水的反动小文人，勒死你还劳累人民法院，白白浪费了纳税人的血汗钱。亲爱的，乖，你得洗心革面，沐浴焚香，请出一位貌似观音娘娘，骨子里却风骚浪荡的老板娘来，来个高潮吧。世界上最怕的，就是'高潮'二字。人如此，戏犹如此。"大龅牙话痨，喋喋不休。"我呀，打算请一线的女星，那谁，谁和谁，还有谁。不是吹，我门儿清，不差钱，扔下一张万事达，金卡，先让她们陪我吃饭，再嗨一夜，没搞不定的道理。"

——我钻进电梯里，信号顿显微弱。刚来了一帮外国的游客，挤成了沙丁鱼罐头。大龅牙一息尚存，我挣扎着出来，他还在猁猁。我说，"革命不是请客吃饭。你说吧，你人肉好了哪个一线女星，我就照她的样儿写，写成天下第一客栈之老板娘，绝对头牌。"

"曼玉不行。艺术么，最怕重复，也怕她还在龙门县的那家小客栈里惨淡经营，勉强度日呢。"大龅牙沉吟道，"改小怡，行么？"

"麻烦缠身，人气直降。"

"那小薇呢？"

我说，"生了，奶孩子哪。"

"小迅怎么样？"

"当丫鬟可以，上不了厅堂。"

大龅牙忽然哑了火。线上传过一阵电流声。我催问了几遍。大龅牙方神秘地说，"嘘！一队大雁，刚擦着我的头顶，飞了过去。特质感，特浪漫，特唐朝，是不是？"我心说，真是林子大了，什么鸟都有啊。大龅牙又追过来，慨然道，"同志啊，你要信我，信我像信春哥那样。看见雁横西天，碧血黄沙，这事儿成了一半。再出来一位风骚女郎，搅得周天寒彻，旌旗漫卷，这事儿就准成了。放开写吧，亲爱的。"

收了线，我刚摸出门卡。门自己开了。一只狗追出来，像狼崽子。

我顿时石化。

先发憷，脑子里缺氧，几近于昏厥。等睁开眼后，才发觉脚下的小狗在舔我，左一口，右一口，比我儿子还疼我。小东西开完门，早仰躺在沙发上，举着半截香肠，自己叼了一口，又喂给匹诺曹。房间内已被大闹天宫，就算我是现世的如来佛，我也不能把忍耐当品质。我俗。我修行不够。我冲上前去，揪住小东西的耳朵，刚想动粗，又感觉自己抓住了一块烧红的烙铁。小东西脸色潮红，嘴皮皲裂，额顶上罩了一层白雾。我馁了，甩了甩温度计，夹在他的胳肢窝下，叫他规矩一点儿。

他倒是老实了，不知道我的愠怒，继续喝果汁。还跷起二郎腿，盯着屏幕上的动画片，呵呵哈哈的。但匹诺曹隔世为犬，无法沟通，一忽儿钻在沙发下，一忽儿跳上茶几。我嗓子里咆哮了几声，竟也奈何不了这位神仙。——不是公牛闯进了瓷器店，简直是一座垃圾收购站，满目狼藉。我像一本撕掉了封皮的通俗杂志，被塞进麻包里，等着过磅、分拣、入池、化浆、成纸，再印刷上一篇狗屁不通的文字，无人问津。我心慌起来，蹲在地上，捡起一张张碟片，吹灰。

安妮的短信：家安，老太太醒了。

答复：真好！

回复：很短。一，二，三，顶多三分钟。

答复：加把劲儿！

回复：她还笑了一声。

答复：：）（高兴）

回复：不关心我？

答复：在码字。

回复：顺利么？

答复：正点。

回复：劳逸结合。遇上靓妹，吃饭喝酒允许，但不能手脚不净。

答复：：（（难过）

回复：吻一个。

——小东西有眼色，见我沉默地玩手机，知道恐怕不妙。我没注意他将温度计插过热水杯，待他巴兮兮地递给我时，40℃，我惊了一大跳。再伸手摸他的额头，却又不太像。我狐疑，心里拉锯，竟一时进退两难。小东西忽然拽住我，委屈地说，"叔叔，我知道，你现在特想把我扔出去，扔得远远的。"

我无语。

"我先申明，我犯了错。申明的人有权利说话，要求你不许生气。"小东西欲和我拉钩，我撇开。他说，"叔叔，我把一瓶矿泉水泼在床上了，呵呵。这样，服务员发现不了我尿了床，也就不会给你罚款。"

"小弟，你跟谁学的？"

"经常干。"

我苦笑一番。

"大尿冲了龙王庙，可咱们至少还是一家人嘛。我觉得你信任我，我就干了，不想连累你。"小东西甜滋滋地说话，嗓音压低，怕隔墙有耳似的。匹诺曹是一只活泼的卷毛杂种，臭烘烘的，身上一定养了虱子。我紧躲不及，它却一个劲地来嗅我。黏糊糊的唾液沾在脚上，令我时时有即将毒发身亡的不祥之感。小东西呵斥道，"匹诺曹，叫叔叔，给叔叔敬个礼。"——真个狗东西，像个机器玩偶一样，人立而起，前肢并拢，汪汪了几声。

"喂，这是五星级饭店，严禁宠物入内的。"

小东西说，"没关系。我用书包背进来的，谁也没发现。门锁了。我让服务员开的门。我说我是你儿子，我爸去办事了。

嘘——"

"当然，这也不算什么错。"

"我还给女巫婆打了电话，说我病了，病得很厉害，下不了床。"他老练地说，贼兮兮地笑，"我让女巫婆跟我妈妈说话。女巫婆说，算了算了，病了就休息吧。嘻嘻，挺管用的。"

"喂，你还撒过什么谎？"

"没撒过。"

"你根本没病。"

"我有病。"

我沉下脸，"早上是发过烧，但现在好多了。瞧瞧你，顺手就把温度计给我插在水杯里，撒谎撒惯了吧？"他涨红了脸，挤出一副要哭的样子，山雨欲来。我说，"先吃了药，睡一觉，再巩固一下。"

"你想攒我走？"

我提高了调门，"下午的课，必须去上。"

"今天周末。下午是体育课和班会，体育练跳绳，班会是打扫学校的厕所。我能不能不去呀？"小东西双掌合十，笑得很干巴，试图软化我。"叔叔，就让我陪一陪匹诺曹吧。明天礼拜六，后天礼拜天，我会见不着匹诺曹的。"

"你带回自己家去。"

"我妈妈特烦小动物。她的高跟鞋可尖了，非一脚踢死匹诺曹不可。"他说。这时，狗也在舔我，试图与我媾和。

我随口道，"那好呀。踢死的话，趁热剥了皮，撒上花椒大料，给你做一顿狗肉煲多好，连汤带肉的，挺营养。这样，匹诺曹就在你肚子里了，想分也分不开。"——话未讲完，小东西鼓起腮帮子，攮住拳头，愤愤地盯住我。光天化日之下，竟产生了一种磨牙的音效来，脸颊上还凸显出青筋的印子。或许，我潜意识里就想激怒他。激怒是第一步，接着下逐客令，驱而逐之，还我一个清静之地。我说，"三伏天吃狗肉，大补。你的个子会噌噌噌往上蹿，长过姚明。"

"算你狠！"他说。

我问，"怎么，你宁肯站在一只狗的立场上？"

"你敢动一动匹诺曹，我背上炸药包，炸了你全家。"他很坚决，举起拳头的样子，像某一段历史时期的宣传画。我存心逗他，又说了几句庖丁解牛的话，绘声绘色。小东西的眼角开始湿了，嘴角一抽一抽，说，"你还是个大人呢，你有没有人性呀。匹诺曹是个小狗狗，刚才还喊了你几声叔叔，你真狼心狗肺（在下恰巧属狗），叛徒，大坏蛋。不稀罕你，欺负一只小狗狗算什么。你有本事的话，去打日本鬼子呀，去开坦克、开飞机呀。"

匹诺曹灵光，心领神会，知道他在说自己。瞬时，它被他的情绪遥控了，对主子摇尾乞怜伸舌头，对我则怒目低吼，露出一嘴的牙齿。

——我的乏力感开始了。

我坐在地毯上，瞧他的气一点点地泄下去，又一寸寸地鼓起来。乏力是一种伸手不见五指的伟大感觉，等找见了，才发觉是打碎的牙齿。我提气，心里警告自己。我淘了热毛巾，替他揩了揩泪水。他挣了挣，后来驯顺了许多。我装出一副诲人不倦的样子，说，"孩子，你得待在课堂里，那里才是你的环境，才有你的欢乐。这，好比一条小金鱼一样，必须生活在水里。"我不喜欢艰涩，应该使用比喻，一目了然。我说，"在海洋里，有一条小金鱼在慢慢长大，但它始终也没见过水。水是什么，让它很头痛。于是，它去问妈妈，妈妈，水是什么呀，我怎么从来也没见过它。金鱼妈妈说，宝贝，你天天生活在水里，一秒钟都没离开过水。水是透明的，让你玩，让你呼吸，让你快快乐乐成长。小金鱼说，可我还是看不见它。妈妈带着小金鱼，跃出了水面，跳到空中。一瞬间，小金鱼差点儿给窒息了，翻了白眼。一落进水里，它又活了过来，知道了水是什么。"我讲得很认真，总结道，"对你来说，学校就是一片水，一座海洋。那里，才有孟起凡同学的快乐，你才会是一条漂亮的小金鱼。"该死的，他一直鄙夷地盯着我，似笑非笑，胜券在握一般。

"完了？"

我说，"当然，故事完了。"

"完了完了。这下，小金鱼被叔叔给搞死了。一条死鱼了。"小东西扬起双臂，苍天作证似的，摆了摆小脑瓜，说，"你其实特想撵我走，让我滚到学校里去，别再烦你。可你也不能违反科学常识，让小金鱼活在海水里呀。"

"怎么讲。"

"海，水，是，咸，的。小金鱼会齁死的。"

"童话知道么，童话就是我说什么，你理解什么，别那么世故。"我颓唐地说，"唉，算了算了，你鸠占鹊巢，没什么可讲的。"

"哼，这肯定不是一个好词，看你的脸就知道啦。"小东西得意洋洋的，又伸手与我拉钩。我的确沮丧死了，又不能拒绝一个孩子的请求，拉了。——我本是一架运转正常的机器，冷不丁撞上了这枚螺丝钉，卡死了我。小东西说，"叔叔，你猜猜。猜中的话，你就是司令官，我当士兵。"我顿了顿下巴。小东西道，"A 和 C

两个字母，谁的个子更高一点？"

鸡同鸭讲。

没等我回话，他抢先说，"AB（比）CD（低）。哈哈，你输了。"

"不行！中午十二点得退房，我要去机场。"我作势拽出了拉杆箱，将杂物往里塞，故意将旧机票扔在茶几上，态度明确。小东西颤巍巍地站起来，匹诺曹偎在他脚下，摇着尾巴在劝慰他。小东西忽然咆哮说，"大嗓门的怪物。"

我么？

"你还在得意呀，你得意什么，你是个大嗓门怪物。"

——脸尚未淹在泪水里，小东西的鼻孔中涌出了两条血龙，蜿蜒，渐粗，吹起了小泡泡。鼻子破了。鼻子像一盏红灯，勒令我停下来。我忙拿了纸巾和凉水，又是擦，又是敷的，好歹给止住了。血一流，小东西又有了强大的武器，瘫坐在沙发上，占山为王。匹诺曹踱过来，再来舔我的脚趾时，我恨不得立刻掐死它，抛尸窗外。这时，小东西慨然道，"我妈妈来电话，让我待在你这儿。"

我说，"撒谎，我刚见过你妈妈，谈崩了。她是个不负责任的母亲，铁石心肠，撇下你不管不顾，塞在一个陌生人怀里，也不怕你被狼给叼了。"我觉得那个叫孟柯的女人，真是一把优质的德国焊枪，将亲生儿子焊接在我身上，自己去做了逍遥神。细想之下，却又生出一丝丝疑窦。我说，"你妈妈打到房间了？她怎么对你讲的？"

"在这儿接的，喏！"小东西抬脚，示意了一下座机。"我妈妈说，让我尽量配合你，别惹你生气。我妈妈还说，长头发的叔叔面善，比较好说话。要是其他的人，那就难保了。"

"其他人指谁？"

"你同伙呀。"

我诧异道，"小子，你赶紧穿衣穿鞋，带上你这位巴儿爷，趁早给我滚远一点儿，别在我眼前晃悠。否则，我立马报警。"——疯了，不是这世界发疯，就是我脑子灌了水。"你来向我要钱，又不请自到，干扰我的生活。现在猪八戒倒打一耙，你居然伙着你妈，反倒给我栽赃，这不是佛头泼粪么。"

"我妈妈说，你是贾小鹏叔叔一伙儿的，故意来钓鱼。"

"钓什么？"

"钓我。"

"贾小鹏是谁呀？"

小东西说，"嘿嘿，你是真无知，还是装的。你连贾小鹏叔叔都不知道，混什么混。"小东西撇了撇嘴角，居高临下似的。——我预感到，一早上和孟柯不欢而散的谈话，这孩子失家后对我的纠缠，可能都起因于此。我稳住情绪，让小东西把话说完。"贾小鹏，就是开宝马的那个叔叔，我记住他的车牌了，尾数四个八。"他做了个"八"的手势，自得不已。我想，我必须洗清自己。我说，"甭管真的假的，小子。我的确不认识一个叫贾小鹏的家伙，我与他彻底无关。"

"他要挟我妈妈，一直。"

"要挟？"

"对呀。"小东西眯缝了眼，一派心知肚明的架势，晃着两条腿。匹诺曹爬上他的脚尖，像荡秋千一般。"叔叔，你是贾小鹏派来的，难道他没给你说清楚么？呵呵，看你的表情，就知道你还蒙在鼓里头呢。告诉你吧，贾小鹏叔叔手里有一个我妈妈的录影带，才来要挟我妈妈。"

当代中国最具实力中青年作家书系

我说，"录影带？"

"算碟吧。"

"录影带上有什么？"

"不关我的事。再说了，我妈妈不告诉我，她保密。"他的鼻孔里插了纸巾棒，干透了，猪鼻子插葱——装象（像）。"好几天晚上，贾小鹏叔叔跟踪我妈妈，还来过我家里，被我妈妈给轰出去了。真的！一见他，我妈妈就疯了，把垃圾和茶水往他身上泼，还扔鞋子。我妈妈下了班不敢回家，带我去肯德基。我的作业都是在肯德基的桌子上做完的。到了半夜，我妈妈才带我偷偷摸摸回家，连灯也不敢开，动画片也不让我看。"——我忽然笑了。心说，大不了，这又是一个红尘男女的俗故事，刚演到了火候上，难解难分。惟一不幸的，是把这个孩子裹挟进来，没家没妈一样，挺无辜。我也挺莫名其妙的，替故事中的人物遮掩说，"没事儿，他们在拍电影，像我一样。"

他蹙着鼻子说，"没见导演呀。"

"嗯，导演这个东西，其实可有可无。"我斟酌着。心想，这一颗小小的心脏，恐怕承载不了太多的是非，那么别难为他了。我说，"最关键的，你不是说你妈妈像汤唯么。像汤唯就够了，她是影星，演什么像什么。"

"贾小鹏算导演么？"

"或许吧。"

小东西说，"贾小鹏叔叔站在我家门口，还抱着鲜花，口口声声向我妈妈道歉。喏，他的样子像日本人，腰弯成了这样，头快碰到鞋尖了。"他站起来，比画了一番，说，"我妈妈不理他，扔东西砸他。他也不生气，嬉皮笑脸的。我猜，他和我妈妈闹翻了，才派你来，故意钓鱼的。我妈妈说，晚上下班后，她去盛客隆找贾小鹏叔叔，把我从你手里解救出来。"

"我巴不得呢。"

"叔叔，这就是绑架吧？"

"对！绑架。"

"喊，才不是呢，我是自投罗网的。因为，你爱上我妈妈了。"他说。

——我抚了抚他的头，一瞬时，居然善心大发。我说，"下楼吧，都中午了。炒几样小菜，吃米饭，给你增加一点儿抵抗力。"小东西说，"不！我妈妈让我待在房间，哪儿也不能去。"他忸怩着，一点儿也不配合。我说，"小弟，你就不能说说我的好话，说我是雷锋，助人为乐呀。"我抓起他，扛在肩上，一溜烟儿地出了门。匹诺曹尾随上来，抗议了几声，便泄了气。

我顺手挂上"请打扫房间"的牌子，心里窝了一堆水草似的。

几乎一下午的时间，这个城市便飘满了横幅和彩色气球。煽情的口号，沸腾的街景，令气温骤然升高了几度。"创卫"开始了。洒水车首尾相连，播着《铃儿响叮当》，让一层层水雾，映出几个圆圈似的彩虹，挂在天上。街边的店主们拎着水桶和抹布，擦起玻璃和隔离带，自扫门前雪，三包到底。政府组织了十几个演出小分队，沿路撒开，在黄河畔吹拉弹唱，弦索不断，营造出一种祥和的氛围。——我不怀好意（文雅的说法，该是不揣冒昧）地想，要是让戏里的那一帮刀客和马帮，冷不丁地潜入城里，再公然走在日光汹涌的大街上，又会是怎样的一番景象呢。不用说，肯定会炸了，这座城市不神经才怪了，不吐血都不正常。

不过，唐朝的那些事儿，就拜托唐朝的小民们解决吧。

我买了瓶冰镇水，要小东西喝。下午时，他的病情反复了好几次，体温忽高忽低。我也没怎么休息。朦胧中，还在构思本子上的一些细节。或许吃了药的缘故，小东西走得趔趔趄趄，不像中暑，八成是药效发挥了。我拽着他的胳膊，刚拐过一座街心花园时，小东西指着一家大型商厦，努了努嘴。

"盛客隆，贾小鹏叔叔的店。"

我说，"快八点了。在这儿等你妈妈吧。"

"喏，我妈妈的窗子，灯还黑着。"他说。转瞬间，他的思绪飘远了，又说，"楼上一片漆黑，唯独一扇窗子的灯还亮着。这道题，老师判我病句。"

"当然是病句。"

我搂着小东西，目光搜索着街道。

——这是盛客隆的旗舰店。包豪斯风格，背倚一大片厂区和森森古木，渗透着旧年代的痕迹。盛客隆临街，一瞧就明白，当初翻新改造的工程浩大。落地的玻璃窗，门楣上巨幅的 LED 显示屏，高耸的气球拱门，一派灯火辉煌的景象。拱门下有个舞台，厂家在做促销。主持人捏着嗓子，一直喧嚣不止。周围的顾客反倒不太多，稀稀拉拉的。我的脚站麻了。马路对过的机关门口，鲜有人进出。武警战士照例绷得很直，枪刺在灯光中恍惚莫辨。见一旁的树荫下有个象棋摊儿，七八个老叟在对弈，我挪了过去，静静观棋。

"叔叔，不太好意思。嗯，再借你一块钱。"

我讥诮说，"反正账多不愁，虱多不痒嘛。"我兜里没零钱，遂递给他张一百元整的，他眼底里一喜，撇嘴道，"羊毛出在羊身上，先挂上账，一会儿等我妈妈还你吧。"小东西撒丫子跑进了盛客隆。

　　一局刚结束，小东西回到我身畔，笑眯眯地递给我一盒烟，"送给你。"他说。一瞧，软中华。小东西果决地撕开了塑料纸，磕出一支，手法老练。我有点儿石化。小东西居然拿出打火机，又来喂火。"嘻，小子，你搞什么鬼名堂。"我说。小东西眨了眨眼，慨然道，"我请你抽，叔叔辛苦了嘛。刚看见你摸口袋，我猜，你一定断顿儿了。"我苦笑说，"喂，一包要六十多块呢，我平时只抽中南海。"小东西说，"别客气！有我妈妈埋单，你只管抽吧。抽吧，这包全归你了。"——我回过神来，心痛道，"这一包顶几盒中南海啊。"

　　"骗人！中南海在北京。"

　　"你还未成年，营业员就敢卖给你呀。我告诉你妈，让她去投诉。"

　　小东西说，"简单！我认识老板嘛。"

　　"造反了。"

　　"我给营业员说，是贾小鹏叔叔让我买的。"

　　"谁说我的坏话呢？"

　　——蓦然举头，我便知道，站在眼前的这个男人是贾小鹏。

　　刚呷了一口烟，我冷不丁就被呛了，咳了几声，却越来越厉害。我想，多一半是为了掩饰自己的尴尬吧（一种莫名的感觉）。我弯下腰，涨红了脸，顺势踩灭了烟头。贾小鹏乐呵呵地说，"小凡呀小凡，你打着我的幌子去买烟，现在还说叔叔的坏话，该当何罪？"小东西偎过来，牵起我的手，嗫嚅着。我怔忡一下，和贾小鹏对视一眼，两人又迅速转开。像在给我解释，贾小鹏说，"店长给我一描述，我就明白是这个小机灵鬼。真不敢不卖，他是狐假虎威么，呵呵。"

"哼，你就是个老狐狸。"小东西道。

"呵呵，老狐狸没错，但没拐骗你吧。"贾小鹏笑眯眯的，和他逗着玩，"你呀，和你妈妈一样，疑心重。"

贾小鹏样子很普通，一件T恤，休闲短裤，板寸。给我留下印象的是他的人中很深，笑起来有点儿深邃。另外，他的腕子上挂了一串佛珠，鸡血色，质地不明。说话的时候，佛珠哗啦哗啦响，手势特频。我也礼貌地点点头，敷衍说，"带他来这儿，等他妈妈下班来接他，给你添麻烦了。"

"小凡，你也不介绍一下？"

小东西慨然道，"我爸爸。"

"真巧啊。"贾小鹏伸手过来，很热络地攥住我，像一个失散多年的兄弟似的。"太巧了，我也在等你太太。说好的八点，都快九点了。"

"恐怕你误会了。"

小东西坠在我胳膊上，痴痴地发笑，一肚子坏水。贾小鹏道，"我和孟柯本来约好的，在我办公室见面。瞧，黄花菜快凉了，人影也不见。不是我说啊，迟到是女人的特权，奈何？"——我想，在一个晴明的夜晚，我并不是感时的花，恨别的鸟，但表情仍是礼貌，刻意顺着他。贾小鹏殷勤，又说，"不如去我办公室，一边喝茶，一边候着你太太？"

"再说一遍，她不是我太太。"

贾小鹏道，"掰不开！有这小家伙在，你和孟柯一辈子也掰不开的。人啊，谁都买了一张单程车票，往死里活，总归有一些掰不开的纠结事。"他只手搭住我的肩，语气一沉，像是一种警告似的说，"别让孩子看破。现在的这些小玩意们，一个比一个鬼。你掩饰都来不及呢，还敢这么说话呀。婚变的家庭，伤害最大的往往是小孩子，有阴影，对成长太不利了。"他的手暗中用劲儿，卡住我的一坨肉，像摸骨看相。贾小鹏继续说，"婚姻么，本来是一纸契约单。一有了孩子，性质就大大不同了，就变成了血书，生死状。瞧这小家伙，现在还在混沌阶段，过五六年长大后，非活剥了你不可，血缘、气质、长相，都有根有据的。你呀，就别说丧气话了，好好和他们母子俩待一待，回来一趟不易。"我踌躇不定。小东西在后边搡着我，哪吒一般。——进了盛客隆，贾小鹏换了话题，开始介绍这座规模宏大的卖场，仿佛我是某位前来视察的官员。见了老板，营业员们很恭敬，微微含胸。路经玩具柜台时，贾小鹏索来一支塑料步枪，咔嗒上了电池，交给了小东西。

茶不太讲究，一次性纸杯。贾小鹏用指尖撮了一点铁观音，冲了水。

"我去过洛杉矶。"他说。

我无语。

"小时候，咱们都知道美帝国主义这个词，反动的意思，是吧。"贾小鹏仰靠在沙发上，挠着头皮，说，"后来去了几次，我有了心得，这个词也有了新解。呵呵。"语气很自负，也是话痨。我愣怔着，对这个陌生人保持着充足的警惕。贾小鹏说，"我还去过你们学校，洛杉矶分校。"

我唐突道，"那敢情好。"

"没参加旅游团，我是自助旅行，主要参观大学城和教堂。"

贾小鹏说，"我记得，在你们分校的操场边上，有一组群雕，莎士比亚，柏拉图，亚里士多德，莫扎特，贝多芬什么的。有荷马么？对，反正看着像一位盲诗人，摸着空气，多半是荷马吧。"——他比划着，胳膊横在空中，做瞎子状。"那天下雨，雨挺大，我一直逗留在学校的教堂里。哪儿也不想去，就想感受一下。"

佛珠哗啦哗啦，且在灯光下变了色，像玛瑙，也像珊瑚。

"那天不是做礼拜的日子，没什么人。我就静静坐在角落里，想一些破事儿。教堂的门是铸铁的，门把手上嵌着一张天使的脸，有点儿铁锈。呵呵，是男孩儿，像捣蛋鬼小凡。可人摸得多了，天使的鼻子是亮的。鼻子贼亮。这有什么讲究么？"我一时语塞，大脑空白。贾小鹏也没在意我的反应，说，"不过，最漂亮的是教堂山墙上的四幅彩色壁画，圣母玛利亚的，怀抱圣子，头上有一圈光环。每幅壁画上都有主题，分别是圣杯、锚锭、火焰和矛刺。真的，我搞不懂什么意思，你知道么？"

我否认。

"后来，碰上一位留学生，问了问。其实答案挺简单的，分别是四个词。"他的眼神询问我，自己却脱口而出，有些抢答的味道。他说，"一个是'爱'，一个是'信念'，一个是'勇气'，一个大概是'隐忍'吧。"

"隐忍也叫苦行。"

我恰巧读过类似的文章。

贾小鹏说，"对对对！你在那儿，你有发言权嘛。"

——那支塑料步枪大概是AK-47的造型，一扣扳机，枪口会喷出电火花，像个会喘气的机器。小东西在贾小鹏的办公室里打了几梭子，竟乐不可支，又持枪出门，去走廊里扫射了。待我回过神要找他时，走廊里却阒寂无人。"丢不了，放心。"贾小鹏说，"喏，他走到哪儿，我都能监控住他。你看看这儿。"贾小鹏将桌上的一块显示屏挪过来，指给我瞧。网格状屏幕，这座大卖场的角角落落尽现眼前，并被标识了不同的区间。贾小鹏使了鼠标，将其中一格放大全屏。呵呵，小东西像个特警队员，居然藏在一根立柱后，在练习瞄准。

"除了卫生间，都可以搜遍。"他道。

我说，"别让他妨碍你营业。"

"哦，我去去就来，对不起。"

小东西又跳进了另一格，大概是运动器材区域吧。我点开，发现他爬上了一辆自行车，将枪架在了车把手上，哒哒哒地扫射。附近无人，他玩得像个猴子，和大闹天宫毫无两样。后来，小东西又跳进了另一格，枪口顶在一个女士的臀部，吆喝了一句什么。女士扭头一觑，见是个半大的孩子，倒也很配合，乖乖地举起了双手，演电影似的。——这时，制片的电话来了。我心生歉疚，居然忘了问问他们的安危。大龅牙很喜兴，告诉我，导演和司机刚进了县城，果如所料，店铺都打烊了，只有等到次日一早，才能买到救急的工具。我说，"你呢，就在荒郊野外，与狼共舞了？"大龅牙道，"嘿嘿，繁星如被，旷野作床，长风吹动，和唐朝时没什么区别。我呀，我将就一夜，权当自己是李太白吧。"我发笑说，"对了，我现在明白唐诗是怎么诌出来的了。"

"家安，我想出了一句万能对子。不信？不信你说上联，我和你丫儿对下联。不对死你，我跟你姓。"制片不仅善于融资，尤喜风雅。他叫阵说，"随便你讲，我一夫当关。你丫儿准备好今夜黔驴技穷，感叹生不逢时吧。"

"青海长云暗雪山。"

"一枝红杏出墙来！"

"清明时节雨纷纷。"

"一枝红杏出墙来！"

我说，"来毛主席的绝句，金沙水拍云崖暖。"

"呵呵，一枝红杏出墙来。"

"萧瑟秋风今又是。"

"还是一枝红杏出墙来。"

我斟酌一番，"杨柳岸，晓风残月。"

"一枝红，杏出墙来。"

"最是，仓皇辞庙日。"

"一枝，红杏出墙来。"

"两个黄鹂鸣翠柳。"

"一枝红杏出墙来！"

我忙说，"得了，我去打酱油了。"

——我猜，大龅牙一准儿乐翻了天。笑声像小规模杀伤性武器，从线上汹涌而至，令人不堪。我边说话，边盯着显示屏，小东西不见了踪影。制片戛然止笑，说，"怎么样，一枝红杏出墙来，你那位客栈里的风骚娘们儿出场了没？"我卖关子道，"心急吃不了热豆腐，你做个耐心的读者好不好。我节奏慢，闲笔太多，我得仔细烘托一下气氛，再恭请一枝红杏出场不迟哦。"大龅牙说，"对，高潮至死，这是硬道理，也是收视率。你信马由缰吧。"我摸着鼠标，搜索小东西的踪迹，却一无所获。这时，大龅牙才说，"我人肉好了。"

我问，"哪个宫的？"

"汤唯。"

"王佳芝呀。那什么，她不是被雪藏了么。"我有点儿想喷，"再说了，汤唯也太洋气了吧，适合十里洋场，搭不上大漠风沙的这份狼狈，别拧巴了。"大龅牙笑嘻嘻道，"的确被雪藏了，也不知这丫头得罪了谁。眼见着就无出头之日了，拉一把吧。不过，这一雪藏，身价也就涨了。咱不去啃这根骨头，难不成让别人解了馋？就是汤唯了，已经联系上她的经纪公司啦。"

"这招儿太险。"

制片道，"别担心。我有路子，在运作呢。"一般来讲，大龅牙说这话就是板上钉钉了，不容置喙。他又说，"对了，汤唯在戏里的角色得有一个江湖名号。干脆，就叫'一枝红'吧。"

"好吧，就'一枝红'。"

——贾小鹏进来时，小东西并未跟在他屁股后头。我猜错了，还以为他去找孩子呢。我的表情告诉他，小东西不见了。他不为所动，将手里的一张碟片晃了晃，喂进碟仓里，用遥控器指了指一旁的电视机，说，"你看，你刚回国，我却要大煞风景，给你讲这么一桩烂事儿。嗯，实在抱歉。"

我无语。

"这事儿必须了结，就现在。"这话似曾相识。

"了结什么？"

贾小鹏努了努嘴，好像在下最后的决心。"和你太太有关，暂且这么称呼吧，我是说孟柯。嗯，我知道这很难为情，也太煞风景了，但我无能为力，必须了结。我想，咱俩都是大老爷们儿，好说话，你也可以劝一劝孟柯。"

"录影带，对么？"

当代中国最具实力中青年作家书系

"哦？"他很诧异。

我一番惶惑，却不想究问。贾小鹏嗫嚅着，始终也没撤下"播放"键。他说，"和孟柯有一些误会，谈不上冲突。我想，她一定不是故意的。她或许是太焦虑，压力过重，一时半会走了神。她犯不着这样。她有地位，有身份，也有不错的收入。她差不多算是这个社会的精英一分子了。哦，这顶多是个误会，我是这么认为的。我不想把这事儿闹大，对她、对我尤其如此。"——开始播放了，影像清晰，视角恰当，仿佛一部制作精良的纪录片。

"喏！那个穿职业装的女士，就是孟柯。"

我回说，"嗯，是她，这没错。"——我置身事外，在这样的场合看见她，竟有点儿偷窥的快意。或许，也是刚才受了制片的蛊惑，我像在看一部汤唯的生活片。这和选角时的情况类似，却是在一家大卖场里。

"这是第一天的监控录像。时间在右下角，下午六点半。她在这里逗留了一个来钟头，看这儿。"贾小鹏快进了一截儿。风姿绰约的孟柯挎着一只大拎包，在化妆品柜台间穿行，轻松、休闲，表情淡定，与周遭的顾客们毫无二致。"瞧，她开始动作了，她给包里塞了迪奥密集修复精华液、雅诗兰黛全效全能明星系列、资生堂什么的，连拉链都忘了拉。再瞧这儿，她刚把一支兰蔻放进了包里，想了想，又拿出来搁回了柜台上。"

——孟柯徜徉在画面中，在盛客隆的精品区域内漫步。我得承认，镜头切换得很好，像一个业内老手剪辑出来的。贾小鹏说，"看这儿。她去付账了，只付了一袋速冻饺子钱，在门口打车回了家，没一丝异样。我猜，她和小凡的晚餐就是这顿水饺吧。"我呼吸不匀，不知为什么，感觉自己的脸也红透了。

"哦，我不想说那个词，我想她绝对不是故意的。她一定在梦游。"

我说，"这像一场戏，但它却是真的。"

又是快进。贾小鹏道，"另一天，瞧这儿。她还是六点半进来的，刚下班。对面机关的工作人员是这儿的主要客源，打头碰面的，店员们差不多能认出来。这是她和熟人在讲话。喏，她又碰上一拨儿。看得出来，孟柯的人缘很好，人们对她都很热情嘛。顾客渐渐稀了，她逛了有一个钟头左右。我想，她的病开始犯了，又开始梦游，她到了食品区这一片，把酱呀、调料呀、油呀、小吃什么的，往包里塞了一气。呵呵，都是些不值钱的货。她的包可真够大的，像一个有魔法的口袋。她现在开始付账了，只付了一瓶王致和的账，打车回了家。"——贾小鹏俯身在电视机旁，絮叨不止，好比默片时代一个糟糕的解说员。他说，"这一段不放了，孟柯在时装专区里梦游的，没什么意思，还那样儿。后来，店员们盘点时发现短了货，保安室调看了监控录像。很简单，孟柯浮出了水面。"

"你别用梦游这个词来搪塞。你给我看，其实就想揭发她偷窃，她是在偷窃呀。"我反感贾小鹏貌似公允的态度，"事儿闹大了，该找她谈谈，或者报警。"

"Sir，还轮不上我。"

贾小鹏揿了"暂停"键，骑坐在桌角上，继续说戏，"后来，保安和店员堵住她，怎么说，抓了个现行吧。从她的包里倒出了一大堆东西，什么都有，连胸罩、内衣、卫生巾、刷锅的钢丝球、袜子都有，居然还有一双牛皮靴子。我交代过了，保安们其实挺客气的，请她到里面说话。结果呢，孟柯把保安室给砸了。"

"她毁了自己，这怨不了别人。"我也客观。

"我想求你一件事？"

我诧异道，"求我？"

"是你。"

贾小鹏打开了碟仓，将那张碟片递给我，说，"请你把这张碟交给孟柯吧，她怎么处理，由她自己做主。我发誓，我只压了这一张。监控器里的影像早就消除了，没底子。"我愣怔着。贾小鹏的手却一直在怂恿我。

"你应该自己去，那样更好。"

"她根本不信任我。"

我说，"这事关名誉，一个人的名誉。"

"是么？名誉是什么，名誉简直是一堆臭狗屎。"

贾小鹏诡谲一笑，指尖拍打着碟片，愤愤地说，"我快被这个女人烦死了，不信任我，还谈什么名誉。她天天下了班，出了对过的院子，就跑到我这个办公室来上班。我告诉她，指天发誓说破了嘴，一不会报警，二不会举报到她的单位里去。我劝她，她一定是犯糊涂了，不小心，毫无恶意，梦游吧。可她怕我拿这张碟广而告之，捅到对面的机关里。我不想两败俱伤，对谁都不好。我是个生意人，太明白这一点啦。"贾小鹏伸手，向我索了一支烟。他的样子很怪，咬掉了过滤嘴，含在舌头上。"其实，我真还调查过她，无前科，口碑好，前程似锦。虽说离了婚，带着一个男孩儿过日子，但很正常。我犯不着和她死磕，对不对？"贾小鹏说，"来跟我闹，以为我要讹诈她，疯了，魂不守舍似的。我怕她出事，几次跟到了她家里去，又是道歉，又是赔笑，可她不相信我把录像资料全都删掉了。她赖上我了，赖上了，狗皮膏药似的。"

贾小鹏说，"给你吧，兴许管用。你交给她，也告诉她，这事就这么结了。"

我问，"你刚才讲，她赖上你了？"

"Sir，我真快疯了。"

"这叫什么来着，斯德哥尔摩效应。"——我灵光顿现，剧本的思路一下子打开了。仿佛看到一座被沙尘暴围困的唐朝客栈，将开门纳客。江湖人称"一枝红"的媚娘，将从楼梯上袅袅下来，妖娆亮相。我说，"这也叫斯德哥尔摩综合征，指的是……"

贾小鹏道，"她有幻觉，觉得我在迫害她和她孩子。"

"挺典型的。"

"呵呵，也不怕你难过。你这位前妻呀，真是个难伺候的主儿。"贾小鹏蹙起鼻子，猥亵地说，"喏，在这儿，在这张桌子上，她央求我上她。她挺主动的，呵呵，张开了大腿，居然让我上她。"

"这事儿很难讲，的确。"

"你啥意思？"贾小鹏忽然用本地口音质问我。

我忽然问，"喂，你腕子上那玩意儿究竟是什么？"

"玛瑙！"

"你可真操蛋！"

——我想，我应该有所表示吧。既然一队唐朝的刀客和马帮夤夜赶来，这座塞外的客栈不发生点什么，似乎于理不通。我接过碟片，顺手将一杯茶泼在了贾小鹏脸上。剩下的半杯，又仔细泼在了他的头顶。温度刚好，比开水凉，但比心脏要烫。

我走出了盛客隆，将自己的一段影像，留在了监控探头里。

是的，这事儿必须了结，就现在。

当代中国最具实力中青年作家书系

在不远处的街心花园，我碰上了这母子俩。就这么简单，没别的理由，因为他们还牵念着一只狗。我拦下一辆的士，打开门，让孟柯和小东西上去。小东西扛着那支塑料的 AK-47，架在车椅上，哒哒哒地直叫。孟柯一直沉默不语，我懒得问。我告诉司机去百合花宾馆。

"叔叔，我刚才看见妈妈的窗口亮了，嘻嘻。"

小东西此刻的欢乐显得放肆，一会儿扫射，一会儿偎进妈妈的怀里，撒娇耍横。我从后视镜里，窥见孟柯的表情慢慢放松了。她像在解释，说，"小凡在机关的幼儿园待过，经常去，他比较熟，溜上去找我了。我也刚结束。"

"匹诺曹一定饿晕了，我听见它在汪汪叫。"小东西道。

我说，"你还站在一只狗的立场上。"

"抱歉！还得打扰你。"孟柯公事公办的口气。

——进了房间，早已整理过了，夜灯幽幽的，静谧异常。小东西率先奔进去，大呼小叫着。匹诺曹懒洋洋地从沙发下钻出来，对小东西手里的一根香肠并不热情。我侧立一旁，用眼神告诉孟柯，小东西的书包在茶几上。孟柯并未领会。她环视一周，忽然踢掉了脚上的凉拖，悭然而入。

"小凡都告诉我了，谢谢你。"她说。

我暗示道，"看来，他不烧了。"

"你是导演吧。瞧，桌上这么多影碟，有上百张吧。"孟柯随手乱翻，淡然地盯着我。——她打了个嗝儿，迅速咽了下去。我闻见了一股浓烈的酒精气。她说，"哦，我知道导演是做什么的，但始终也不明白，你们怎么会编出那么多的故事来。不碍事的话，我正好可以请教一下你。"

"叫我家安吧。"

孟柯落了座，腿并得很拢，从拎包里摸出了一瓶葡萄酒来。孟柯捧在手里，请我看了看酒标，带点喜兴地说，"本地的，口感特好。你有起子吧？"——恭敬不如从命，我旋开了木塞，斟在两只高脚杯中。孟柯举杯，眼神迷离地来和我碰，嘴里嘟哝了一句"切丝"。我附和了一声。妈妈在场，小东西并不太闹，躲在卧室里，和匹诺曹开辟了新战场。孟柯干了。我瞧见她领口里的锁骨，像两条细长的鱼脊，动了动。这时，孟柯出溜一下，滑下沙发，坐在地毯上。

"刚才是宴会，公务活动，挺没劲的。"

"当然。"

"其实，我最喜欢红酒，但也喝了几杯白的。"

"白酒是喧品，红酒乃静品，安静的静。"我有点儿卖弄，见她撩了撩头发，弄得很乱，有一番夜晚的气息。我也坐在地毯上，中间搁着瓶子和杯子，有古人的范儿。我喜欢慢慢来，舌尖顶在上颚，让酒顺着舌翼分流，窝在下颚里，慢慢预热一下。我说，"比如现在，就挺适合它。"

孟柯说，"以前不会喝，真的。后来得了病，才学会喝的。"

我用眼神询问。

"其实，也不是什么病。失眠算病么？"孟柯自己倒了酒，下巴一扬，催促的意思。我和她"切丝"了一声，饮干了。她说，"反正，没什么理由，就是成宿成宿睡不着觉。好不容易眯着了，盗汗，心悸，做梦，醒来一瞧才过了十几分钟。这还不算，老掉头发，一抓一把的，枕头上都是。"

"偶尔行。长期失眠的话，身体可就糟糕了。"我说。

当代中国最具实力中青年作家书系

"你不知道，我以前的头发可漂亮啦，乌黑油亮。要是剪下来做假发的话，一定是抢手货。"孟柯说，"你的也不错，但比不上我年轻时候。"

我说，"我这几根毛，和匹诺曹的差不多吧。"

"能让我摸一下么？"

——我俯下头，感觉头发绕在她指尖上，捋了几捋。我能看见她的领口里面，异常饱满。一股体香也趁势涌出来，与我想象中的成熟女人一样。摸完了，她兀自饮了一口，继续说，"有一点点头屑。我想，和你的职业有关吧。熬夜？"

"家常便饭了。"

"试试土方子，用生盐和醋，熏醋最好，调在水里洗。刚开始多一些，后面用量少一点，特管用，还防止男人脱发。"她的嘴角一撇，自嘲一般，"失眠久了，也就管不了头发，放任它。我试过安眠药，严重时，一次吃一把。"

"睡着了么？"

"哪儿呀，"她咬了咬指尖，下意识地，"吃完了，反倒是双目炯炯，心比夜空还亮，一直睁眼到天明。也不困，白天跟打了鸡血似的，腿脚上了发条。所以，就爱上了这个，喝不醉。对我来说，醉是一种传说吧。"

我说，"陶然一醉，也是一桩幸事。"

"喂，你相信来世么？"孟柯冷不丁问。

"我不是佛教徒。"

"假如真有来世的话，我想做一块黄河里的石头。千百年里，就沉在那儿，纹丝不动。"她痴痴地望我一眼，半是迷离，半是唏嘘，道，"石头好，能压住自己，不妄想什么。至少，不那么滑稽吧。"

我抢答说，"你或许是太封闭。"

"不！是滑稽。"

"好吧，为这个词儿干一杯。"

"你呢？"

这是个郁闷的话题，我有点儿勉强，但不太想驳她的兴致，随口说，"来世，我想做一根钢笔，一笔一画写字的钢笔。"

"钢笔？"

我点头。

"谁会想做一支钢笔呀。亏你想得出来。呵呵，这么浪漫。"她惊呼了一声，"喂，这都什么年代了，现在是电子时代，钢笔早淘汰了。"

我说，"那，我把全世界的插头都拔掉，断电。"

"不错。"

——像是一种讽刺。话音未落，桌上的手机响了。一瞧，是安妮用单位座机挂来的。我刚一接听，便听见了线上的哭声，料想不妙。我说声抱歉，转身站在走廊里说话。安妮边哭边笑，笑中带着哽咽。我说，"老太太过去了？"

"嗯！傍晚时，老太太回光返照，顶多半小时吧。"

我说，"别难过。你已经尽力了。"

"我陪她说了好一会儿话。当时，她那个七老八十的儿子不在，孙辈儿们也不在。她忽然就醒了，和我唠唠叨叨的。"安妮顿了顿，擤了一把鼻涕，又说，"你猜猜，她告诉我什么了？"

"夸你。"

"她告诉我密码了。"

当代中国最具实力中青年作家书系

我狐疑道，"什么密码？"

"银行卡。"

"瞎掰！她活成一尊菩萨了，还费那个神呀。"——走廊尽头有一对黑人情侣，嵌在墙角里，拥吻不止。我掉转头，站在窗口，看见夜色下的一线河水，带着这座城市的细节和故事，蜿蜒东逝。我说，"你累了，歇歇吧。"

"她一再叮嘱我，别告诉她儿子，也别告诉别人。那是她的养老金。"安妮挺絮叨，不似她往日的风格，说，"家安，我发现，老太太严重不信任她儿子。她听见他在病床前号啕痛哭了，可就是没醒，假装的。"

"应该转告他密码。"我说。

"喂，老太太是个钢琴教师，弹了一辈子。她说，银行卡的密码是哆唻咪。"安妮说，"听见了么？呵呵，她的密码竟然是哆、唻、咪。哆、唻、咪。"

我不禁失笑，声音却发涩。

这时，安妮呀的一声，说，"家属来了，不说了。我得趁着她还没硬，去帮她穿衣服了。"末了，传来一记吻的声音，像青蛙在叫。

我收了线。

——坦白说，我并不知道房间内的场面会陡然一换。孟柯裹着浴袍，头发湿漉漉的，照例坐在地毯上，抱着一只靠垫。我僵了僵，又从石化的感觉中清醒过来，盘坐在她对面。孟柯甩了甩头发，意思像说，刚才冲了凉，挺惬意啊。她抱得很紧，仿佛想让身子缩成一团，躲进那只小小的靠垫里去。瓶子空了。她俯过身去，够着了拎包。那一瞬，浴袍的领口开了，我看见了一个成熟女人的峰峦。孟柯变戏法一般，又从里头取出来一瓶酒，拿上起子。

"其实，我变不成石头，就做一只酒杯吧。"

"小心手！"

"这瓶酒是我买的，刚才那瓶也是。喏，小票还在。"孟柯举起来，没说"切丝"，径直仰头，一饮而尽。"跟我说说你自己吧。刚才来电话的，一定是你女朋友，我听得出来。她漂亮么？"

我回说，"还行吧。"

"呵呵，我不喜欢这个回答。看出来了，像我上午说的那样，你刚入这行不久，还是个新手。等你老了，你就不会这么说了。"孟柯自语似的，语气比幽暗的灯光还低。她说，"谁的青春都会过去的，人人都会。你现在还年轻，但很快，你就……喂，你明白我的意思么？很快的，比你想象得还要快，就那么忽的一下，演电影似的。"——她的嘴唇越来越红。当然，不是酒液浸染的缘故。

我说，"我来出差，在写一部戏，故事发生在唐朝。"

"我喜欢。一般来讲，唐朝的事够刺激。"

"写一帮侠客。"

"呵呵，不恨古人我不见，惟恨古人不见我哟。"

我瞠目。

孟柯指着桌上一堆坟丘般的碟片，迷醉地说，"我知道，那里头有一部是我的，应该是我的。"她端起杯子来，仍旧没说"切丝"，说道，"你从盛客隆出来，带了我的那一部戏。你塞了进去，却什么也没问。谢谢你，你始终没问一句。"

我碰杯。

"他们都说我像汤唯。像么？"

当代中国最具实力中青年作家书系

"像！"

"可是，她被雪藏了。"

这时，匹诺曹忽然奔了出来，汪汪一气。小东西也趴在我的脊背上，贴上我的脸颊。孟柯眯缝起眼睛，并未呵斥孩子，一任他上房揭瓦，放肆嬉闹。稍后，小东西竟然举起我的手机，退后几步，请求给我和他妈妈拍照。拗不过小东西，孟柯扔掉了怀中的靠垫，做了一个邀请的姿势。我迟疑一番，便顺从地坐在孟柯身后，双臂箍住了她。

"叔叔，笑一下，不许喊茄子。"

我问，"那喊什么？"

"你要喊，就喊我爱汤唯，我爱汤——唯。"

小东西催促道，"快喊呀！"

——对了，这部戏的开场应该是这样的：

【旁白】阴历六月初四，宜远游，忌兵戈，天雨五谷，地倾西北。一哨人马进入旱塬谷地，突见鹰飞鹤唳，前方异动。